A FÚRIA DO CORPO

joão gilberto noll

a fúria do corpo

EDITORA RECORD
RIO DE JANEIRO • SÃO PAULO

2008

CIP-Brasil. Catalogação-na-fonte
Sindicato Nacional dos Editores de Livros, RJ.

N729f
Noll, João Gilberto, 1946-
A fúria do corpo / João Gilberto Noll. – Rio de Janeiro: Record, 2008.

ISBN 978-85-01-08030-1

1. Romance brasileiro. I. Título.

08-1506
CDD – 869.93
CDU – 821.134.3(81)-3

3ª edição (1ª edição Record)

Copyright © João Gilberto Noll, 1981

Direitos exclusivos desta edição reservados pela
EDITORA RECORD LTDA.
Rua Argentina 171 – Rio de Janeiro, RJ – 20921-380 – Tel.: 2585-2000

Impresso no Brasil

ISBN 978-85-01-08030-1

PEDIDOS PELO REEMBOLSO POSTAL
Caixa Postal 23.052
Rio de Janeiro, RJ – 20922-970

EDITORA AFILIADA

Nas altas torres do corpo,
quis ficar. Amanhecia.
Todos os pombos voavam
das altas torres do corpo.
As horas resplandeciam.

Carlos Nejar

À Maria Ignez

para
Alice, Cilinha, Ana
e Flávio Moreira da Costa

o meu nome não. vivo nas ruas de um tempo onde dar o nome é fornecer suspeita. A quem? Não me queira ingênuo: nome de ninguém não. Me chame como quiser, fui consagrado a João Evangelista, não que o meu nome seja João, absolutamente, não sei de quando nasci, nada, mas se quiser o meu nome busque na lembrança o que de mais instável lhe ocorrer. O meu nome de hoje poderá não me reconhecer amanhã. Não soldo portanto à minha cara um nome preciso. João Evangelista diz que as naves do Fim transportarão não identidades mas o único corpo impregnado do Um. Não me pergunte pois idade, estado civil, local de nascimento, filiação, pegadas do passado, nada, passado não, nome também: não. Sexo, o meu sexo sim: o meu sexo está livre de qualquer ofensa, e é com ele-só-ele que abrirei caminho entre eu e tu, aqui. Mas se quiser um nome pode me chamar de Arbusto, Carne Tatuada, Vento. O que não vou te declarar é o nome e todos os dados que me confrangem a uma certidão que além de me embalsamar num cidadão que desconheço servirá de pista a esse algoz (imperceptível de tão entranhado nas nossas já tão fracas presenças). O meu nome não. Nem o meu passado, não, não queira me saber

9 · *a fúria do corpo*

até aqui, digamos que tudo começa neste instante onde me absolvo de toda a dor já transpassada e sem nenhum ressentimento tudo começa a contar de agora, mesmo que sobre a borra que ainda fisga o meu presente, nem essa borra, nada, só tenho o sexo e aqui estamos, sentados um em frente ao outro, e isso importa, estamos sentados um em frente ao outro em bancos do calçadão da Avenida Atlântica, sei que és mulher porque teus lábios vaginais estão descobertos sob a saia roxa e eu os vejo entreabertos revelando pétalas de outros lábios, sei que és mulher não porque te queira assim mas porque tua voz que ouço agora tem o risco das cordas mais tesas, vibra como se quebrasse com a ponta mais penetrante os cristais mais raros, a tua voz estilhaça o que por perto se espanta, o raio da tua voz tem o poder de paralisar os desapercebidos, os que querem te calar perdem instantaneamente a força para qualquer ataque ao som da tua voz, da tua garganta nasce uma voz sem nome, também não irei te nomear, os nossos nomes não serão pronunciados até que chegue o dia de serem proclamados, já toquei nos teus lábios vaginais, já penetrei entre eles, o meu sexo sim, o nosso sexo, e agora é tudo como se fosse nossa origem e esses lábios túrgidos, meu pau lateja como um animal farejando os umbrais do paraíso, aqui a história se inicia e nada mais importa, um homem e uma mulher se reconhecem em plena Atlântica, não termos pouso nem casa não importa, aqui começa o esplendor de uma miséria, seguirmos é só isso: vem e não traz nada que possa desviar o alvo ainda imprevisível deste amor, despoja-te das relíquias viciosas do passado e vem pelos teus próprios recursos, vem: você é ela e me acompanha prenhe da mais funda decisão, passos de guerreira pobre, renunciando ao repouso imediato, caminhando comigo como quem se conduz ao cativeiro de ouro, entrando pelas ruas de Copacabana como quem se dirige ao Reino, sei que essa mulher me trairá e eu a ela antes que o galo desperte, e cante, sei que essa mulher não perdoará nenhuma fraqueza em mim, sei que o nosso amor se plasmará com uma dor que nosso organismo ainda não conheceu, sei que nossos fracassos mais escandalosamente anônimos não conhecerão alento senão de suas graves feridas, sei que nossa separação doerá como o crime, sei que me perderei no seio dela, só o nosso amor incrustado nessa desolação fermentará a cada dia mais o seu encanto e nada nos faltará, nem mesmo este pão que reparto agora com ela aqui metidos num beco imundo entre dois prédios, ela abre minha braguilha e diz com a língua cheia como um sapo digerindo um réptil, diz que meu pau está vermelho-em-riste, se eu não quero meter na xota enlouquecida dela, eu meto sim sem cerimônias, varo as entranhas dela com meu mais tenso mel, vomito todo meu néctar lá pelo dentro mais impenetrável dela, de pé nos enlaçamos no mais demorado abraço, sou rei na companhia dela e nela o reinado resplandece, nos sentamos, nos deitamos no chão duro, foder se dissolveu no chão mais duro, aliviados no meio da penúria nos olhamos e percebemos o quanto amor se pode ainda sustentar.

Mas me fere aceitar que não escondo de mim nem de vós (quem sois?... e sois?...) o meu trajeto cheio de recuos, paradas, síncopes, acelerações, anseios fora do ar, admito ser extravio às vezes, inexistente até, quem sabe existente mas já morto. Recorro às ruínas de um espelho que encontro pelo chão, ainda não sou o ancião que presumo mereço, ainda não galguei por inteiro minha submissão ao Tempo, ainda não dobrei o suficiente meus joelhos em adoração ao

11 · *a fúria do corpo*

mistério vivo, castiga-me este dia chuvoso que me prende à marquise sem a companhia dela que se extraviou como tantas vezes e como tantas vezes reapareceu, dessa vez atrás de um poste, vejo o olhar de um adolescente intranqüilo passar correndo da chuva, um raio se aproxima, desvia graças a deus a rota, me poupa, coço a chamada genitália com o vivo ardor de quem trabalha no afã mais fundo, me esmero em compor cá dentro alguma paisagem que substitua essa ruim daqui, sim, porque me fere saber que tenho muito mais dores a demonstrar que júbilos, sou só eu aqui, nem vejo ela, aqui, debaixo dessa marquise de Copacabana outra vez acompanhado dela e de algumas compras penduradas a que jamais teremos acesso, não poderei vos doar portanto alegria mas só o anonimato mais vil se bem que anunciador de que alguma coisa cresce em mim, em nós, e nos toma, nos restitui ao esplendor do mais humano.

Porque possuir tão-só o anonimato mais vil aponta para um respiradouro que eu não possuía lá pelos idos da minha primeira morte — não, não, se retorno aqui ao passado não é para me dar em circunstâncias distinguíveis dos demais, não, não trago aqui cidades e ruas da infância, nomes não, falo aqui da morte de tantos, e não me refiro àquela que nos humilha até a dizimação do nosso pó, falo daquela que felpa sutil não nos aniquila até esse ponto mas nos torna invertebrados, desejando o repouso enquanto ao contrário o sangue corre em flama pelas veias e pedimos um copo d'água quando o que queremos é a piedade extrema da cicuta. Sim, a morte já me brindou com alguns convites, de longe quase sempre travestidos em belas silhuetas, mas de perto supurados de um cheiro tão nojento que não temos outra coisa a fazer senão pedir o extermínio. Não o extermínio absoluto pois a insinuante figura inflamada de excremento odoroso foi sempre para mim um convite sem solução cabal, o que de certo modo me tornou cético quanto ao meu próprio destino: se nem morrer me fora dado então não haveria como renunciar à miséria que me ofereciam em doses matinais de recreios, orações e álgebras. O vizinho de carteira me puxava a barra da calça curta e me contava à meia-voz que foder dura 72 horas até as tripas virarem o filho sujeito à vida, sujeito à vida o menino falava difícil que nem o Satanás que o padre explanava revelando a astúcia sem par das palavras desse ente ardiloso que se mete nas situações mais inesperadas sob a face de porcelanas e carmins inebriantes de mulheres da vida e pederastas milionários, estávamos todos sujeitos à vida e suas armadilhas de morte, rogaríamos sem cessar por misericórdia até que nos transfigurássemos no esplendor da santidade ou na desgraça da culpa, de joelhos diante da cruz bagas de vômito manchavam-me o peito franzino, Marta Rocha era a caveira que articulava o sorriso dela não a beleza fulgurante da capa de *O Cruzeiro*, o pecado era a mágoa sem remédio enquanto permanecêssemos neste reduzido sítio dos anos, como criança sonhava que num futuro tudo se esclareceria e eu seria não digo feliz mas inoculado da retidão adulta, quando viveríamos apenas as possibilidades do Possível.

Hoje, nesse momento em que percebo que lembrar é assegurar de alguma forma a vida, embora não deva, não queira, lembrar não, compreendo enfim que vale a pena ter vindo até aqui e que estar vivo é uma espécie de rebelião contra essa sina de se ir puxando a vida como quem puxa a corrente inesgotável de uma força que nos excede, rebelião contra essa sina de se ir vivendo como quem puxa o fantasma

que nos extenua sem que saibamos que déspota é esse que
nos quer assim consumidos, varando dias e noites com paixões já desbotadas e humilhadas diante da ardência do que
foram, quando ainda confiávamos em que a aventura seria
vivida mesmo que à beira da cova, que um dia nos introduzi-
ríamos na morada dos nossos desejos como convivas de um
banquete em que você ó mulher estaria ao meu-lado-mais-
que-ao-lado e onde nos fartaríamos sem que a taça trans-
bordasse porque não haveria a arrogância da celebração,
sujo meu corpo com um bocado de terra seca para te dizer
que é assim que caminho por essas ruas com a mancha da
terra no meu peito como marca de que estou insurgido contra a tirania dessas vítimas que andam pelas ruas tantas vezes em sorrisos maltrapilhos sem reconhecerem que o
algoz, se bem que invisível, se encrava insano na presença
do que pretendíamos ser e a enxovalha com mentiras alicia-
doras para nos levar a essa ruína de nós mesmos.

Portanto não me condenem por não dar meu nome. Nem
o dela. Meu nome não. Nem o dela. Vou às raias da paz, não
me acho fugitivo ao confessar que darei a esta mulher um
nome que não se encontra em nenhum cartório, um nome
que não dará meu rastro ao inimigo, um nome que une a
força dos astros, um nome cujo desempenho estará sempre
lá onde o guardamos, e não haverá inimigo que poderá
identificar esse nome, não haverá grilhões que o acor-
rentem, nem sanha diabólica nem treva que o esconda, nem
luz que o ofusque nem anjo que o perverta, nada contra esse
nome, e quando numa rua de Copacabana ponho a mão sobre a cabeça desta mulher para batizá-la do nome noto que
ela recebe a Graça e invoca seu próprio mistério como quem
se investe de si mesmo, um nome que não é nada além de

todos os outros, um nome, um nome enfim, que não outorga um registro pessoal mas contém mantra para todos os aflitos, um nome, um simples nome que adere aos que precisam de um nome, aos que perderam o seu, o nome do passado civil não, este lembra a mulher submersa ainda — mas ela também não gosta que se fale do passado, nisso nos confluímos, os dois, temos juntos um curso que começa aqui, neste exato instante em que ponho a mão sobre a cabeça desta mulher e a consagro com o novo nome:

AFRODITE

Ela morde o lábio inferior, ínfimo talho aflora numa réstia de sangue, passo delicadamente a língua no sangue de Afrodite, os bicos dos seios sob o pano frágil subitamente duros, vejo neste corpo o fulgor de todas as esferas, nossos olhos pasmos já nem pasmam, se regalam, aqui estamos nós dois na rua de Copacabana, sem um puto tostão na algibeira, sem cama, sem comida, olhando os transeuntes como quem não pode mais entrar no jogo inútil, isso dá as primeiras varizes em Afrodite, as primeiras sérias vertigens em mim — nesses momentos me apóio em Afrodite como se apoiasse no meu tronco ancestral, fica tudo cinza, a força me escapa, monstros marinhos convivem com as ruas, escarpas me chamam à queda, sou delicado nas mãos de Afrodite, ela me esfrega o rosto, o peito, fricciona os testículos, pênis, barriga, afaga, diz que tudo voltará ao normal, e tudo volta ao normal com um gosto ainda acre na boca, recupero o paladar beijando os lábios tépidos de Afrodite, e choro feito criança como qualquer cidadão da arraia-miúda, indefeso peço proteção a Afrodite, ela me fala coisas enternecidas,

15 · *a fúria do corpo*

diz que um dia tudo há de se esclarecer, os tiranos de um lado os injustiçados do outro, e haverá uma linha de fogo separando as duas hordas, os déspotas malditos ainda terão tempo de apreciar o paraíso sem fim dos outrora injustiçados, os dentes dos tiranos cairão de espanto, se um déspota tivesse a menor chance de conhecer o nosso amor abriria a barriga para tentar tirar das vísceras sua única justificativa —, nunca mais falarei da beleza de Afrodite, mas agora preciso confessar o que guardarei para sempre comigo como o derradeiro tesouro, a sete chaves nunca mais confessarei o que agora digo: Afrodite tem a mais poderosa das belezas: já notaram aquela hora em que o Silêncio se apossa de tudo e nos condena a súditos eternos?, nessa hora em que quase adormeço é que admiro devoto a beleza de Afrodite, tão devoto que nem lembro mais o que veio antes do Silêncio e sinto no Silêncio a ordem natural, com ele a aragem refresca a beleza de Afrodite, o sol enaltece a beleza de Afrodite, o rugido longínquo da fera vira artefato de proteção à beleza de Afrodite, e tudo é a meu favor quando admiro a beleza de Afrodite. Agora, não me queiram em perguntas de que cor são os olhos, se os cabelos fulgem a ouro, a prata ou puro breu, se há proporção equânime entre os órgãos, a nada disso responderei, nada disso será sabido enquanto eu permanecer aqui guardião da beleza de Afrodite. Não, não entregarei o tabernáculo a nenhum espião, só entra aqui o que já sabe, e como já sabe não entra porque sabe que todo o Éden é intransferível, se eu te mostrar o meu verás na minha arena nada mais que o aleijão do meu Sonho porque todo o Éden é intransferível, quando alguém descerra o Éden do outro e não for seu amante é melhor que fuja como de um abismo irrecusável, é melhor que abra todas as torneiras e se deixe inundar pelo mais avassalador escândalo porque o Éden de cada um é intransferível, mostrar meu próprio Éden é exibir uma festa arruinada, é expurgar do meu jardim imagens que querem viver consigo mesmas pois para isso foram feitas, não para a comunicação imediata, são para fruírem todo o tempo — então, privado de qualquer comunicação, me ajoelho diante de Afrodite e descubro que não há mais a dizer.

Quando a graça de admirar a beleza de Afrodite se esfumaça venho a mim e lhe pergunto a pergunta que dói: haverá um albergue nessa cidade? Ela responde que os albergues aceitam cada mendigo uma só noite e que tem mais, tem que nos albergues não tem cama, dorme-se sentado com a cabeça apoiada numa corda porque não há espaço para um corpo deitado, digo então que não quero ir para albergues, que me basta o corpo de Afrodite para me sentir recompensado com o repouso e o sonho, o sono sobre o corpo de Afrodite é como se eu navegasse no alto-mar, densas ondulações no deserto das águas, apenas o sol como a outra presença viva, é quente o corpo de Afrodite, o sol vem do interior das profundas águas de Afrodite recendendo a terra, a boca aberta para o ar: sobre Afrodite vivo a epopéia de um primata.

Não, não queremos ir para nenhum albergue, mesmo em estado de mendigos recusamos a esmola de uma corda que será cortada às cinco da manhã para que os corpos esbugalhados sejam despertados com a abrupta queda, o apoio da cabeça violado repentinamente porque não há tempo pra despertar um a um e há outros à espera, então não queremos nossos crânios jogados contra a laje fria do albergue, não queremos acordar tendo de conduzir a humilhação do dia pelo dia adentro, somos dois corpos que ainda se desvanecem

17 · *a fúria do corpo*

a qualquer toque de amor, somos dois corpos em busca de uma felicidade canhestra mas radiosa, um toque na minha coxa pode seduzir a fera na umidade mais escura da floresta, no impenetrável reino pode rugir o coração das coisas, não, não queremos nossos crânios jogados contra a laje fria, dormiremos à deriva, não importa, a fome será nosso registro para nós mesmos, a falta que sentimos nos deixará numa vigília mais intensa, conseguiremos o pão na hora ensejada por todas as nossas forças, o pão sobre as linhas tortuosas da palma, a primeira dentada terá o sabor carnívoro do bicho, o doador do pão lavará as mãos feito Pilatos mas nós já estaremos alimentados de todos os pães e não ouviremos as trombetas dos fariseus, quem sabe já estaremos evacuando os restos do pão com o prazer das mais recônditas biologias, as fezes exultantes do calor intestino, expostas agora numa liberdade de prontas, satisfeitas pelos donos laboriosos, o meu cocô é mais claro, o de Afrodite mais escuro, ambos estranhamente encorpados para quem tem fome, juntos cruzam-se ao término de uma mesma digestão, limpo a bunda de Afrodite com papel macio, verde-musgo, ela me limpa com papel de presente, florões vermelhos imprimidos, estamos os dois limpos para mais uma etapa da jornada.

E estamos nós dois aqui sem qualquer apetência diante da galinha que roda e roda e roda tostada atrás dessa vitrina, ao contrário, olhamos a galinha como quem olha um defunto na cremadeira, e isso nos deixa segundos enojados, caminhamos pelas calçadas de Copacabana com a leveza de dois príncipes com a nutrição dos deuses, sabemos que essa paz é provisória para quem vive na última lona como nós dois, na rua, uma bala pode estar viajando em nosso encalço, o Esquadrão da Morte pode ver em nós carne própria de presunto, estamos sem banho, o cheiro que exalamos embora sem o aparato do fedor é qualquer coisa de rude, perigoso, matéria viva sem fingidas fragrâncias, a bala pode estar se aproximando do alvo e nada valerá a nutrição do pão que nos deixa lépidos como num passeio irreal, tudo isso é anulado com o tiro seco que alcança o calcanhar de Afrodite, ninguém sabe dizer de onde veio, se de longe, de perto, de uma mira invisível, ninguém sabe de nada, só Afrodite sabe o quanto lhe dói a bala cravada no calcanhar, amarro um lenço doado por uma velhinha no calcanhar de Afrodite para que estanque o sangue, Afrodite geme com o olhar perdido, o olhar típico de quem de repente se confronta com o desatino trágico desse mundo e espera com o olhar perdido como reagir diante da inusitada pena e então resolve: se contorce toda atirada na calçada, expele pela boca espuma incrível para que possa ser produzida em minutos, os esgares fazem de suas pupilas astros desgovernados, o corpo se enruga todo como quem dissesse eu morro agora, eu capitulo, abruptamente penso que devo salvar Afrodite, não posso deixá-la nesse lodaçal sem volta, temos um destino ainda a cumprir e esse destino se fará história, maior que um destino, e portanto não posso deixar Afrodite à deriva, preciso pegá-la pelo cangote e mostrar em que entrevero ela pode cair, ela diria eu já não participo de nenhuma guerra com quem quer que seja, lhe respondo que entrevero pode se dar no mais escondido de cada um, e quando lhe respondo eu respondo que aqui a história há de tornar-se trevas mas que não teremos a menor complacência e haveremos de viver e expressar até o fim porque sem isso não nos salvamos. Pego o pé de Afrodite, tiro o pano ensangüentado como se retirasse de mim a turbação e vejo um pé absolutamente sadio.

19 · *a fúria do corpo*

Esse pé, assim, realcado agora por uma fisionomia de orgulho será o mesmo que já tanto lambi, beijei, mordi? Esse pé é como um pé anônimo de tão representante de qualquer pe, sim, beijo esse pé enquanto os curiosos do tiro no pé se dispersam nos deixando a sós com esse pé que mordo e lambo como sempre, é o mesmo pé de sempre, é sim o mesmo pé, só que agora o pé antigo da privação é esse aqui que beijo e que é todo delicada expectativa de um sapato de gala como o de Cinderela.

Mas eis que esse pé não é de nenhuma Cinderela mas da mulher que amo em carne e osso, esse pé anda como se avulso em direção a nada pela Avenida Nossa Senhora de Copacabana, e sigo esse pé porque confio na sua busca — ou ele não busca nada, seu doutor?, ouço a pergunta de um mendigo louro e fico pensando o que o mendigo louro quis dizer com a pergunta, quem não busca nada pergunto acocorado junto ao corpo deitado do mendigo louro, ele responde que na sua terra gado tem nome de rês, que as reses não buscam nada, só querem comer o pasto, mesmo porque se o pasto sumir a quem elas vão recorrer, ao bispo?, não seu doutor, fico aqui deitado falando sozinho porque o éter que eu gostava de cheirar não arrumei mais, cheirava meu éter e parecia que tudo parava, depois um sono maior que eu caía, caía mas não sonhava, sabe?, o que fazia mesmo era viver ao contrário, não, não era como morto não e sabe por quê?, porque eu continuava falando sozinho, vinham umas idéias quase parando mas era idéia sim senhor, espichava uma palavra até não poder mais pra que ela não morresse em vida sabe?, até que a palavra não agüentava mais e apagava mas vinha outra sabe?, vinha outra palavra sim, e essa era mais forte, resistia mais, eu dizia, vamos dizer, cruz cravo credo e ia segurando a palavra assim por um tempo maior do que eu tinha e todas as agruras eram suplantadas pelo ar que eu respirava através das palavras se espichando, se espichando até que sobrasse o esquecimento de tudo o que não fosse: subordinação absoluta ao nada, sem pensar que exerço a profissão do me-dá-me-dá, nada, só nada. Sou um desterrado pois não? Sou um asceta exposto ao riso alheio, isso sim quem sou. Mas permaneço, eis a minha verdade, permaneço enquanto os homens aí pensam que a razão está com eles. Não me importo não, o banquete é só meu, quem quiser entrar que entre e se dissolva nisso que não é de ninguém, só isso: porra nenhuma.

Se és mendigo, falo para o moço louro, se és mendigo de verdade te desafio a falar como um mendigo, pois o que mostras na tua fala é uma ladainha de coisas ouvidas ao longo desses tristes anos de muita fala enfeitada e inofensiva, e essa fala pertence a uns poucos que tiveram cunha, e portanto não és um dos mendigos que são tantos, és um charlatão e eu não entro na tua.

Nesse momento noto que falo sozinho, que não há nenhum mendigo na minha frente nem dos lados nem atrás, era eu que falava com a imagem fantasma, ah se eu não pudesse mais exprimir o que quer que seja, puro silêncio cercado de deserto por todos os lados, talvez só aí recuperasse alguma coisa mais digna mas não, aprendi a falar ainda no útero e me parece agora todo silêncio inatingível. Falo e falo por essas ruas de Copacabana à procura de Afrodite, a quem pertenço desde os idos em que não me conhecia, quando ainda dizia bá para pedir o leite e este bá expressava uma carência maior, bem maior do que a boca no leite; falo e falo pelas ruas de Copacabana à procura de Afrodite por ainda

21 · *a fúria do corpo*

a fúria do corpo · 22

expressar esta carência, e mais carência me seja dada se for para explodir um bá nos olhos de quem já se esqueceu de si: bá digo aos passantes, bá grito ao cachorro machucado, me chamam de pirado na porta de um boteco, me chamam de bábábá na frente do cinema, vou clamando bá pelas calçadas e não importa nada que não seja este ensandecido bá agoniado.

Bá seria o som, a sílaba que tudo abriria, bá chegaria até o último esconderijo de alguém, bá o meu condão, meu abre-te-sésamo, afrouxaria as presilhas de Afrodite à penugem do meu bá, os infelizes babariam seus dejetos à música do meu bá, bábábá reluziriam as estrelas e a noite toda seria festa de luz do meu bá, meu dinheiro não chega para o café mas o bá transbordaria do meu peito saciado e se ouviria o canto dos mortos no mais régio silêncio e todos sairiam de suas casas ao encontro do bá, do mais puro bá, bá é o que clamo como a interjeição salvadora e todos os empregados saem de suas tocas e espalmam o bá nas suas mãos calosas.

Mas nem bá nem bu nem bi, retruco diante dessa apoteose de uma simples sílaba, não quero bá nenhum pois o que vejo agora não há som que exprima — é o balé aéreo de Afrodite para roubar a maçã de uma quitanda da Barata Ribeiro, Afrodite como que adeja sobre as coisas tal o gesto incorpóreo que pega com o mais invisível esmero a maçã proibida para os nossos bolsos, é a mais carmim a maçã roubada, essa maçã é o esmalte que Afrodite não tem nas unhas, é a cor puro realce, a dentada iminente, o sangue que mastigaremos, a gota que transbordará do lábio, Afrodite esgota sua dança quando enfim nos vemos escondidos na boca da entrada de serviço de um prédio e seus dentes mordem fundo a pele brilhante da maçã, o branco interior da fruta manchado do sangue dos dentes estragados de Afrodite, aquele sangue deteriorado é a marca da vida de Afrodite na maçã dilacerada pelas mordidas, abocanho também o vermelho da maçã empurrando Afrodite do meu terreno, quase exigindo que a maçã seja toda minha, dois bichos raivosos diante da presa parca, feroz extermino a maçã deixando para Afrodite apenas o cabinho da fruta e duas-três sementes como se dissesse que sua vingança é fingir que aquilo é a melhor parte do banquete.

Eu e ela tínhamos laços fortes. Amávamos como que nascidos da mesma infância imemorial: uma pedra caindo no fundo do mesmo poço, a pedra caía para um abismo nunca visto, só o som seco contra a água lodosa das trevas. Sei que foi assim que nos conhecemos. Ainda não tenho bem a certeza se ela vestia branco ou vermelho. Sei sim que nós dois choramos algumas lágrimas secas, e que as lágrimas feriam com suas ásperas gotas minerais. Amei, e você levantou a saia de organdi e me mostrou a xota em botão: castanha nos primeiros pêlos e com os lábios já inchados de premência. Meu pau ardeu e eu mostrei: abri devagarinho os botões da braguilha e o pau brotou com todas as suas veias e com a cabeça feito um projétil de carne. Botei. Fui metendo com o ritmo gradual do teu movimento.

Quando a gente se encontrava você dizia meu coração tá doendo, toca aqui. Eu tocava no coração com a mão espalmada sobre teu peito e sentia o coração responder: pulsava ali uma outra vida que não a minha, um outro ser vivo no mistério mas tão mineral que eu podia tocar, alisar na minha ternura, apertar com o ódio de quem possui o que não é seu e que no entanto se dá. Um coração apaixonado. O coração pulsava feito uma pomba na mão, batia contra o meu tato todo cheio da fantasia madura, prestes a ser mordida: eu mordia o seio que guardava

23 · *a fúria do corpo*

a fúria do corpo · 24

o coração você me dizia vem, e em cada convite mais uma curva do labirinto se desenhava; eu enfrentava mais uma curva e me perdia mais uma vez ao teu encontro. E cada encontro nos lembrava que o único roteiro é o corpo. O corpo. Vestimos do mesmo jeito até os 12 anos. Depois nos consideramos irmãos tão assemelhados no destino comum de juntos amealharmos os mesmos gostos — como por exemplo o gosto de estarmos sempre juntos. Não queria contar dela. Ela é ela. Mas poderia dizer de mim sem ela? Ela conta esparso, revolve menos, ama é contar as duas margaridas que encontramos entre ferros velhos aquele dia. Acocorou-se e xingou o vento pelo dano: despencadas e feridas no viço. Uma, duas: duas margaridas. Estou olhando para ela e vejo que coça os cabelos e que está percebendo que eu conto, conto. Ela tem medo que eu conte que nos momentos de tédio brincamos de soldado alemão. Ela me belisca até arroxear e solto um berro como um arroto que me fugisse da mente. Ela explode na fúria de uma vida inteira e diz que esse nosso enredo itinerante vai virar errante se não cuidarmos do trato com as palavras, pois são elas e só elas que estão armadas de entendimento: querem porque querem o entendimento de José, Sônia, Albuquerque-aquele-da-academia-de-ginástica. Estamos na Cidade não estamos? Há muito não sabemos o que fazer das nossas vidas, praqui-prali, sem termos ao menos a idéia se o pouso desta noite virá pior que o de ontem. Praonde ir? Respondo que por enquanto a gente ainda não sabe.

Se quer conte então, exclama Afrodite quase que intempestivamente radiosa, conte da nossa situação sem casa, e muito mais: conte que a gente tá ficando assim como a gente pensa mendigo sem prever, é só essa coisa da gente deixar ir deixando, não conseguir nem procurar emprego não conseguindo emprego faz tanto e se agarrar à gandaia gapo todo, bebendo a cachaça de uma esmola que caiu enquanto nem sabíamos, eu-suja-você-sujo-eu-suja-você-sujo-eu-suja-você-sujo. Conte que nos olhamos e nos achamos bonitos como recompensa e que você toca na minha bali e eu puxo a pele do teu babu escondidinhos no terreno atrás da Boate Night Fair e nessas ocasiões não largamos o corpo um do outro porque estamos na Cidade e ninguém tá aquela hora pra receber um casal que pede apenas um banho, ninguém acredita assim em dois que não têm ainda cara de terem saído do fundo da miséria, não somos ao menos José e Maria contendo o doce menino em fuga para o Egito.

Ela estava jogada agora num canto do terreno traseiro da Boate Nigth Fair, pernas abertas, os nervos genitais ainda latejantes, o trapo que a cobre no sono sujo de sangue, a mão que eu tinha enfiado na buceta dela toda lambuzada de sangue na frente do espelho arruinado, minha cara também toda lambuzada, corri a mão pela cara e pelo corpo todo me lambuzando mais ainda, o sangue pelo corpo todo, você disse parece um índio todo pintado na frente do espelho, um índio pronto para o ritual da consagração, eu precisava daquele sangue, meu sangue é teu você disse com as carnes sobre o trapo sujo de sangue, as carnes derramadas sobre o trapo sujo de sangue como a profanação de uma madona quinhentista, eu untando o corpo inteiro do teu sangue, o espelho refletia o índio imemorial, não havia memória que pudesse reter o índio ali pronto para a Festa, ninguém recorda mais o índio nesse instante e o índio ali começou a ouvir você cantar, você cantou uma música que este índio não conhecia, você se ajoelhou e começou a cantar uma música dividida em três partes: na primeira exaltava a si mesma, na segunda a mim, na terceira o Universo, você cantava ajoelhada e em cada parte da música exalava cor e timbre diversos, a cada frase uma sujeição mais absoluta à música, tão absoluta que quando te vi o espaço estava vazio e já não havia qualquer música; te procurei, apalpei o trapo com toda gana, você não podia ter feito isso comigo que te queria tanto, revolvi o trapo com toda a humilhação como se você ainda pudesse estar ali diluída no pano, fiz do trapo uma trouxa desesperada que passei pelo corpo, fui passando pelo corpo todo limpando o sangue traiçoeiro, não queria mais te ver no meu corpo, puta nojenta, escrota, porca leprosa, que a terra te extermine até não sobrar nem uma unha, que você morra cachorra na mais fedorenta das solidões — nesse momento uma latinha d'água fresca roça meu rosto olhei: era ela que tinha ido buscar água, você tá branco ela disse, quedê minha mancha no teu corpo, quedê amor? Bebi a água devagarinho, lentamente, cada gole me descendo como o último alento.

— Enfia a mão na minha buceta...

Afrodite arreganhou os lábios da buceta com os dedos e eu só aí notei que ela estava menstruada. Eu gostava daquele sangue, imprimiria nele a minha sede que ficava vermelha, vermelha era a minha sede, e meu pau subia e nisso estava a minha dignidade, não a minha dignidade de macho ou qualquer coisa que significasse minha cidadania havia tanto aviltada pela Cidade que me fora dada, não era macho nem fêmea nem cadela nem galo, eu era meu pau subindo, eu era a natureza que quando menos se espera se revela como um cão faminto diante de uma posta de carne, enfio sim meu amor, enfio a mão na tua buceta, enfio a vida na tua buceta, se você precisar enfio a alma na tua buceta e te darei luz, é só você pedir que serei todo amor, todos os deuses que você sonhou se encarnarão em mim e dentro de você serão mais deuses, mais deuses, não há limite para os deuses, eles serão cem, mil, milhões, e animarão teus passos, tua circulação, tua cabeça, tua chupada na minha pica e em todas as que ainda levantam e por que não as extintas, eles animarão a mesquinhez que te leva a esmo pelas calçadas mais imundas até que você devasse toda a podridão do mundo e ressurja iluminada para reinar: foi para isso que você foi feita, reinar-reinar, mesmo que quando chegar ao reino você se veja no terminal da vida e o reino tenha a duração de um suspiro, pois é para isso que você foi feita meu amor, enfio a mão na tua buceta sim, ó como ela entra na tua xota apertadinha com todo o amor, ó

— Sou todas as mulheres que já amaram. Sou Afrodite, Greta, Helena, Catarina, sou meu corpo contigo, a esperança de romper o hímen da pessoa que é tu, vem e te espanta com o meu outro. Pega na minha xota, investiga, incendeia, reclama do alheio!

— Sabe que te amo e o mundo tá morrendo à míngua?

Ela se levantou e tinha o rosto suado, duas placas de ardência.

— Sabe amor?

Eu apenas ouvia. Não queria compromisso com nenhuma resposta.

— Sabe que nós dois não comemos há dois dias e meio e que assim mesmo há um Governo sobre nossas cabeças?

Não é que eu não quisesse compromisso. É que quando ela perguntava assim havia qualquer coisa de provocação na

27 · a fúria do corpo

voz dela, como se um desespero até ali surdo fosse arrebentar de repente em cima de mim.

— Sabe que vai chegar um ponto em que este mundo não
vai ter mais comida, em que o feijão com arroz diários vão ser
um sonho longínquo lá da infância, em que só os afilhados
das autoridades vão conseguir emprego, os outros podem ter
título de doutor o escambau, mas te quero viu amor?

Dois generais engalanados guarnecidos pelo dobro de
guarda-costas saem do prédio e entram num carrão preto
oficial. Óculos escuros. Não se pode ver se as pupilas deles
giram ou estão estagnadas ou se olham, quem sabe, para
você. Ou para mim. Devem ter altas, assessores dos mais
poderosos ou talvez os mais. Nunca os vi em jornais, não sei.
Passávamos pelo prédio em direção ao jornaleiro nosso
amigo que nos dava vez em quando uns trocados. Precisávamos comer... Ele nos dava os trocados. A gente comenta os
dois generais. O jornaleiro nos dá vinte cruzeiros, diz em
que boteco a gente pode pedir a média e o pão com manteiga
mais barato. Mas não são tabelados? pergunto. Ele responde que nada, cada um cobra o que quer. Você estava bonita
esse dia, tinha lavado os cabelos no mar. Você insistiu no
assunto dos generais e disse baixinho pra só eu ouvir que
assassinava se... Nesses momentos eu não podia segurar o
riso e você vermelha de ira, vermelhíssima, não respondia
nada mas ficava se contorcendo toda por dentro porque
pensava que assassinava mesmo, matava um por um aqueles
milicos que tinham assaltado o Poder da nación brasileña
igualzinho a um gibi com uma heroína toda sexy exterminando o Gênio do Mal, você achava que tinha poderes revo-
lucionários encobertos, que era só rasgar o último trapo que
te restava e cair na farra revolucionária, pan pan pan com a

metralhadora aos quatro ventos, matando generais, coronéis, agentes da CIA, matando a mim também que só me esvaziava sem mérito, apático na própria dissolução. Você matava. Matava um por um todos os que fossem obstáculo entre você e a tua Graça de estar viva, eu ria, não por ser bocadinho mais velho e me colocar na sabedoria da experiência e realismo não, eu ria pra escarnecer do teu despudor em revelar os instantâneos da mente, ria e te odiava porque também queria e não conseguia mostrar o rumor colegial do coração, e enquanto isso meu coração ia se enrugando antes do tempo, não fica assim tão insofrida porque rio de você menina, tenta eliminar meu ódio com a graça da tua verdade, fala, fala que você terá um ouvinte extremoso pela vida afora, um ouvinte só teu que deseja o mundo dele violado pelos teus sortilégios menina. Te beijei na garganta em plena calçada. Era verão no Rio. Você encostou a língua apaziguada no meu ouvido e respirou menina. Eu não queria te perder, te acompanharia no assassínio do Ditador, te pediria que o último tiro fosse dado bem na boca do estômago e depois exultaríamos brindando num fogoso carnaval eterno menina, eu e você com o povo da nação em volta cheirando lança-perfume argentino. Te amo menina.

Depois, certo depois, agora, nós dois no escuro. No mais completo escuro: pego tua mão — fria — passo ela pelas minhas pernas, coxas, levo-a até meu pau, a mão fricciona meu pau que responde-incha, incha e adivinho o vermelho do pau-cego no escuro-escuro, você acomoda a buceta em cima dele, você de pé dobrando os joelhos na beirada do banco de pedra atrás da Boate Night Fair, escuro-escuro, a única luz é o desejo que se acomoda entre nossas pernas, você me chama de avarento, que eu gostaria de estar dando o cu nesse momento, prendendo alguma coisa dentro como a prisão de ventre, respondo que qualquer coisa menos o cu, saboreia respondo com quase brutal veemência, pensa que meu pau é teu agora e se ele tá duro feito pica é porque é um caralho que tá metendo numa xota molhada, você exala um suspiro como quem há muito nem respira, tem uma queda de cabeça e me chupa o pescoço, digo não me marca, você chupa mais, sempre mais como se tua boca sorvesse todos os meus glóbulos, eu te chamo puta rasgada, mordo com toda gana um bico de seio, você geme a dor, berra, cresce no desespero do teu gozo, puxo teus cabelos e tua cabeça arqueia para trás eu puxo, uma carroça apinhada de margaridas do campo é puxada por um burrinho sobre terreno pedregoso, o burrinho conduz a carroça apinhada de margaridas do campo com o passo natural de quem nem suspeita do frescor da carga, olhando bem se nota que a carga se compõe de rosas roxas e viçosas de uma cruel beleza, não mais a candura das margaridas do campo mas o violento veludo das rosas roxas, roxa a tua carga burrinho, roxo o teu destino, roxo e aveludado é o que transportas para além desse terreno pedregoso, sinto as primeiras palpitações do escroto, o esperma da terra vai jorrar, você grita goza-goza-goza porque já pressente a contração do teu gozo, o mundo é maravilha, o burrinho puxa a carroça apinhada de rosas roxas, puxa como se tivesse agora pressa embriagada de chegar ali no precipício, o abismo esconde a volúpia da promessa e o burrinho vai e força o corpo todo pela correnteza e carroça e rosas roxas e burrinho voam ao encontro da escuridão do fim do abismo, grito, você grita, ejaculo rente à tua alma e sujo o mistério com meu leite, o meu amor cercando a cidade sitiada, cercando mas a expectativa se estilhaça, se quebra, rompe porque a luz do nosso sexo é consumida agora que só resta o ruído bruto e seco do burrinho e da carroça contra o fim do abismo. E nos estiramos sobre o pano sujo. Nos separamos. No escuro agora mais escuro o silêncio se propaga. Há uma membrana entre você e eu, agora. Ainda. Próximos um camburão veloz e uma sirena. Alguém tropeça no meu sono e eu grito o nome não digo. Nome não. Não adianta retalhar meus nervos, me inquirir, interrogar, nem mesmo torturar. Nome não. Quando criança me ensinaram assim: nome, idade, endereço, escola, cor preferida. Não, não vou entregar ao primeiro que aparece; nome, idade, essas coisas soterram um tesouro: sou todos, e quando menos se espera, ninguém. Meu nome não. Sou negro como aquele ali que bebe a pitu no balcão e esgravata com palito de fósforo a falta de dentes pra rememorar a miséria. Não tenho cor. Sou incolor como uma posta de nada e morro agora neste instante se você vier...

Afrodite implora que eu pare de sonhar em pesadelos. Puxa-me pelo braço, quase me quebra a omoplata, escarra no meu peito, diz xingamentos que vão até minha origem, contrai-se, crispa-se, morde os lábios, se eu morrer me verá sempre infiel, infiel por toda a eternidade, dormirá com os cachorros mais repugnantes que encontrar pelas ruas, chora, vitupera, quer me reanimar, me puxa, sopra boca a boca um hálito acre, sujeita-se a se proclamar humilhada com minha morte, que eu vire velho então mas que não estrebuche ainda porque ninguém exige de um velho muito, por mais na penúria o velho é paisagem comprazida, um passar de olhos mais ou menos respeitosos pelo velho e poucos o importunam, o jeito é ser velho, velho como qualquer coisa bichada de velha mas não morta, carcomidos de velhos mas não exterminados.

31 · *a fúria do corpo*

Mas naquela esquina ali jaz um atropelado quase morto sorrindo feito um idiota pra chacrinha que se monta em volta, ah meu bem suspira Afrodite me pedindo que não morra mas conte, conta que ninguém é perfeito e que a gente se ama à nossa maneira, com dentadas, socos, pontapés, ofensas de humilhar a vida, conta que quando passeávamos outro dia pela Quinta da Boa Vista pra descansar os pés sujos por ruas e ruas surgiu um macaco extraviado que nos olhou como os primeiros irmãos naquele triste jardim, tão vultosos os rudimentos humanos que carregávamos em nossas pobres imagens.

Mas o atropelado quase morto sorria de um prazer que juro ninguém estava ali em condições de entender, mesmo porque no outro quarteirão um assaltante era despido por um guarda à procura de mais armas, o PM separou as nádegas do crioulo e enfiou a fuça pelo cu adentro vasculhando alguma coisa que não havia e já ninguém mais queria ver o atropelado, todos correram para ver o homem nu levar porrada e mais porrada e cuspir na bota do PM e levar um tiro no nariz sumido numa grota de sangue, o atropelado sorria não é possível, o assaltante não, é mais real porque todinho morto, só o sangue da grota teimando em derramar-se como fonte de uma vida que o crioulo parecia ainda ter lá dentro, uma criança fazia xixi no outro lado da rua e já tinha o pinto emplumado e mijava satisfeita com seu crescimento, enquanto nós dois, eu e Afrodite errantes no confuso cenário, pensávamos era no dia anterior, quando sem querer fomos dar na capela mortuária de um hospital no Catumbi — dávamos sem querer em tantos absurdos! — e a morta estava verde sobre a mesa, não tínhamos idéia de quem fosse o cadáver, mas fosse quem fosse não tinha expressão de alguma memória mais amena, as sobrancelhas arqueadas de dor, qualquer coisa de brutal nas unhas crivando as mãos. Somos os nós-outros, apesar de tão doídos ainda não carregamos o cenho dessa morta, confiamos que um dia as coisas pelo menos se elucidem, basta continuarmos atentos diante da solução que jamais acontece, Lázaro soube esperar e Ele apareceu com o sopro de um amante e tudo voltou ao que era.

Era a primeira vez que Afrodite me abandonava mais que um avulso extravio. Deixou ao lado do meu sono um bilhete: Eu volto um dia. Afrodite. Soube mais tarde que fora morar com um surfista em Saquarema, surfista quinze anos mais novo que ela, fiquei alguns dias meio catatônico, tomava leite de magnésia porque grana pra comida de verdade não havia, lembro que uma tarde pensei em comer a grama rala e queimada da Praça Cardeal Arcoverde, mas fumava filava cigarros de todo mundo na rua um atrás do outro, fuçava um ar de terrorista diante das menininhas fumantes, cigarro não faltava, um dia fui me levantar de um banco de praça e eu era todo fraqueza, nem um passo, nada, não vi mais nada e ao acordar não sei como não estava como seria de se esperar com alguém sem um único documento na cova rasa mas numa enfermaria do INPS.

Nunca descobri como vim parar aqui. Hoje a enfermeira veio me dizer que uma amiga minha chamada Afrodite tinha telefonado pra saber se eu realmente estava aqui e que iria me visitar no dia seguinte domingo dia de visitas. Afrodite... Já me sentia melhor, já estava de pé mal a enfermeira saiu da escuridão e entrou na penumbra que anunciava o dia. Já estava de pé por causa da ansiedade de rever Afrodite? Não: não era ainda a hora de Afrodite. Já estava de pé antes do galo para me imbuir da fuga da enfermaria. Não, não era ainda a hora de Afrodite.

33 · *a fúria do corpo*

Um dia eu reveria Afrodite, mesmo que estivéssemos perdidos num canto do mundo reveria Afrodite, quem sabe no caminho entre Cingapura e Trieste reveria Afrodite mas hoje não mil vezes não porque ainda não é a hora de Afrodite. Hoje era fugir da enfermaria, de Afrodite, fugir da vida que me levara até ali. Hoje eu deveria começar por ir até o leito do menino que tinha a bunda mais linda da enfermaria e do mundo, me debruçar até seus ouvidos e fazer o convite vem, vamos sair daqui, fugir pro mundo. Via que o menino já estava bom, era festa entre as enfermeiras porque ele já estava livre de todos aqueles apetrechos como o soro, fios, agulhas, o menino se levantava e passeava agora embora ninguém dali pudesse ir muito longe porque a outra metade do hospital era de fregueses particulares, então não podíamos espantar a freguesia particular e suas visitas com nossa triste figura de miseráveis fregueses de um INPS miserável, com nossos pijamas uniformizados sebentos, peçonhentos, manchados, mijados, babados, cagados, fregueses tão à flor da morte que só nos restava ficar à mercê do INPS dentro das paredes daquela enfermaria e continuar na nossa sujeira, feiúra, insensatez de base. Mas de uns tempos pra cá eu começara a acompanhar o menino por passeios até onde as fronteiras de fregueses do INPS permitissem, sentávamos nos fins das tardes junto a uma sacada numa das pontas da enfermaria, de onde se avistava a imagem inteira e soberana do relógio da Central do Brasil, ali era um cantinho onde pouco éramos importunados já que poucos eram os doentes em condições de caminhar até ali, ali conversávamos sobre progressos da saúde, a facilidade de se fugir, eu dizia que era até um favor que prestávamos ao INPS, éramos trastes que fariam bem em sumir para que outros trastes pudessem entrar e fazer número e impressionar.

Afrodite me abandonara pensando talvez que eu encontraria conforto de um amigo, quem sabe algum amigo do ginásio, talvez chamado Lourenço, mas o Lourenço não existe, jamais existiu, o Lourenço habita o limbo e não me ouve, mas a qualquer momento pode ser acionado porque não agüento, então entra o Lourenço, vou visitar o Lourenço que não vejo há vinte anos e portanto é bom que eu vá só, faz tanto tempo, qualquer outra pessoa iria dissolver o que ainda não foi reatado, não, só eu e ele, a qualquer sopro mais vigoroso o Lourenço se desmancha, faz tanto tempo, Lourenço no seu quarto, entre livros abertos de quem lê no inverno enfiado num cobertor, Lourenço toma vinho, fala de Rimbaud, dos Césares e do povo, ó Lourenço como gostaria que você existisse, só hoje, assim, magro de reinar insone sobre as questões do mundo, não vai te resfriar pra depois pegar uma pneumonia ou até uma tuberculose cuidado, ó Lourenço magro como eu, triste de tanto esperar pelo Messias de Bach (Haendel jamais, né Lourenço?), foi quando eu deveria estar contigo Lourenço que me veio a primeira insinuação da extrema fraqueza e a dor daninha pelo corpo todo, me masturbava violentamente no banheiro de um boteco, o bilhete de Afrodite no bolso, eu de pernas abertas sobre o vaso cheio de merda entalada, as rosas perfumadas não movem moinhos, talvez movam o moinho de um velório, o morto ali resistindo heróico àquele cheiro viciado de rosas vermelhas. Lourenço, queria o teu coração Lourenço, fazer dele meu novelo das horas insuportáveis na enfermaria, o relógio da Central do Brasil visto do leito, não me deixando dormir pois os ponteiros eram a lembrança constante de que os dias estavam contados para a população daquela sala descascada, contados naquele ócio fedorento ou fora dali em

35 · *a fúria do corpo*

a fúria do corpo · 36

fábricas, oficinas, merda de vida eu queria dizer mas ninguém me ouviria, estavam todos submersos em fios de soro, seringas, fios da pica pro penico cheio de mijo, gente definhando, morrendo sem visitas, ninguém nessa mas preferindo essa a estar lá fora com o rombo da fome, a mulher supurada de agonia, filhos ranhentos e esqueléticos, ah sim, existia o menino que tinha levado tanto golpe que estava em coma, não acordava mais, só se debatia, se revolvia, se contorcia todo roxo, mas tinha uma bunda, aparição, no mais a merda do mundo tinha sido jogada naquela enfermaria e eu estava sem poder andar tal a dor e a fraqueza, vinha o doente louco me dar passes desfigurados encostando em mim um rosário e um pano úmido, contando que era vigia de uma escola de Nova Iguaçu e que os assaltantes apareceram durante o recreio e que ele salvou todas as criancinhas mas acabou levando a pior, um tiro na nuca, e que agora tinha ficado assim vago e minha irmã não me quer, ela que podia me pegar de volta não quer, o marido proibiu, o marido é bicheiro, tá ficando rico podia me deixar uns tempos com eles, eu dormia, dormia ouvindo ele falar do tiro, mas me vingo eu sei de onde veio aquela quadrilha, tem uma bicha nojenta no meio deles, ela quis que eu comesse ela ano passado, me seguiu até em casa, levantou a saia, mostrou a bunda, sou bem apertadinha vem bem, aquele cu tinha cheiro de merda mesmo nada mais, por mais que a bicha perfumasse e defumasse aquele cu era a merda mesmo que ele cheirava nada mais, eu dormia, dormia e ele me contava encostando o pano úmido na minha testa, o senhor sabe, dizem que fiquei bobo com o tiro mas eu quero morrer agora aqui se não mato aquela camarilha toda Deus tá comigo, já sofri demais, tou aqui sem emprego, sem grana nenhuma, dizem que fiquei bobo da nuca pra tudo que é canto mas é mentira o senhor não me tá vendo aqui falando como gente?, o senhor não me tá vendo dizendo coisa com coisa?, é que sou muito sozinho, sempre fui muito, desde criança sempre sozinho, andava pela Baixada feito um desgovernado, entrava num cinema, visitava as putas, às vezes comia três por dia, uma delas quis casar comigo, te sacode pra lá eu disse, e assim fui ficando sozinho cada vez mais sozinho, consegui esse emprego de vigia na escola, conversava mesmo era com as crianças, uma garotinha lá no meio delas com onze anos já dava pra garotada, um dia peguei ela com um garoto dos seus treze no banheiro da escola fodendo, a garotinha gemia, já sabia gemer feito cadelinha, o garoto metia metia com a rinha toda, pois eu deixei, não incomodei não, deixei que os garotos se divertissem lá com eles, fiquei espiando pela fresta, os dois de pé ali naquele ieque ieque ieque, a garotinha toda lambuzada de sangue na xoxotinha, fiquei espiando porque tava engraçado o garotão comendo e soltando uns peidos ao mesmo tempo, a garotinha gemia suada num calorão do inferno, era fim de ano e os dois ali de pé fodendo, a garotinha com a saia levantada, o garoto com a calça arriada e eu ali com toda tristeza da vida por não ter uma mulher comigo, havia muito eu não tinha mulher, as putas tinham aumentado muito o preço, a inflação taí elas gritavam pelos becos da Baixada e nunca fui homem bonito pras mulheres virem sem preço, sempre fui como esse pijama aqui, roto, maltratado, vivendo no quarto de um barraco, sempre soube que ia ser assim, só esse tiro na nuca que não, desde que vi meu pai pela derradeira vez se afastando num barco ao largo do Rio Realeza, minha cidade de nascimento, meu pai se afastando ao largo pra nunca mais voltar da pesca,

37 · *a fúria do corpo*

a fúria do corpo · 38

o barco se afastava, se afastava, noitinha, o barco e meu pai cada vez mais só vulto pela garganta do horizonte, foi pescar almas ele dizia, dizia que era como São Pedro porque ele sempre pregou, pescava apenas quando nossa fome era tamanha, no mais pregava às moscas, na praça deserta, e se dizia pregando e pescando isso sim almas como São Pedro, no dia 29 de junho se paramentava de panos brancos e amarelos, as cores do Vaticano e de Pedro, duas grandes chaves ele erguia contra o sol e clamava que abriria a porta do Céu para quem se arrependesse a tempo pois o pecado das criaturas deixa todos impregnados de aflição, o mundo todo tá impregnado de aflição, ergam aos céus os olhos arrependidos que com essas chaves abrirei a vida eterna porque tudo é só dor, mesmo esse sol que nos abrilhanta queima com a incandescência do inferno; meu pai comia pouco, tão pouco que às vezes olhava para a melancia e via ali o mel vermelho do pecado, sim, meu pai achava que tudo era manifestação das mensagens, na cor duma fruta podia estar a ira do divino, meu pai foi o mais alerta dos mortais e me protege, sumiu ao largo do rio, sumiu, foi sumindo sumindo pra vida eterna pela garganta do horizonte, fiquei na margem acenando pruma coisa que já não era meu pai mas ele me protege taqui, ali na margem tive a certeza que a vida era dor e que não havia salvação nas trevas dos sentidos.

No leito em frente ao meu havia um velho. Da pica murcha e finda saía um fio por onde a urina escoava até um penico morrinhento de mijo coagulado. Muito velho, cada segundo da sua contagem regressiva ameaçava ser o ponto fatal que ele parecia não querer adivinhar. Me fitava quase o tempo todo, seus olhos chispavam ódio em direção à minha idade e eu devolvia o ódio, não queria aquele fim de linha na minha frente, a velhice exangue, atirada e precisando da enfermeira pra mudar a posição do travesseiro, nos odiávamos e nos olhávamos e nos fitávamos por minutos e minutos, você não tira de mim o que me resta de vida eu gritava calado e ele armava um volume de saliva pra me cuspir na cara o veneno da velhice no mais total desamparo, o penico fedia e ninguém esvaziava aquele mijo que já se derramava, o velho ganhava um banho matutino da enfermeira que passava mal e porcamente um pano enxovalhado e ele não perdoava, não perdoava meu olhar de ódio mais novo que o dele, se ele tivesse mais vida pra odiar quem sabe me cuspisse mesmo na cara sentindo todo o sabor do líquido que segregava mas não, nem mais saliva o velho tinha e nós dois nos odiávamos sem clemência — e se o velho morresse de repente ali? me perguntava e ficava pensando se algum remorso em mim sobreviveria ao velho, algum remorso pelo ódio todo do mundo mas não, o velho não morria, morrinhava, morrinhava como um elemento de uma vegetação escassa, rasteira, rala, teimosa...

Aos domingos à tarde o velho recebia a visita da família, uma filha e um genro crentes, o genro lia trechos da Bíblia num terno marinho lustroso de uso, o velho ouvia como se não entendesse mais palavras, a enfermeira vinha e dizia tá melhorando, tá melhor, já me chama pra limpar o xixi que suja a cama, ontem mesmo o fio saiu do lugar e ele urinou sem querer na cama, fez feio, muito feio, parece uma criança, tá ficando criança de novo seu Dino, que feio, muito feio. A filha abria os lábios tentando expelir um sorriso, o coque que escondia compridos cabelos na nuca, o genro apertava a Bíblia como se nela estivesse a bóia para o manter acima daquele mar de mijo, o genro era amulatado e não sorria,

39 · *a fúria do corpo*

apenas acreditava que o sogro passaria dessa pra melhor, mirando o velho cheio de uma força que chegava à beira da arrogância, inflava a alma diante do sogro, suava gotas grossas pela cara e mais suaria se não fosse um lenço freqüentemente arremetido contra a cara e a nuca, cacoete de altivez generosa porque estava ali com a palavra de Deus e, então, com o único conforto. Mais não diziam, pois no velho já não se abria nenhuma fresta de ilusão que o fizesse vislumbrar sair daquele charco de lençóis em vida, e a filha e o genro pensavam que só o silêncio poderia acolher mais essa vontade de Deus. Os dois sabiam que Cristo havia ressuscitado. E havia Esperança. O velho já não se lembrava. Lembrou-se sim de me olhar para se assegurar de que o ódio ainda o mantinha vivo. Afastei os olhos para o relógio da Central: não permiti que o bandido me alvejasse e pilhasse nos anos que eu ainda esperava para mim. A filha e o genro não se davam conta de nada que não fosse guardar a chama da Esperança e nem mesmo vi que já se tinham despedido do velho e lá se iam pregar para o domingo. Adormeci. Sonhei que o velho me observava no sono e que esquecia o ódio e descansava as vistas na mais profunda admiração pelo meu corpo ainda tenro.

E eu mais dormia, no mais subterrâneo dos porões, a ponto de me evadir do próprio sonho e apagar em mim qualquer vestígio de presença. Eu existia tão-só no olhar do velho. E para que esse olhar fosse de admiração eu precisava penetrar no sono absoluto, quase. Um pouco antes, muito pouco, lembro me ter perguntado: e se eu acender os olhos e o olhar? Seria o avesso mais uma vez: o ódio. Não havia mais dúvida, o velho só me fulminaria com a admiração se eu permanecesse submerso na minha imagem.

Nada mais, além da admiração em cima do homem que se entregava aos olhos do velho.

Mas tudo durou um átimo, pois a enfermeira da noite já me chamava e sacudia e precisei pegar com brutal força nos seus ombros, voltava à tona do pântano, voltava à superfície, ao charco de gemidos, voltava à companhia e ao medo das baratas que passeavam pela parede e voavam até os leitos, bichos impunes pois já ninguém se queixava e o INPS não pagava a ninguém o suficiente para matar baratas, me agarrava com toaas as mãos na enfermeira, precisava de ajuda para voltar à tona do pântano e de socorro por estar novamente a descoberto no horror. A enfermeira desorientada queria apenas me dar um comprimido e me aplicar uma injeção e me empurrou o comprimido pela goela abaixo e quando preparava o bote pra espetar meu braço dolorido eu surpreendi a chama de uma vela boiando no escuro: na minha frente, à esquerda da vela o vulto todo coberto por um lençol que parecia branco sob a luz bruxuleante da chama, o corpo tinha encolhido e dele se viam as solas dos pés porque os lençóis do INPS são curtos, sempre curtos, se tapam a cabeça os pés ficam de fora, e as solas dos pés estavam bem esparramadas pros lados, faltando alguma corda que pudesse amarrá-los e juntá-los, perguntei à enfermeira e as solas? mas não, eu consertei não são as solas, o que preciso perguntar é:

— É o velho?

Que que você acha ela respondeu como se o enfado fosse a única coisa que a segurava acordada, mas aí apertei e empurrei a mão que vinha em direção do meu braço com a agulha, e com uma força que me expelia todo o suor do mundo, a febre no seu vértice, olhei o cadáver do velho envolto no

41 · *a fúria do corpo*

lençol, então toda aquela admiração do velho no rumo do meu corpo não passara de uma farsa?, então havia apenas um cadáver sem a menor possibilidade de olhar sobre mim admirado?, nem aquele exíguo instante de admiração eu merecera?, nada que não fosse dor e solidão? Ou quem sabe, ainda perguntei esperançoso, quem sabe o olhar do velho correspondeu à hora de sua morte e eu fora o seu último encantamento da vida? Não sei disse a enfermeira me espetando a agulha, e o velho dormia só, naquela solidão que ninguém é capaz de violar, tão sozinho que só olhá-lo representava um gesto fracassado. Não havia nada que alguém pudesse fazer pelo velho: ele vivera como cada um e já estava velho, morto, irrecuperável para qualquer compaixão. Ouvi uma música num rádio fanhoso que passava nos arredores, um bolero cantado com drama, pensei tudo isso é pequeno, o velho já era uma coisa a mais, já nenhum bolero o comovia. Para qualquer bolero ou admiração, tarde demais. E nenhum remorso sobrou em mim por todo o ódio que eu tinha dedicado ao velho. Apenas a vergonha pelo próprio velho, por ter sido ele acometido de toda a mesquinhez da Terra e continuar ali extinto agora, permanecendo para sempre na sua mesquinhez. Mas para quem eu poderia apresentar esse saldo de vergonha? Quem poderia contê-lo num ato solidário? Na torre e no relógio da Central o tom rosa de mais um dia, e este seria bonito. Eu disse quero dormir. Mas o velho estava morto ali na minha frente. Eu não conseguiria. Até que um caixão ordinário apareceu. Segurando as alças, um de cada lado, a filha e o genro saboreando o peso e mais uma vitória. Ali estava o morto como o sinal mais consumado da verdade da crença que traziam sempre de plantão. Por mais que cultivassem algum ríctus a hora era de vitória: a prova cabal de que eles, só eles mostravam o caminho. O dia já se revelara inteiro, bonito. O louco do tiro na nuca se espreguiçou, abriu os olhos, olhou uma das janelas e resmungou pelo café e o pão.

O velho, morto, era um santo — o que não era: era um diabólico, odiava o que me restava de vida, queria ódio; mas, morto, era um santo. Prefiro ele um crápula, mas vivo. Um santo...! Na companhia de um santo o louco do tiro na nuca podia desejar e pedir com toda a obscenidade o café com pão porque o morto ali, um santo, não repara míseras fraquezas em doação de santo. Santo. Santo. Santo. Santo o suficiente para não reparar no café com leite da vida, o santo não repara, vive na castidade de morto. Para não sentir a dor da vida, ou melhor, para não se sublevar contra a dor da vida, os homens santificam o morto, não percebem que o repouso é ilusório para as criaturas lesadas, o repouso apenas mortifica a memória do morto. Queria então não mentir, chegar perto, abrir a boca do morto e, como um beijo de memória vingada, cuspir pela boca adentro do morto com todo o sal da minha saliva, profanar com raça os pulmões do morto sem o menor respeito pelo morto, sujar sua morte com a mesquinhez do meu ódio, denunciar a mesquinhez da vida. Não fiz. Antes que fingissem lavar e vestir o corpo do velho fui até ali me arrastando de dor, fui até ali, levantei o lençol e vi a cara do morto com a boca aberta de apenas dois caninos e pedi à enfermeira que a fechasse em respeito ao morto. A enfermeira não me ouviu direito e perguntou pra não entrar mosca? Pra não entrar mosca respondi com um cansaço todo doído. Doía a vida doía. Mas era vida. Portanto, respeito ao vivo doído que sou. O maior respeito. E fiquei ali assistindo à filha do velho fazer um nó de fita branca em volta da

43 · *a fúria do corpo*

cabeça do morto. Agora a boca fechada, os lábios encenando uma paz que nunca houvera em vida. O morto descansa. Viveu para isto: descansa. Lá fora o sol é a mesma fruta de sempre. E os enfermos já babam o pijama com leite e esfarelam a cama com pão porque é outra manhã. O leito do velho já vazio. À espera de outro. O seu Dino morreu, comenta o louco do tiro na nuca com a boca cheia. O lençol com que a enfermeira cobre o corpo não é de linho. O menino deve ter no máximo dezessete anos e está nu, apenas o corpo azeitonado sob o lençol que esvoaça de repente jogado pro chão em espasmos, o menino resiste nu às escoriações hematomas e agulha que penetra fina na veia e transmite o soro, o menino se debate, rejeita a agulha, o lençol, e quer a nudez completa, nada que o ligue à vida só porrada, a enfermeira se inflama em suas admoestações, quietinho quietinho bichinho — volta a espetar com todo o ímpeto a agulha do soro na veia do menino (que rebate, não quer) e ela estende o lençol como uma lavadeira na manhã azul entre varais ao vento como se assim cantasse hosanas ao corpo jovem e desvalido, ó meu menino frescor das carnes seja bem-vindo à minha enfermaria, tuas feridas serão saradas, te soprarei saúde; os seios se derramam entre os botões superiores abertos e ela se debruça toda farta amarrando com panos brancos os braços e os pés do menino, fique quieto, quietinho passou, tudo passou, você não é mais de ninguém, só meu, você não tá mais levando porrada de ninguém quietinho, agora é só curar não há mais briga nem ódio, assim quietinho — ela espeta fundo o soro e ele cessa. Mas a enfermeira permanece ali, disfarça sua adoração mexendo no fio de soro mas adora, e ouço ela dizer meu índio, e como a vaca de uma manjedoura, no escuro da enfermaria, ela desabotoa mais um botão e roça as mamas no rosto do menino. Menino índio, ela sussurra.

O menino costumava afundar o púbis num travesseiro que sempre trazia sob o corpo de bruços, a bunda dele então se realçava a tal ponto que eu via naquela bunda meu único oásis da enfermaria, o único lugar possível de beleza e oração, um puro sangue se exalta, no pobre leito da enfermaria um berço, e este berço está necessitando de adoração; adoro aquela carne, comeria ela numa bandeja de prata, de ouro, de todas as riquezas do mundo, iguarias, as coxas brotando morenas em curvas de montes do Deserto, na mais completa aridez e desolação sendo adoradas como a Estrela. Anunciação de um anjo? Um anjo desvalido, com as asas quebradas prematuramente, que resiste apenas porque de verdade nele mora um anjo: cabelos suados e escorridos o anjo-índio dorme num repouso fronteiriço, assim se entrega ao sono porque o fascina a deserção; minha voz queria aliciá-lo a não morrer, fique, volte, porque meu coração te necessita, você será meu anjo, passarei tua roupa, te farei mingau, jogarei estrelinhas no teu sono e só te nutrirei do amor real como o gostar da tua bunda e adorá-la. Por vezes ele se revolvia e eu tinha vontade de chegar ali e alisar os cabelos do anjo, passar escavar a mão pelo seu corpo todo como num garimpo, dizer meu bem o mundo tá precisando mesmo é de amor e você meu menino tem o corpo amado, o menino mais amado do Planeta, numa enfermaria do INPS tem um menino que é o menino mais amado do Planeta, não interessa perguntar pelo seu estado de saúde e nem mesmo pelo seu atestado de pobreza, ele é amado como um príncipe e deste amor assim não vai nascer erva daninha; eu adorava aquele corpo e ele já era quase luz, tão mergulhado na pequena voltagem que o mantinha.

45 · *a fúria do corpo*

Algum tempo depois, nos nossos passeios até a sacada eu confessava que me sentia novamente cheio de força e que minhas pernas se mexiam sozinhas de tão excitadas. Ele contava que quase morrera de tanta cacetada de um grupo inimigo, eu perguntava que grupo, ele apenas mudava o adjetivo e dizia um grupo adversário que mora na Cidade de Deus como ele e que uma noite bateram nele com pau pedra soco pé e quase mataram ele num redemoinho que o fez pensar em morte, tô fodido ele contou que falou com a voz indo só até a garganta, e ele ficou esperando debaixo dos paus pedras socos pés, ele ficou esperando que chegasse a um ponto em que não sentisse mais nada e não enxergasse mais nada e pensasse mais em nada.

— Você ficou esperando a morte?

— Acho que é — o menino respondeu afogueado.

E que num ponto ele parou de sentir de enxergar de pensar. Mas a morte não veio e ele só lembra depois na enfermaria sem entender, só a massa escura e convulsa na cabeça, mas lembrar da porrada que desabou sobre ele só agora, recompondo tintim por tintim ali na conversa comigo. Eu pedia conta mais. O menino contava. Mas chegou um momento em que suas palavras já não despiam sua vida passada mas eram blocos de sons que rolavam da sua boca como pedaços de um canto que sua beleza adolescente segregava só pra mim. Eu estava apaixonado por essa beleza. E agarrava essa paixão ainda sem agarrá-la com as mãos mas agarrava essa paixão pelos ouvidos olhos, e eu precisava sentar no chão para que as golfadas do meu pau não fossem observadas por ninguém nem mesmo pelo menino que tinha os cabelos escorridos e suados por onde eu passava em certos momentos um lenço simulando atitude paternal, o menino era moreno-índio, quase azulado agora por uma luz maior que novamente lhe vinha à tona depois da tormenta. O menino ressurgia para ele mesmo, e era bonito ver ele admirando sem saber seu próprio ressurgimento, o que o fazia falar algumas vezes aos borbotões, acelerava-se todo no relato que estivesse desfiando ali sentado comigo no chão.

Nessa manhã de domingo tomei banho logo ao acordar, quando voltei para a enfermaria o menino já estava acordado com os olhos grandes e riu para mim; cheguei perto e segredei: vamos fugir hoje? É pra já ele respondeu esfregando as mãos numa alegria que me deu forças para não recuar. No banheiro vestimos nossas roupas (a camisa dele ainda manchada de sangue) e o pijama por cima, e logo que chegaram as primeiras visitas dominicais fomos passear avançando pelos corredores do hospital e descendo as escadas e andando pelo jardim fronteiro e ultrapassando o portão e tirando às pressas o pijama e atravessando a rua e pegando um ônibus que nos levava à Cidade de Deus. E distendemos um riso preguiçoso pelo ônibus todo vazio, e ele disse você tem razão só não foge dessa enfermaria quem não quer, e eu respondi a maioria dos doentes não quer porque aqui fora a miséria é maior.

Descemos do ônibus num descampado. Na frente um morro. Daquele ponto se podia perceber alguns barracos no morro, dispersos. Começamos a subir o morro, eu e o menino subindo por precários atalhos, calados. Naquele silêncio eu me entregava ao menino, seja para onde for: eu vou. Na subida eu resvalava me sujava rasgava arranhava. O menino, ileso, só subia, na minha frente. Subia... Subia... Eu resvalando me sujando rasgando arranhando mas sentindo um enorme prazer de seguir o menino aonde quer que fosse

47 · *a fúria do corpo*

sem lhe perguntar nada absolutamente nada, sem tentar adivinhar o que quer que fosse, seguindo subindo seguindo subindo. Um negro apareceu na porta de um barraco. Você de volta ele disse, mostrando uma escopeta — achei estranho, uma escopeta. Fica na tua disse o menino para o negro, guarda a arma que esse aqui é gente fina. O negro esgravatava os dentes com um palito de fósforo com muita ansiedade, o que me pareceu nervoso. O menino entrou no barraco, e eu fiquei esperando do lado de fora, cheirando o cheiro de mato. Não demorou muito o menino saiu do barraco e continuou a subir o morro sem dizer palavra, como se soubesse que eu estava ali só para segui-lo. Alguns cachorros latiam inquietos com a movimentação dos nossos passos, mas quando viram o menino ficaram dóceis e foram lambendo os pés do menino na subida. O menino não atrapalhava os passos com aquela cachorrada em volta, deixava que os cachorros fossem lambendo e agora mordiscando seus pés durante a subida como se aqueles cachorros lambendo e mordiscando seus pés durante a subida fosse tão natural quanto subir o morro sem cachorros lambendo e mordiscando os pés. Eu atrás: subindo seguindo a imagem do menino subindo com os cachorros lambendo e mordiscando os pés como quem segue a estrela-guia no silêncio, pois os cachorros não mais latiam e só se ouvia o som seco dos passos do menino e dos cachorros e dos meus próprios.

Até que os passos do menino foram se tornando lentos e escassos. Os cachorros e eu obedecemos. O menino como que flutuava, tão lentos e raros eram agora seus passos que olhei para seus pés como que para me certificar de que os pés estavam alados mas não, os pés nas sandálias eram puro barro e restos de vegetação, o menino estava ali parado porque um barraco tinha aparecido e nesse barraco ele chegava com muito cuidado, nesse barraco havia alguma coisa que o mantinha como em suspenso por segundos, nesse barraco havia quem sabe o fim da sua busca, era ali dentro desse barraco que talvez o mistério do menino iria surgir a descoberto para mim, foi só nesse momento que pensei verdadeiramente em recuar, descer o morro a galope e nunca mais ver aquele menino quase pedi não entra mas já era tarde porque a porta do barraco se abria e lá de dentro veio surgindo uma escopeta trêmula segurada por pedaços comidos de dedos e mão, e logo surgiu o corpo todo comido na boca orelhas nariz olhos pés envolto num longo pano branco imundo rasgado. Um leproso. A primeira coisa que me bateu na cabeça foi uma figura do Evangelho. Mas o leproso envolto nos frangalhos do pano trazia com dificuldade uma arma de fogo na mão. Eu estava num morro da Cidade de Deus. O menino falou mais uma vez fica na tua esse cara é gente fina. O menino fez menção pra que eu me aproximasse. Fui me aproximando e foram saindo outros leprosos do barraco e vieram descendo do topo do morro mais leprosos em que não se distinguia mais sexo ou idade tão-só carne comida eram eles restos de corpos caminhando com extrema dificuldade, todos envoltos em panos como se os panos fossem as únicas vestes dali, eu me aproximando e vendo escopetas ou cajados nas mãos de alguns e o menino repetindo esse cara é gente fina esse cara é gente fina e os cachorros brincando em volta com uma bola de pano que um deles jogou com um sorriso que nunca se poderia descobrir ser realmente sorriso visto sua boca escancarada por falta de lábios mas os dois dentes que restavam naquele buraco pareciam sorrir para os cachorros.

49 · *a fúria do corpo*

O menino pedia agora incisivo que eu me aproximasse e falou esse aqui é meu colega. Gente fina ele repetiu com sua voz e um sorriso. Os leprosos vieram se chegando e aquele que primeiro apareceu perguntou por que do sumiço do menino. O menino respondeu que o Matias não permite outro pessoal na mesma jogada e mandou os homens dele acabarem com a minha pele e quase acabam mesmo à cacetada não sei por que não me deram um tiro não sei só sei que fui parar numa enfermaria mas tou aqui de novo pronto pra outra. Fez-se um murmúrio, os leprosos cochichando entre si como fantasmas carcomidos do Senado Romano diante da Fala do Inocente. Mas a voz do leproso interlocutor do menino foi mais forte e ele continuou falando em meio ao já silêncio geral: temos aqui mais mercadoria, tu vai levar ela prum apartamento no Leblon. O menino respondeu que sim, hoje mesmo. O leproso que falava com o menino entrou no barraco e saiu de lá com um pacote de alguns quilos, sentou-se (com um extraordinário esforço) no chão, todos o seguiram inclusive eu e fez-se uma enorme roda em volta do pacote. O leproso que falava com o menino abriu o pacote e mostrou o pó. Depois enrolou uma nota de um cruzeiro novinha, pegou um pedaço de vidro com dez fileiras de pó, meteu a nota pela cavidade do nariz sem narinas e aspirou quatro fileiras passou o vidro para o menino que cheirou cinco o menino passou o vidro pra mim e eu cheirei quatro passei pra outro leproso e assim eles foram passando um pro outro e o vidro ia passando e mais fileiras eram postas e a grande ceia de pó entrava noite adentro os leprosos andando alguns tortos outros com seus cajados e outros ainda aninhando-se sobre uma pedra envoltos nos seus panos e conversavam alegrias bobagens festejando a reunião em altas gargalhadas algumas escopetas deitadas

no capim outras fixas em alguns pedaços de mãos eu e o menino nos sentamos juntos debaixo de uma paineira e começamos a andar por conversas que nos deixavam muito próximos
quase em cócegas e o menino contava sobre os leprosos que
eles precisavam da coca pra passar nas dores que amenizavam
enquanto passavam e que depois foram aproveitando pra negociar com o pó porque só daí podia sair grana pra eles que
eram os vendedores mais fortes do Rio e que se ele continuasse como um dos passantes da jogada ele ia se dar bem porque
pode pintar grana braba e que ele tava assim duro agora porque quando levou a cacetada dos homens do Matias levaram
toda a grana dele porque ele não guardava a grana fora do bolso porque não sou otário não seu doutor de guardar a grana
por aí se no bolso já dá no que deu que dirá a grana largada por
aí vê só esses leprosos não é polícia qualquer que sobe até aqui
porque eles se armam com essas escopetas até os dentes e não
saem daqui a vida deles é aqui dentro e só e não tem essa de
descer o morro pra comprar alguma coisa lá embaixo eu e outros transadores é que trazemos às vezes comida pra eles feijão arroz batata milho biscoito cachaça e me disseram que
eles plantam comida lá no topo não sei nunca vi mas é o que
dizem é tudo transado aqui dentro tudo olha aí como eles se
divertem eu como transador é que me fodo porque tenho que
descer e transar lá embaixo às vezes me dá vontade de ficar
por aqui não descer nunca mais o resto é que se foda mas aqui
só pode ficar quem tem pele comida mas também ficar aqui
em cima a vida toda não deve ser uma boa uma merda dar de
cara todo dia com leproso não não é uma boa mas aquele que
falou comigo é como pai pra mim mas também se eu falhar me
fodo no ato se falhar com eles já vi fazerem picadinho de um
crioulo que só chegou a pensar em passar eles pra trás numa

51 · *a fúria do corpo*

transação eles cortaram os dedos o nariz o caralho do crioulo fazem o mesmo que acontece com a lepra deles agora tão aí se divertindo abaixo de muito pó mas pisa no calo deles pra ver só assim é que eu aprendi as regras da vida bobeou comigo dançou no ato e se eu bobear com você pergunto impaciente ele responde você é um cara legal não acredito mas se eu bobear insisto ele coça a cabeça e responde que seria obrigado e fez assim com a mão pra mostrar o tiro que idade você tem vou fazer dezessete mês que vem e eu me levantei pra mijar e fui entrando por uma macega tirei o pau pra fora começo a mijar e vejo um grito vindo de baixo dois leprosos um em cima do outro e eu tava mijando em cima deles o debaixo devia ser mulher porque tinha umas sobras pelancudas onde outrora devia ser o seio o de cima tinha uma bunda carcomida por crateras e os dois olharam pro meu pau e riram um riso doido e o de baixo que deveria ser mulher pediu que mijasse mais o de cima com a cabeça virada pro meu pau repetiu mais mais minha uretra ardeu como se pegasse fogo não eu quase gritei não mas era tarde porque já não tinha forças pra comprimir o mijo e lá embaixo estavam os dois recebendo em gozo o banho de mijo e bebendo o mijo e começaram a rolar pelo chão e a exalar doidos gemidos gargalhadas e ali onde eles deveriam ter o sexo era pura lama de sangue e aí percebi mesmo que o de baixo era mulher e o de cima era homem porque no de baixo só se via sangue no sexo e no de cima havia uma massa ensangüentada e ainda latejante entre as pernas corri metendo o pau pra dentro da braguilha e o menino me perguntou que que houve e eu pedi vamos embora vamos descer o morro espera aí gritou o menino que falou rapidamente com o leproso-pai e veio correndo morro abaixo ao meu encalço.

Camburões passavam lá embaixo a cada cinqüenta passos, a sorte foi que nenhum policial nem ninguém nos viu descendo o morro, eu andava rápido, era o menino agora que me seguia, a cada camburão meu coração gelava e o menino por vezes me alcançava e percebia minha inquietação e dizia: Cidade de Deus não é Copacabana; essa frase me soou uma ironia que nunca notara antes no menino e eu mais depressa andava pois começava a pensar e se o menino mostrasse as garras de repente, se aquela certa ingenuidade que eu sentia nele não passasse de manha o menino iria me perseguir pelo resto dos dias misturando manha e suas manguinhas de fora, eu iria me subjugar a essa força que se emaranharia cada vez mais em mim quando desse pela coisa eu estaria metido até o pescoço numa paixão que ria me aniquilando gota a gota sob seu domínio, era eu o ingênuo por acreditar em anjos da Cidade de Deus e eu deveria pagar por essa ingenuidade bestificada, depois de eu ter levado tanta porrada ainda acreditar em anjos da Cidade de Deus era dose que merecia lição fatal, e eu caminhava rápido e humilhado até que o menino segurou meu braço e falou é aqui o ponto do ônibus, calma cara.

Fomos dar na Praça Tiradentes de madrugada, sentamos num banco e o menino sorria: você ficou nervoso hein? Falei que a gente precisava dormir e que eu sabia de um hotel ali perto, me senti um otário irremediável pois talvez ali começasse meu extermínio, mas fosse o que fosse eu precisava da companhia do menino nem se por mais aquela noite — o menino descera o morro com uma bolsa onde escondia o pó, levantou-se do banco com ela nos braços, eu disse pendura a bolsa no ombro, ele respondeu calma cara e pendurou a bolsa no ombro, continuei sentado e falei que eu estava

53 · *a fúria do corpo*

com cinqüenta pratas no bolso e o hotel deveria custar mais bem mais, ele respondeu recebi um adianto do leproso tudo bem eu tenho. Subimos a escada rangente de qualquer HO que se preze, pagamos, passamos por um corredor longo com soalho forrado de linóleo, entramos no quarto, duas camas, luz arroxeada, FM, entrei no banheiro, no espelho escrito a batom: CADA VEZ QUE UMA PICA ENTRA EM MIM SINTO QUE A ALMA EXISTE; o menino entrou no banheiro, mijou, não fez nenhuma observação sobre o escrito no espelho, saiu do banheiro, eu sentado numa das camas, ele veio e se deitou na mesma cama em que eu estava sentado, cruzou as mãos atrás da cabeça, olhou pro teto e disse bom ter saído daquela porra de enfermaria, levantei, comecei a tirar a roupa, o menino olhava pro teto como se admirasse alguma coisa, liguei o ventilador no teto, o ruído do ventilador era insuportável desliguei, o menino continuava olhando pro teto, aí perguntei se ele queria dormir, se queria que eu apagasse a luz, ele não deve ter me ouvido tão absorto no teto, ou então o olhar no teto e não ter me ouvido faziam parte da sua presumível linha manhosa — ora, o que fazer? sentei na cama, olhei pro menino, toquei no seu braço e aí ele me olhou e eu disse você é bonito menino-índio bonito, ele teve um pequeno sobressalto, alisei o braço dele e aí fui eu que disse cara calma e ele sorriu e eu alisei seu peito e dei um beijo na sua testa e fui alisando seu corpo sem dar governo à minha mão, beijei a boca de lábios grossos e vermelhos, o pescoço o peito fui beijando a barriga descendo os beijos enquanto minha mão abria a braguilha: o pau estava quase totalmente intumescido ainda senti com a boca sua maciez mas o pau logo rompeu pra cima de um jato e eu abocanhando aquele pau já segregando sua umidade o pau cabia inteiro na minha boca o menino já mexia a bacia pra cima e pra baixo todo o instante do mundo estava na minha boca puxei a calça do menino e enfiei meu dedo pelo seu cu e com a outra mão puxei a mão do menino e trouxe ela até meu pau desci a boca abri as coxas do menino e enfiei a língua pelo cu do menino a língua entrava e saía do cu e o cu que a princípio tinha um gosto áspero se transformou num canal úmido de vertigem a minha língua viajava cada vez mais gulosa pela vertigem que não poderia cessar como se todas as minhas feras tivessem se soltado e não tivessem mais volta o menino passava o pau dele pelos meus cabelos e me masturbava num trote sem destreza a ponto de a masturbação expulsar cada vez mais intensamente todas as minhas dores mas dores que também não poderiam cessar tal o único ritmo de todo aquele movimento entre eu e o menino que se masturbava com a outra mão roçando e roçando o pau nos meus cabelos até que comecei a sentir que a golfada da minha porra se preparava para explodir e toda aquela voragem cega já não se continha e então como num choque único entre eu e o menino a sua ejaculação bateu no meu olho enquanto a minha escorria pelos seus dedos e depois os corpos novamente no plausível mais nada no sono que se fez entre os dois — o sono que desceu foi descendo com seu peso irreal...

Não eram ainda nove da manhã quando acordamos. Manhã muito quente. Nós dois suando, esfreguei os olhos e quando os abri dei de cara com a paisagem na parede: uma estradinha volteando entre montes e pedras e ao redor o verde, muito verde enchendo a parede do quarto e me deu vontade de passear com o menino por aquela estradinha e tudo era tão ridículo e tudo era tão o que era — eu estava acostumado com uma pretensa transparência da realidade,

55 · *a fúria do corpo*

pois pelo que se passara até ali pela boca dos bem-pensantes e pelas páginas dos jornais era a certeza de que com um menino assim tão jogado à deriva mais completa e total eu deveria esperar somente um tiro no olho, o roubo do que me restava de coisas e de vida, o resto era carochinha, inverossimilhança pra se ler em etéreos romances, então me imaginando naquela estradinha com o menino me pareceu à primeira vista uma sensação de irrealidade lunática, lirismo de segunda, versão adocicada da vida em meio à barra que eu não queria admitir. Mas o menino estava ali ao meu lado ainda meio sonolento e pela sua expressão de curtida sonolência ele não estava planejando meu assassinato, ele apenas estava ali sem se preocupar com a realidade ou irrealidade, e se tudo não passasse de um engano meu e o menino realmente fosse um demônio da marginalidade então mesmo assassinado eu subiria no palanque da primeira praça e me penitenciaria com um discurso clamando que a realidade é o que ela parece ser, paciência irmãos, não há aventura possível, tudo está programado, registrado no livro eterno, pois se meter com um pivete traficante só pode dar no que deu, o resto é pieguice pras tias solteironas lacrimejarem nas tardes de domingo enquanto o *Fantástico Show da Vida* não vem, o resto é a doce mentira com que tentam nos embalar, pois estradinhas que volteiam montes e pedras e meninos traficantes e enternecedores não existem, pura invencionice, pois a realidade é tão quanto aparenta e o homem está perdido nesse cemitério planetário, tudo é desolação tristeza dor.

Enquanto eu pensava admirando a estradinha que volteava montes e pedras o menino se levantou e disse que precisava ir. Me sentei na cama e perguntei praonde? Vou entregar essa transação e depois preciso pegar uma arma na casa de um chapa lá no Leblon senão eu corro perigo, depois da cacetada toda preciso ficar armado senão não dá. Pedi uma grana emprestada porque estava totalmente liso, ele me emprestou quinhentas pratas.

Peguei as quinhentas pratas e comprei pão, salaminho, leite, meia dúzia de ovos, e fiquei esperando o menino na Praça Antero de Quental. As pessoas passavam em calções e biquínis, e uma criança mostrava os dentes pra mim. Eu mostrei os dentes pra ela. Ofereci uma rodela de salaminho e pão. Ela aceitou. E uns goles de leite. O ovo não quis porque eu bebia o ovo cru através de um buraquinho na casca. Ela fez cara de nojo. Perguntei o seu nome. Não disse. Perguntou o meu. Não disse. Sua espiãzinha safada. O menino apareceu de roupa nova, calça e camisa azuis. Sentou-se, abriu a bolsa e mostrou lá dentro um revólver. A criança perguntou o que tinha lá dentro e eu rápido pus a mão na bolsa e encontrei a mão do menino. Não soltei: apertei a mão do menino dentro da bolsa e olhei pro seu rosto e notei pela primeira vez que ele era quase imberbe. Fomos caminhando pela areia da praia na manhã de sol e muito movimento. Até as pedras do Arpoador, ele ficou encantado com a performance de alguns surfistas, agrandava os olhos e eu o amava em silêncio na manhã de sol quente, muito quente, tão quente que tiramos a roupa e de cueca entramos no mar, ele saltava, mergulhava, me beliscava as pernas e eu mais uma vez espantado com aquela criança excitada com o mar, com uma criança traficante de cocaína excitada com o mar. Uma criança traficante e que estava ali comigo sem ao menos ser meu michê, ao contrário era ela até que me emprestava uma grana, sequer quis pão, salaminho, leite e os ovos

57 · *a fúria do corpo*

a fúria do corpo · 58

que lhe ofereci, tô comido ele disse sorrindo e abriu a bolsa pra que eu pusesse as sobras da comida. Então eu não entendia e ninguém acreditaria nesse rompimento das expectativas normais dos cidadãos da cidade de São Sebastião do Rio de Janeiro. Foram dias dos mais felizes. Poucos como aqueles. Se bem que eu ainda esperasse levar um tiro no olho, não esperava ser roubado que não tinha o quê, mas uma porção de mim ainda contava com o tiro pelo olho adentro, exterminado como qualquer viado que se mete com meninos marginais. Mas ele não era michê, não queria saber do meu dinheiro, porque além de saber que eu não tinha, o negócio dele era outro, pó. Simples, simples como a vida é simples. A vida não é simples, cuidado. É. Então mergulhei e antes de passar por entre as pernas do menino abaixei sua cueca e peguei seu pau que me surpreendeu quase duro. Eta esperança de que o mundo vire e torne seus viventes novamente felizes. Pensei debaixo do mar eta esperança, deslizei debaixo do mar todo esperançoso até reencontrar à tona a mesmice do mundo dos homens — enquanto o sol se mantinha alheio, apenas aquecendo a errância humana, fruta de fogo sempre madura acima da errância. Mas ali estava o menino e ele me fazia acreditar eta esperança danada, o menino me olhou e disse o mar tá legal e aí notei pela primeira vez que lhe faltavam três dentes na arcada superior e mais lhe faltariam pela vida afora se o menino chegasse até a vida afora, e isso doeu e tanto que me vi sem querer batendo no peito três vezes e saindo do mar eu disse três vezes puto puto puto contra o sol sempre impassível diante dessa desgraceira toda, puto puto puto e não santo santo santo porque ninguém é santo nesse barco da agonia, antes do naufrágio ninguém é santo e portanto digam comigo puto puto puto porque ninguém é santo enquanto esse barco da agonia navegar à solta. Santo é aquele ali: brinca com o mar e nem viu que me ausentei e estou agora aqui na areia chamando vocês todos de putos porque ninguém é santo enquanto perdurar essa dor de ver que o menino que brinca com o mar está na mira da morte, da destruição, do fim. O menino brinca com o mar e de repente me vê e acena como se agora brincasse com o espaço do ar ar ar...

E saímos a correr e entramos pela Francisco Otaviano e chegamos a Copacabana, eu ainda abotoando a camisa, o menino fazendo um bolo da sua e jogando-a na bolsa, e peito nu lá ia o menino com sua bolsa, tomamos cafezinho num boteco da Bolívar, que calor exclamou o menino, vamos tomar um trago por aí, e fomos tomar cem tragos em tantos botecos por onde passávamos até que o menino apontou o dedo para o céu e me convidou a ver a lua que tinha despontado e eu fixei aquele instante do menino apontando para a lua como a definitiva certeza de que o menino era aquele menino e não outro e que portanto não havia nada a temer, era eu e o menino soltos pela Cidade, e se algo acontecesse não seria vindo do menino mas de vocês todos que não atenderam a meu chamado para que o menino fosse salvo e não se transfigurasse no bandido que eu temia, mas naquele instante em que apontava para a lua em plena Nossa Senhora de Copacabana ele apenas apontava para a lua das nossas noites porque o dedo da menino ficou suspenso no ar como a lembrar para sempre que ali havia um menino que apontava para a lua, e de repente não era só a lua eram as estrelas e era mais, era também um balão incandescente que levou o menino a correr para a Atlântica pois era pra lá que o balão incandescente se dirigia num vôo lento mas o menino tinha

59 · *a fúria do corpo*

pressa de ver o balão incandescente e corria me deixando a correr atrás pela Santa Clara, em homenagem ao menino correndo pra ver o balão incandescente eu correria por quilômetros intermináveis, era o balão incandescente viajando agora sobre o mar de Copacabana, e o menino ali olhando o que já era pura bola de fogo ou um meteorito um disco voador. E ficamos ali admirando o balão incandescente sobre o mar de Copacabana só nós dois enquanto a bola de fogo ia se consumindo consumindo até se extinguir de vez. O céu era mais uma vez o frugal, sem bolas de fogo nem nada que fugisse à regra. Mas havia o menino apontando para uma lua e este menino não foge porque é cativo de si mesmo e eu o acompanho e o guardo. Amo este menino. E lá fomos nós novamente para a Nossa Senhora de Copacabana e por ali andamos noite adentro a pensar no pouso daquela noite. Viu? o menino me perguntava eu respondia vi; depois eu devolvia e perguntava viu?, onde? o menino falava todo curioso, respondi ali e este ali era o Cinema Roxy onde entramos pra ver *Guerra nas Estrelas* e nos sentamos na última fila do mezanino e durante a fita tirei meu pau pra fora e o menino chupou ele inteirinho e eu gozei na sua boca. Quando saímos do cinema já era mais de meia-noite e fomos caminhando sempre caminhando sem nenhuma pressa e dobramos não sei por que cargas d'água a Duvivier, paramos na frente de um inferninho e lá estava anunciado um show de go-go girls com a presença da estrela Afrodite, e havia uma grande foto de Afrodite com estrelinhas prateadas nos bicos dos seios e na buceta, pintadas em cima da foto. O menino ficou olhando a foto de Afrodite comigo, confessei: essa mulher já foi minha mulher, já não vejo ela há bastante tempo, mas não é hoje que vou revê-la, hoje não, o paradeiro dela tá aqui, seguro, agora já sei. Afrodite era uma existência novamente. Nenhuma mágoa sobrara. Afrodite estava ali, uma existência em estado bruto, fotografada, ganhando sua grana. Meu sentimento em direção a ela era alguma coisa difusa agora, não havia nenhum transbordamento, apenas uma alegria surda por ela estar viva, localizável mais uma vez. Então continuamos a caminhar e pensei comigo tenho o menino aqui me acompanhando e Afrodite está aí e tudo está bem como tinha de ser e eu e o menino continuaremos a caminhar à procura de um pouso e encontraremos esse pouso e a noite vela por todos e quem está vivo está vivo e saberá o que fazer de seus dias e noites e ninguém é de ninguém e meu coração está calmo porque Afrodite vive e o menino me acompanha. Nos sentamos num banco da Praça do Lido pra descansar, e pra descansar nada melhor do que uma conversa. Então a gente começou assim: pergunto: e daí? o menino responde: eu por mim não durmo, passo às vezes a noite sem dormir. Pergunto: você agüenta? o menino responde: o mais que já agüentei foi quatro noites, chegou o quinto dia emborquei na areia de Copacabana e só fui dar por mim debaixo do sol do meio-dia porque um cachorro brincava com minha cabeça como se minha cabeça fosse bola, aquele cachorro me acompanhou depois por vários dias, aonde eu ia ele ia atrás até que morreu atropelado por um ônibus em Botafogo, é que eu não tinha tanto cuidado assim com ele, também ele me acompanhava porque quis eu nunca convidei, foi atravessar a rua atrás de mim na Voluntários e se fodeu, foi miolo tripa pra tudo que é lado, aí é que saquei que eu tinha esquecido ele, atravessei a Voluntários sem me lembrar que ele tava sempre atrás de mim. O menino contava essa história com os cotovelos sobre as pernas abertas, as mãos nas

61 · *a fúria do corpo*

orelhas como se não quisesse escutar alguma coisa, e balançava a parte superior do corpo pra trás e pra frente. Passo a mão na nuca do menino e empurro seu corpo contra o meu, ele abre os olhos e diz pára aí e volta à sua posição meio ensimesmada, balança o corpo balança menino pra frente e pra trás pra trás e pra frente descansa o corpo nesse movimento porque por enquanto não há repouso possível há muitas noites assim pelo futuro e você não confessa mas sei que você tá com um medo atroz do pessoal do Matias, se eles te pegam agora não vão ficar numa tremenda cacetada não, se eles te pegam agora não vai ter mais menino e você é ainda muito novinho pra sair por aí cuspindo fogo sem medo nem nada, o medo é o que sobra todas as noites pra mim também menino, se é que posso ser teu consolo vem e te consola, mas esse vem e todas as outras palavras não foram pronunciadas em som, naquele banco da Praça do Lido havia agora um silêncio e o menino tirava de novo a camisa (que fora obrigado a vestir pra entrar no cinema), vinha um bafo quente do mar e o menino não se mostrava interessado em quebrar o silêncio, apenas assoviava uma melodia impenetrável pra mim, mas o ritmo parecia ser o de um frevinho, olhando para o céu e para os pés e para a nesga da imensidão do mar o menino talvez assoviasse um frevinho e eu o olhava de lateral e pensava que meu amor pelo menino era todo concentração e desvelo (mesmo que dentro de mim ainda resistisse um nódulo de dúvida a respeito da verossimilhança daquele menino parecendo ali tão frágil no seu medo para um desenvolto traficante), e se algo lhe acontecesse eu beijaria sua boca com toda a devoção e arderia na mesma dor dele como eu já ardia ali na Praça do Lido dentro do temor de algo lhe acontecer, mas um cão latiu, um grilo cantou, uma

nuvem passou por baixo da lua e se arroxeou e nós dois estávamos ali na Praça do Lido e precisávamos procurar um
pouso senão caminharíamos amanhã embriagados de sono
e amanhã seria um dia morto e eu não poderia desejar um
dia morto pra viver aquele instante de encantamento pelo
menino, queria manhãs tardes noites inflamadas pela celebração daquele encontro, então me levantei, pus um pé sobre
o banco, fiquei de frente para o menino e disfarçadamente
abri minha braguilha entremostrei o pau e fiz que o menino
visse que o pau estava em movimento porque ia recebendo o
fluxo lento mas caudaloso do meu sangue, o menino mani-
festou inquietação no olhar disse que eu tomasse cuidado
porque tinha gente na praça, respondi qualquer perigo eu
assumo e te tiro da jogada, falo que estava te importunando
tarado que sou e vou sozinho pro camburão enquanto você
vai receber demonstrações de apoio da população noturna
da praça, não tenha medo toca no meu pau e você vai ver a
quantas anda ele por você toca, e num raio de gesto o menino tocou e fez mais, tirou o pau completamente pra fora e o
mordeu com os dentes afiados de criança como se quisesse
comer a glande e murmurei mais forte pode morder mais forte e nem todo o prazer do mundo poderia se comparar ao prazer daquela dor e ouvi um coro de cães latir grilos cantarem e
vi a lua se desnudar da nuvem e se transformar em sol e romper a claridade do dia e de todos os cantos pessoas surgirem
em direção ao mar e vi nós dois dormindo aconchegados e
enrodilhados sobre o mesmo banco em que sentáramos à
noite e ali entregues ao sono ficarmos até o fim da tarde.

No fim da tarde acordamos vermelhos e ardidos do sol, a
bolsa com a arma entre nós dois, os corpos pedem um banho e lá vamos nós tirando a roupa durante a corrida até o

mar, corremos tropeçando nas calças que estão sendo desvencilhadas das pernas, o primeiro a chegar receberá o prêmio eu grito e os dois cavalos desembestados esfregam as fuças no colorido do pôr-do-sol à direita, a louca corrida toma a direção do Posto Seis mas se desgoverna logo à procura do mar e nem tempo há para sentirmos o gelado das águas no mergulho uníssono e a cada vez que voltamos à tona o dia está mais exterminado e reina a noite novamente e as águas se aquecem com a noite e as cambalhotas saltam para o ar de estrelas e como se fosse a última noite avanço em direção ao menino que está de costas e de um bote puxo sua cueca e debaixo d'água meto meu caralho duro no cu do menino como se a matéria atraísse a matéria e jamais se colidissem porque meu caralho entrava como se tivesse sido feito para aquele cu e o menino urrava e da minha boca era expelida a saliva da consagração e eu mordia os cabelos do menino e arrancava com os dentes feixes do seu cabelo e o menino urrava e eu blasfemava contra a Criação e o menino fechava os olhos sacudia a cabeça e urrava e seu cu era fundo e o meu caralho sempre avançava mais e eu montei no menino com os pés em volta das suas ancas e as ondas escuras batiam violentas arrebentavam na nossa foda e o sal nos salgava e nos ardia e eu trouxe a cabeça do menino pra trás e a minha língua tocou a sua garganta e a língua do menino alcançou o céu da minha boca e eu senti uma agulha penetrar pelo meu cérebro e o fulminar do nosso gozo único. Depois, o mar levou os corpos para a areia e lá ficaram os dois corpos nus estirados sobre a areia até que vozes próximas nos fizeram botar a cueca e colher a roupa dispersa pela praia. A bolsa do menino aberta, o revólver jogado a um metro. Na Praça Serzedelo Correia um crente com a Bíblia na mão conclamava a nós humanos ao arrependimento para entrar na Glória de Deus, ainda há tempo ele bradava com sua Bíblia na mão, ainda há tempo irmãos, São João avisou no Apocalipse, São João foi amigo, basta nos darmos a São João e a Jesus Nosso Rei; em volta meia dúzia de fiéis começava a cantar um belo hino que o menino conhecia e começou a cantar junto, me contou que era um hino de uns crentes lá de Morragudo, eles se reuniam aos domingos à noite perto do barraco onde ele foi criado, a mãe do menino freqüentava esses crentes mas o filho nunca quis acompanhar a mãe, o filho ficava comendo a vizinha que tinha trinta e seis anos e que nunca casara porque era muito doente tomada pela diabete e aos domingos à noite ela ia pro barraco do menino e dava pro menino, diz o menino que ela bebia muita água depois da trepada, voltava pra casa balbuciando sede sede sede, muito branca. Era a primeira vez que o menino mencionava o seu passado. Aleluia! o hino clamava, e o homem da Bíblia na mão repetia Aleluia! ALELUIA gritou um grupo numa das esquinas da praça e desse grito rompeu a batucada na frente do boteco da esquina, a mais enfezada era uma negra maluca rebolando na esquina com as pernas varicosas a mostrar a quem quisesse sua falta de dentes num riso rasgado, e a batucada explodia e prometia ir longe porque em cima do balcão do boteco já havia montes e montes de Brahma e alguns paraíbas que rodeavam o crente e que deveriam estar mesmo que de passagem postados ainda como fiéis acorreram à batucada e na esquina começou a se formar uma chacrinha com pessoas usando caixas de fósforos latas garrafas como percussão, eu e o menino pedimos uma Brahma e ficamos olhando a batucada e o menino se enfezou e começou a bater na garrafa e de repente não havia mais

65 · *a fúria do corpo*

ninguém que só assistisse à batucada, eu não sabia fazer ritmo
com as mãos mas fiz com os pés e sambando no meio da rua
não deixava que um carro buzinante passasse, botei a cara
no vidro dianteiro e vi o casal jovem com expressão apressada e nervosa e falei sambar é bom minha gente mas o casal
não queria saber de sambar queria mesmo era empatar a
foda do meu samba então dei passagem e o motorista passou
gritando viado e eu respondi com a clássica rodelinha nos
dedos e a batucada rolava solta e aí fui pegar mais uma
Brahma mas... cadê o menino? o menino tinha sumido,
corri por ali à procura do menino, perguntava pra um pra
outro cadê o menino, é assim tipo um indiozinho dessa altura aqui cadê o menino cadê o menino, não, eu não esperava que o final fosse esse, não previa que o menino iria se
volatizar assim da minha frente cadê o menino cadê o menino cadê o menino, eu tinha previsto tudo menos que o menino sumisse assim sem mais nem menos eu estando por
perto, eu corria corria à procura do menino mas lá dentro eu
já estava estrangulado, qualquer palavra era vã porque ninguém sabia do menino no meio daquela batucada, corri pela
praça pela Copacabana pelas transversais pela Barata Ribeiro pela Atlântica, correria pelo mundo à cata do menino mas
eu agora só corria porque já não saía nenhuma palavra da
garganta, cadê o menino martelava só lá dentro, o rato roeu
a rainha alugou Matias seqüestrou? Sentei nas areias de
Copacabana e dessa vez a voz voltou e saiu um cadê o menino
para o mar, e com a voz os olhos desaguaram depois de anos
de seca eu chorei e não chorei só pelo menino, chorei por
mim por Afrodite pelo menino pelo menino pelo menino.
Nunca mais? Nunca mais. Nem mais uma vez? Nem mais
uma vez. O menino agora é a lembrança do menino. Logo ali

parou um camburão, os canas vieram e me pediram documento. Meus bolsos vazios de tudo que não fosse a sobra do dinheiro emprestado pelo menino. Me levantei e acompanhei os canas, entrei entregue na traseira do camburão, despojado de qualquer esperança, ilusão, entregue como o boi no matadouro, que me levassem, que me trucidassem, que me jogassem nas mãos do Esquadrão da Morte. Lá dentro do camburão escuro só consegui divisar dois olhos, dois olhos que me acompanhavam no escuro, meus dois únicos companheiros de fim de jornada, se aqueles dois olhos fossem de um assassino talvez me dessem a Graça antes de chegar ao ponto final. Fixei por um instante aqueles dois olhos, mas dali não vinha nenhuma reação, eram dois olhos como os meus, absortos no enigma que nos levava; lembrei ainda uma vez de Afrodite, olhando aqueles dois olhos que me miravam fixos e que pareciam temer o horror prometi não lembrar mais o menino, negar seu possível alento, preservá-lo de mais uma cilada, apagar sua existência como se passa a borracha na linha do destino — e o menino existira? me perguntei ainda uma vez, mas o escuro do camburão foi mais devorador que qualquer resposta e não consegui mais divisar nem os dois olhos à minha frente.

Mas esse mergulho no escuro não durou nem a seqüência de sete suspiros porque explode um berro e eu abro os olhos e o policial abre a porta e o camburão se enche de uma claridade difusa e abro ainda mais os olhos e já não vejo os dois olhos à minha frente e com a mão na porta o policial berra que eu desça pra triagem, mas onde estão aqueles dois olhos ainda me lembro de perguntar em silêncio e sinto aí que estou todo molhado e toco e cheiro e vejo que é mijo mesmo e me sinto humilhado por aquele mijo que eu não

67 · *a fúria do corpo*

soube conter na última lona do meu pavor, eu não precisava
ter me mijado todo tão perto do fim, que mantivesse a dignidade do vazio absoluto e nem o mijo expelisse mas ainda
havia o mijo e eu estava todo mijado e o policial gritava ali do
meu lado pra que eu saísse do camburão pra triagem, e me
levantei num esforço dolorido e botei a cabeça pra fora e vi
um pátio enorme e um holofote e o policial me puxando arrastando pra fora e filas e filas de pessoas com as mãos cruzadas contra a nuca e os policiais ordenando que andassem
mais rápido e entrassem num prédio gigantesco, policiais
civis misturados a PMs batendo em alguns elementos da fila
e as faixas dos holofotes circulavam por toda a área do pátio e
dois homens me jogaram numa fila e ordenaram que eu bo-
tasse as mãos contra a nuca e me revistaram o corpo todo,
chegaram a rasgar minha calça e me empurraram pelas costas e eu sabia que aquela fila era a entrada para o inferno e eu
só queria que esse inferno chegasse logo e se tivesse que ser
fosse o mais rápido mas a fila caminhava a passos de tarta-
ruga e era interminável e eu sentia meu corpo todo amorte-
cido já sem dor nem nada e eu só pedia baixinho para meu
corpo que ele não caísse sem forças porque senão eu teria
um tratamento especial por ter relutado à paciência da fila e
caído em protesto, temia e ia temendo cada vez mais que
meu corpo caísse sem forças e fosse mal-interpretado, pois
se tivesse que ser que fosse igual a todos daquela fila interminável, que a morte chegasse como para todos sem nenhuma distinção especial para mim mas que a fila chegasse logo
ao seu terminal mas que eu fosse julgado na minha vez nem
antes nem depois, meus braços dormentes de estarem contra a nuca e a fila foi e foi e foi até que já dentro do prédio
olhei para o interior de uma sala à esquerda e o que vi eu vi e

ninguém nunca saberá o quanto eu vi o menino o meu menino jogado no chão, nu, morto o meu menino com um tiro cavernoso no coração, corri para o encontro dele e que me matassem por eu correr e que me trucidassem e que me esquartejassem mas aquele era o meu menino e estava morto ali com um tiro cavernoso no coração atirado na laje fria, e me ajoelhei e peguei sua cabeça, e seu corpo, frio, eu pus sobre meus joelhos e éramos como do mesmo mármore, da mesma pedra como a madona e o seu filho e ninguém nos tiraria nem uma lasca, lambi sua ferida do coração e veio um PM e me esbofeteou e me deu duas patadas com a bota no meu peito e duas coronhadas no meu púbis e falou que eu era uma mãezinha puta com seu filhinho morto e me atirei sobre o corpo do menino e gritei que dali não sairia e que iria pra cova com ele porque ele era um anjo e me trazia a boa nova e que eu amava até o cerne do coração; aí passou um homem com um terno cinza lustroso e berrou que acabassem com aquela pietá ali e o PM já não suportando a cena do vivo e o morto enlaçados passou a baioneta pela minha barriga e na minha barriga brotou um risco de sangue e retiraram o corpo do menino dali e me arrastaram para o corredor e me jogaram novamente na fila e logo logo chegou a minha vez numa sala ampla e me atiraram numa cadeira e diante de mim havia quatro investigadores. Cada um disse sua sentença:

— Esse deve ser traficante, vi ele chorando agarrado ao cadáver do garoto — disse o primeiro.

— Esse deve ser apenas um desocupado — disse o segundo.

— Esse deve ser um perturbador da moral — disse o terceiro.

— Esse deve ser rebento de boa família, percebam os olhos bem tratados, o dente obturado — disse o quarto me olhando bem de perto e repuxando minha cara com as unhas esmaltadas; e disse mais, falou: esse está me cheirando a terrorista filho da puta, é bonitinho demais pra ser marginal por marginal, percebam o distúrbio afogado no olhar.

— Não, vamos soltá-lo, é apenas um desocupado — disse o segundo.

E os quatro se olharam cúmplices num ar de sarcasmo e falaram ao mesmo tempo: sim, vamos soltá-lo. E me jogaram num camburão e esse camburão não tinha os dois olhos no escuro, era só escuro e eu, até quando até onde?, até a madrugada vazia de uma rua próxima à Praça Mauá, e ali me despejaram e eu caminhei alguns passos trôpegos e atrás de mim parou uma Brasília gelo e quatro homens saíram de dentro da Brasília e me pegaram pelas costas e amarraram minhas mãos e pés e me sentaram no meio de dois dos quatro homens no banco traseiro e me vendaram os olhos e por cima da venda ainda puseram um capuz e a minha cabeça caiu mas não rolou porque eu ainda estava com a minha cabeça presa ao pescoço e ainda estava vivo mas desacordei-me inteiro e não me perguntem mais nada.

Quando vim dar por mim novamente tiravam o capuz da minha cabeça e a venda dos meus olhos e apareceu na minha frente debaixo de uma forte e baixa luz um homem que se apresentou: eu sou o Coronel falou num meio sorriso, e continuou:

— Você tem medo da tortura?

— Não.

— Da morte?

— Não não.

— Confessa?

— Não não não.

E por trás vieram duas mãos e me deram um *telefone*. Sei lá se o que senti ainda poderia ser chamado de dor, caí. Passaram-se alguns minutos e o Coronel surgiu novamente em cima da minha cara:

— Você é inocente?

— Não.

— Admite a culpa?

— Não não.

— Tem medo?

— Não não não.

E percebi que ele fez um sinal talvez pra que suspendessem qualquer tortura física. E fez outro sinal. E deste sinal surgiram na minha frente sete homens esmolambados e tristes e o Coronel perguntou a cada um se me conhecia. Os sete responderam não. Os sete saíram, o Coronel assinou um papel, ordenou que eu assinasse também, fui assinando, me levantaram da cadeira, me levaram até uma porta e ali me disseram sai some desaparece, mas esse sai some desaparece estava longe de significar o fim do pesadelo porque dois homens me agarraram por trás e me puseram novamente a venda e o capuz e me arrastaram, me jogaram num carro e o carro seguia mais uma vez para um destino que eu ignorava, lembro ter pedido dentro de mim que a próxima etapa fosse o Esquadrão da Morte, ouvia buzinas cada vez mais buzinas, estávamos passando certamente por um lugar movimentado, mas as buzinas começaram a se escassear, poucos ruídos de carros, de repente mais nada, silêncio total: tiraram a venda, o capuz, olhei em volta e vi um beco de casas velhas, me empurraram pra fora do carro, caí na calçada e o carro se foi. Estava ali sozinho naquele beco, perdido, sem conseguir identificar o lugar em que eu fora jogado,

71 · *a fúria do corpo*

levantei-me com muita dor na espinha, dei os primeiros passos cambaleante, apoiei-me numa parede, uma velhinha veio numa janela, me olhou, me achou talvez um bêbado diurno, era talvez o meio da tarde, a velhinha fechou a janela com olhar desgostoso, mas eu ia caminhando por aquele beco com certo esforço quando brota uma música de uma janela, e essa música era uma flauta sozinha e ao vivo, e essa música era Mozart sim, e essa música brotava da janela numa delicadeza quase fugidia, e essa música ia me acordando, me devolvendo ao mundo, e parei apoiando a mão numa parede e fiquei escutando a música e observando o beco antigo, maltratado, algumas casas definhando com fundas rachaduras, o céu azul se abria quando eu erguia a cabeça, o sopro da música era todo rendilhado agora e sempre frágil, pronunciei Mozart esfregando a cara contra a aspereza da parede e a parede esfarelou-se na minha cara e a parede era morna como vida, eu estava vivo novamente esfregando a cara contra a parede morna de muitos anos, esfregava a cara contra a parede sentindo minha cara fuçar aquela matéria muito antiga e decadente mas matéria morna como vida. A música estancou. A luz debilitando-se... Lembrei então que precisava andar antes que a noite descesse e eu não atinasse mais com nenhum rumo, e fui andando por ruas um pouco mais movimentadas, maiores, ainda antigas, e fui andando como que readquirindo pouco a pouco o sentido do espaço, os passos se firmavam e de repente identifico que eu estava na Saúde. Era o Rio, a cidade. Era o Rio. Ainda o Rio. Pensei em tomar café, entrei num boteco, mas quando ponho a mão no bolso sinto ele vazio, meu único dinheiro tinha sido roubado. Quem está atrás do balcão é uma menina de uns treze anos que me observa, pergunta o que quero, digo queria tomar café mas acabei de ver que não tenho dinheiro, a menina em silêncio me serve o café, me dá o açucareiro que estava longe, pergunto seu nome ela diz Camila, a matrona portuguesa aparece de uma porta no fundo do boteco, chama por Camila, Camila entra pela porta, a matrona portuguesa vem para o balcão, apóia-se nele, num ríctus abaixa a cabeça, depois olha pra mim que tomo lentamente o café e me diz que o sofrimento da filha é demasia para uma criança, conta que a filha sofre de palpitação, às vezes o coração quer lhe sair pela boca, já correu todos os médicos mas o coração da menina não obedece a nenhum remédio, o último médico chegou à conclusão de que é congênito, que Camila não dura muito porque seu coração é grande demais para sua idade, cresceu, já não cabe no seu peito diz a matrona portuguesa, quando a palpitação ataca Camila pede que abram todas as janelas, portas, e que deixem ela passar, que não obstruam seu caminho, e ela caminha pela casa toda e às vezes sai pra calçada e não vê ninguém, nem os vizinhos cumprimenta, caminha caminha e a matrona portuguesa atrás desfiando o terço que trouxe de Portugal e que muito a tem ajudado aqui no Brasil.

Tomei o último gole de café e pronunciei Camila. A matrona portuguesa perguntou se eu tinha dito alguma coisa. Respondi que sim, que eu tinha dito Camila porque Camila era um nome bonito e se um dia eu tivesse uma filha daria o nome de Camila. Ah sim, falou a matrona portuguesa, Camila é o nome da avó, minha mãe, mas dói ver com todo esse nome bonito a menina sofre tanto com os ataques de palpitação, sai por aí andando à procura de um alívio pobre Camila, esses dias durante um ataque saiu andando e foi dar na Central do Brasil queria porque queria entrar num trem e dar a volta pela Terra assim falava ela, eu puxava seu vestido com o terço na mão e a menina ia queria ir até o fim do mundo se preciso pra voltar à paz. Pobre Camila. Aí digo té logo e a matrona portuguesa fica dura na minha frente como se fosse uma estátua com as mãos pra cima num gesto de grave espanto, e saio e vou dizendo ó minha boa matrona lusitana eu preciso ir, continuar meu destino e vou andando e desponta no céu a torre do relógio da Central: cinco e meia.

Entro mais uma vez no hemisfério dos vivos, dos que ordenam seus dias e noites em tarefas concêntricas como a dos ponteiros do relógio da Central do Brasil. Vivo estou. Mas sei que irremediável para qualquer organização. Apenas mais um entre os vivos. Mas sei que irremediável para um papel. Existo, mas dissolvido, magro, doente, só. No Campo de Santana os gatos passeiam e duas velhas pobres conversam. Parece que amenidades. Quando chegar em casa — me irrompeu essa idéia e não a apaguei e continuei assim: quando chegar em casa vou pôr os chinelos, o pijama, darei comida ao canarinho, consertarei o ferro de passar e o lençol verde cobrirá meu sono. Entro por ruas do Saara, passo pela Praça Tiradentes, fico três dias e três noites dormindo sobre um banco na Cinelândia. No terceiro dia acordo com uma chuva. Todo molhado vejo tudo embaralhar-se pela fome. Caminho mesmo assim. Entro numa lanchonete na Rua do Passeio. Peço um copo d'água. Me dão. Ouso e peço um pão. Me dão também. Saio comendo o pão e evito um espelho na entrada da lanchonete. Não vou até o fim do pão. Jogo o toco de pão na sarjeta. O dia começa a entardecer. As pessoas fogem da chuva. Eu não me importo com ela. Penso que ainda se consegue um copo d'água e um pedaço de pão. Penso na palavra saudade. E vejo que ela ficou pra trás.

Talvez já tenha pisado em cima dela sem saber. Eu piso eu piso e não vejo onde avanço, eu vou, me esforço por coordenar os passos, entro pelo Aterro e tomo o rumo dele, a chuva me mantém vivo porque é só tocar a pele e dar a sensação irrecusável da água, panos que foram roupas são lavados, abro a boca pra cima e deixo que a chuva entre e se transforme em meu produto, quem sabe haverá ainda uma mijada e uma cagada que poderei saborear num cantinho em silêncio... quem sabe ainda poderei dizer que boa mijada e que boa cagada. Caminho pelo Aterro e absorvo lentamente o prazer da chuva. Lentamente a chuva me domina no Aterro vazio. Sou só eu, a chuva, o Aterro. Caminho na grama molhada. Cada passo faz um som úmido que vou escutando pra manter o ritmo. Há um ritmo nos passos, na chuva, na tarde que cai. Ritmo balbucio como se estivesse reaprendendo a falar e repito a palavra ritmo uma duas vezes eu canto a palavra ritmo em ritmo se formando se estendendo em ritmo. E vejo o Pão de Açúcar. E as luzes do Aterro se acendem e eu abro os braços e a chuva agora é noturna e é imensa como um continente e eu sou um elemento que roda de braços abertos sob a chuva e meu corpo é da chuva que me lambe me lambe e não arranha não morde: me anima e eu rodo rodo rodo...

Caminho no Aterro e sigo meu próprio instinto: farejo uma esperança no ar molhado porque minhas pernas estão mais firmes e galopam no ritmo como se buscassem algo que me parece real como o ritmo, as luzes da Cidade agora mais próximas, tropeço numa pedra mas não perco tempo e vou e vou e passo por um túnel e por outro, e num repente estou na Princesa Isabel e me acho em Copacabana e vejo aí que meu faro tinha razão, era Copacabana que eu buscava, a

75 · *a fúria do corpo*

chuva se amansa, o trânsito lento, muitas pessoas nas calçadas, empregadas se aglomeram em filas nas padarias, botecos
apinhados de Brahma conversa fiada companheirismo, por-
teiros cumprimentam os que chegam, a loja de discos alar-
deia o canto de Martinho, o trânsito lento e ruídos buzinas
falas apressadas ou harmoniosas, o grito da criança, tudo
me alicia os ouvidos para entrar na atmosfera difusa de
Copacabana e ser mais um dentro dela, a chuva pára, a chuva
parou e o ar é de promessas ainda imprecisas e eu caminho
sem calcular onde possa dar, meu destino é andar, cumpro o
meu como vocês os seus, na esquina da Copacabana com
Santa Clara o trânsito sofre um impasse, não avança nem
recua, buzinas estrondam, pessoas param e comentam, eu
me integro no burburinho, e me dirijo a uma mulher assim
com a cabeça e ela me responde assim com a cabeça, e continuo a caminhar, Brastel, Garson, Ducal, Masson fecham
suas portas, vou caminhando e as pessoas pouco a pouco de-
sertam das ruas, as calçadas começam a secar, vejo estrelas
ao fundo da Xavier da Silveira sobre o mar, a lua nova, caminho, caminho, o novo ânimo é meu único itinerário, as calçadas secas, tiro o chinelo, o chão está fresco, há brisa vinda
do mar, a cada esquina paro e me convenço mais de que há
brisa, nas imediações do Posto Seis a população noturna começa a despontar, alguns já tomam seus postos nas esquinas, conversam e riem, na passarela da Galeria Alasca já
muita gente passa, na galeria escura e suja as pessoas só se
apercebem de si mesmas, corpos que enfrentam a batalha
da noite e precisam vencê-la, nos botecos alguns fingem
que pedem alguma coisa mas apenas se instalam ali com-
pondo um ar casual. Estranho o fervilhar da noite assim
tão cedo. Pergunto as horas e a moça responde já passa da

meia-noite. Estranho mais ainda o adiantado da noite porque a minha lentidão se choca com a realidade. Por onde andei tão lento que nem percebi? Vou até a última rua de Copacabana, entro na Atlântica, vou, vou, dobro na Constante Ramos, paro na banca da esquina da Copacabana e *O Dia* clama em sua manchete: GAROTO TRAFICANTE ASSASSINADO POR GANG RIVAL; embaixo a foto do menor com a tarja nos olhos e a ferida no coração; começo a ler a notícia e ponho o dedo sobre as iniciais do menino, não quero saber, ele é o menino, apenas o menino, nada mais que o menino, penso no atraso da notícia, atravessa no ar o cheiro nojento da mentira e o atraso está explicado pois é preciso tempo pra forjar a mentira, o menino não foi morto por gang nenhuma, o menino estava morto na casa da polícia e a sua morte foi coisa da polícia — mas não, não quero lembrar, que a lembrança permaneça num limbo qualquer, eu não conheci menino nenhum — e o menino existiu? —, meu êxtase com o menino é um sonho coagulado no passado, sou apenas eu nesse momento e preciso andar, continuar andando e não tenho documentos, dinheiro, sou apenas esses passos agora apressados pela Copacabana em direção nenhuma, não me perguntem, nada me diz respeito, sou fulano, sicrano, beltrano, ninguém. Eu vou. E acordo na frente do inferninho de Afrodite. O leão-de-chácara me barra. Digo que sou ex-marido de Afrodite. O leão-de-chácara diz que espere porque não pode falar agora com Afrodite que ela está em show, acabou de entrar no número. Digo pra ele acreditar em mim, que eu sou realmente ex-marido de Afrodite e gostaria de assistir ao show, o leão-de-chácara estranha minha roupa langanhenta, a barba crescida em desalinho, o cheiro que deve estar suarento e pesado, emprego

77 · *a fúria do corpo*

meu olhar mais súplice, o leão-de-chácara coça a cabeça e abre a porta. Lá dentro a escuridão esfumaçada, vou divisando nas mesas uma platéia exclusivamente masculina até que enfrento um spot e vou descendo os olhos pelo facho até que no chão vejo Afrodite nua deitada de pernas dobradas e abertas e um homem com uma pica semidura se aproximando de joelhos de Afrodite pra fodê-la não sei como com aquela pica semidura, mas enfim vejo que Afrodite sabe que o show precisa continuar e está ali toda concentrada pra receber a pica semidura no meio das pernas, com seus cabelos morenos esparramados pelo chão Afrodite está ali, e sinto que minha mijada e minha cagada sonhadas estão próximas, pergunto ao garçom onde é o banheiro, ele aponta para uma porta, abro a porta, lá dentro um corredor com uma porta no fundo outra à direita, abro a da direita, vejo uma mulher nua de frente pra mim, de pé, mais alta que eu, fortemente enlourecida, e descansa o pé sobre a privada. Peço perdão, mas ela insiste que eu entre e use o banheiro à vontade, falo que antes de mais nada preciso beber água, e abro a torneira da pia e enfio a cara pela pia como um cachorro mete sôfrego o focinho na poça d'água, e bebo com toda a sede do mundo e molho minha cara e me lembro da chuva e toco na minha camisa e sinto que não está totalmente seca ainda, sei que a mulher enlourecida me observa atônita por ver tanta ganância na minha sede. Depois me recomponho, olho a mulher enlourecida e digo que não vou conseguir mijar e cagar com ela ali dentro, ela responde que há coisas melhores de se fazer que mijar e cagar, e na mesma posição em que a encontrei ela arreganha a buceta com os dedos e destaca o grelo agudo me chamando. Mostro desinteresse, ela avança e toca no meu pau que está murcho e sei que continuará assim murcho e desinteressado por possíveis grelos. A mulher enlourecida diz que não faz mal e me convida a tocar no grelo agudo, obedeço e toco vou tocando como se tocasse num brinquedinho que me absorvesse nos próximos minutos, e essa atividade me faz bem, meu pau continua murcho e sei que continuará assim, a mulher enlourecida geme com os meus dedos no grelo e seus gemidos se misturam aos gemidos da música que vem do show de Afrodite, música de gemido feminino que se confunde com o gemido da mulher enlourecida com meus dedos mexendo no seu grelo, o grelo é elástico e meus dedos o masturbam sem nenhuma pressa de que a mulher enlourecida goze mas o corpo da mulher enlourecida estremece logo num gozo que a faz cair pra trás estremunhada e chorando e dizendo que aquilo sim é que é gozar, de cócoras avanço mais pra continuar a mexer no grelo, mas a mulher enlourecida passa a mão na minha cabeça e diz não, meu grelo está muito sensível agora, não vou agüentar. Aí a mulher enlourecida sai do banheiro, tranco a porta, arrio a calça, sento no vaso, e a mijada e a cagada começam a escorrer uníssonas e profissionais, como se estivessem havia muito preparadas pra essa performance. A cagada líquida e clara, o mijão amarelão e grosso, e eu os olho comovido agradecendo à chuva. Da boate vêm os estertores do gemido musical: a mulher grita o final da sua foda e aparecem os aplausos. Vejo num canto, no chão, um pacote aberto com pó. Abro a porta, e nesse instante está passando Afrodite, nua. Nos olhamos calados, nos abraçamos, beijamos, ela chora, digo que perdi o choro por aí, eu a consolo, ela me beija nos cabelos, e vamos caminhando abraçados até a sala seu camarim, no fundo do corredor. O camarim está vazio, Afrodite tranca a porta, e aí

79 · *a fúria do corpo*

brota um riso das nossas bocas, rimos soltos e sem turbilhão, como se navegássemos em euforia sobre águas mansas, nos damos as mãos, as mãos estão mais ásperas e temos no mesmo momento a consciência dessa aspereza, e nesse momento estancamos o riso e somos um só olhar mudo, mais que perfeito esse olhar porque tudo se relata e nada se diz. Afrodite suspira e me contém as mãos.

Afrodite começa a se vestir. Vestido vermelho com um decote fundo nas costas, refaz a maquiagem como se fosse para uma festa. Pergunto aonde ela vai.

— Quero ficar junto de você e festejar o reencontro.

— Onde?

— Na minha casa, estou com casa, aluguei um conjugado aqui no começo da Barata Ribeiro, morava até mês passado com umas colegas, agora que sou a estrela ganho mais, não muito, ainda é muito pouco, uma loucura, um sufoco pra desembolsar a grana do aluguel, mas vou levar até onde puder... E você?

— Continuo sem casa, por aí...

— Então vá pra minha casa hoje mesmo, depois se resolve até quando...

E vou. Mas antes vamos naquele supermercado que não fecha a noite inteira, na Siqueira Campos, e Afrodite compra bifes, arroz, verduras, vinho. Me faz um jantar. Enquanto ela cozinha conto algumas coisas.

Ela conta que o garoto surfista com quem foi viver em Saquarema gostava mesmo era de suruba. E que uma noite ela cansou de ter a cama sempre atulhada de gente e fugiu às quatro da madrugada, pegou carona na estrada com um delegado de polícia que em troca comeu ela na sua *garçonnière* no Bairro de Fátima. Depois não viu mais o garoto e não quer saber mais de garotos. Conto um pouco mais algumas coisas. Afrodite me olha e me torna forte. Afrodite é sábia. Levanto, me ajoelho e beijo sobre o vestido a buceta dela. Afrodite é sábia, me torna forte novamente: abaixa o decote, mostra os seios sempre fartos, examina ligeiramente as panelas, desliga o fogão, despe o vestido, eu a admirando de joelhos, Afrodite ajoelha-se também, nua, abre minha braguilha, meu sangue está vivo novamente e lateja no pau inchado, Afrodite olha o pau, pega, inclina-se e o chupa, mordo seus seios e enfio o dedo na sua buceta, cu, nos chupamos num 69 com ela em cima de mim, depois senta em cima do meu pau que entra guloso pela buceta molhada. Me esporro todo lá pelo dentro dela e mantenho o pau vivo e queremos mais e assim pelo resto da noite. Vamos comer lá pelas dez da manhã. Antes de comer ainda queimamos um baseado e cheiramos algumas fileiras, Afrodite anda muito suprida. Depois do meio-dia caímos no sono sem saber.

Antes de sair para o trabalho ela cheira umas três fileiras e se queixa do preço do pó; conta então que na verdade não tem por que se queixar do preço do pó porque costuma ganhar graúdas presenças de pó e fumo de um cara transador que freqüenta a boate e tem mania de foder com Afrodite todas as segundas-feiras; os dois vão pra casa dele no Alto da Boa Vista e Afrodite esmiúça que nas noites de segunda fica a sonhar acordada que é dona daquela casa e rouba um pouco do ócio do homem que transa com pó e fumo em alta escala e que portanto tem um escalão inferior que lhe passa a droga em vários postos da cidade e até do país; o cara tem toda espécie de clientes que ele nunca viu; para o pó todo o soçaite, para o fumo a classe média e os mais fodidos. Afrodite conta que ele se chama de magnata do comércio alternativo.

Afrodite detesta trepar com ele, diz que o cara tem mau cheiro, gosta só de comer cu e nunca abre exceção; mas Afrodite ganha pó e fumo em fornidas quantidades; então finge pro cara que curte ele, corre nua pelo palacete afetando excitação e depois cai sem forças e entrega o cu. Enquanto ela conta suas histórias bato uma punheta e ele finge que não vê; não chego a abrir a braguilha, vou friccionando o pau por cima da calça mesmo e me molho todo lá por dentro. Afrodite finge que não vê. Afrodite anda com necessidade de fingir que tá tudo bem. Simula a ela mesma um escorreito profissionalismo, parece que perdeu o jeito antigo de sofrer. Melhor, talvez, pra ela. O aluguel a amofina. No fim do mês fica nervosa, rói as unhas, mastiga nada nos dentes, mas faz questão de insistir no arremedo de frieza desenvolta. Encena. Como amar é pouco quando as coisas estão ruindo, eu penso. À noite fico no conjugado sozinho, puxo fumo, às vezes cheiro pó e vejo uma revista de modas que rola pelo chão. Não quero sair na rua, da rua basta o barulho da Barata Ribeiro que chega até aqui no nono andar. Tenho miragens em que alguém me mostra um copo d'água que nunca alcanço; meus lábios estão rachados, secos, e não consigo alcançar o copo d'água. Tudo isso não passa de miragens mas escavo miragens-mais-miragens, aparições solenes, no exíguo conjugado admiro as Pirâmides do Egito, o Sol dourado do Deserto e canso, recuso as miragens, coço o saco, peido, arroto, corto as unhas, desço e aceito a rua, conto os trocados do bolso, constato que está tudo interditado aos meus desejos, subo para o nono andar, reflito sobre a porcaria da vida humana, desço de novo, telefono pra boate de Afrodite, chamam ela numa voz enfastiada, ela vem e atende, digo que vou fazer uma pequena sonoterapia com os barbitúricos dela, ela diz que é pra eu ter calma, paciência que tudo se resolve. Afrodite não está lá acreditando muito em mim. Anda bem mais pressurosa com a merda do salário e com biscates anais e finge que tá tudo bem. Subo para o nono andar. Baby toca na campainha. Baby é uma vizinha do oitavo andar. É aeromoça e entre uma viagem internacional e outra sofre de tédios brutais. Hoje Baby aparece aqui vestida de homem, conta que virou sapatão de uma hora pra outra, que não suporta mais os homens e que tem experimentado uma mulher do soçaite, conta que tá ficando ágil com mulher na cama, conta as técnicas lésbicas que aprendeu, é tudo muito prático, ela garante. Tento ser sensato, adulto, e lhe pergunto por que se vestir de homem, há necessidade? Responde que assim como seu nome não é Baby a forma feminina também nunca lhe pertenceu e que vai tentar se apossar da masculina. Respondo que quero experimentar e gostaria que ela me vestisse de mulher. Baby desce, volta logo com um vestido amarelo, maquiagem, eu me dispo do homem, ela começa a me vestir de mulher, o vestido amarelo é longo, ela me maquia quase uma hora na frente do espelho, fico uma mulher não digo bonita mas nítida: meus cabelos estão fio por fio pra cima e noto pela primeira vez que possuo nariz de linhas suaves, aristocráticas; ficamos calados por largo tempo, sentados um na frente do outro e conversamos apenas por gestos; no princípio não entendo por que essa falta de palavras, mas agora percebo que não queremos nossas vozes porque grosseiramente instaladas num único tom: nossas vozes não são naturais, iguais em demasia ao que sempre foram. Então não falamos nada, estamos ali um na frente do outro mudos, de vez em quando um gesto de não dizer nada, absolutamente nada,

83 · *a fúria do corpo*

gestos que apenas tapam um ou outro vazio mais ou menos aflitivo. Tenho o corpo todo lânguido e distendido como o das mulheres da revista de modas que rola pelo chão; Baby se arma de todos os tiques masculinos, verdadeiro homem. No momento em que aflora o desejo mútuo dentro da nossa inversão não conseguimos continuar nos nossos desempenhos porque minha vagina imaginária é virgem ainda e a pica imaginária de Baby ainda está submersa para uma mulher de pênis como eu. Nesse ponto os gestos se pulverizam e somos novamente a mesma massa de sempre: restam as palavras com as vozes encardidas, e falamos do verão chuvoso, que não dá praia há quantos dias, ela conta que em Londres é diferente do Rio, conto que nos meus tempos de menino a vida tinha outro sabor. De groselha, ela cutuca ferina. Devolvo dizendo que a Inglaterra está com uma das mais baixas rendas percápita da Europa e que, enfim, já era. Ainda estou vestido da mulher e ela do homem e as roupas invertidas nos dão coceira, incômodo, nervoso. Tiramos as roupas e agora estamos nus. Passo a mão pela maquiagem e borro toda a minha cara. Baby desce pro seu apartamento nua, com as roupas de homem na mão. Me olho no espelho com a cara toda borrada, abro a boca e conto os dentes: 21. Lá embaixo Baby liga com toda força uma FM discoteca. Aí desço nu pro apartamento de Baby, toco a campainha, ela abre a porta e eu lanço um soco bem no seu nariz, ela cai com o nariz ensangüentado, levanta a custo, pega um jarro de metal e joga ele contra meu peito, cambaleio mas não caio porque me seguro na cortina que rasga, e de um golpe nos atracamos rolando pelo chão, puxamos cabelos, arranhamos, cuspimos rolando pelo chão e sem esperar meu caralho endurece, entra pela buceta de Baby adentro, e o que acontece ali não é uma cópula, é apenas uma união selando um ódio, e em vez de gozarmos acontece um choro convulso entre os dois corpos, choramos abraçados até o amanhecer, e quando amanhece um dá banho no outro, um ensaboa o outro, um enxágua o outro, um seca o outro, um penteia o outro, um beija o outro, um se despede do outro, um diz vai dormir bonitinho pro outro, e antes de se ausentar um coça as costas do outro, e faz um sorriso pro outro, e fala que a vida é assim mesmo pro outro.

Subi pro nono andar, fiquei só o tempo de retomar minha roupa de homem, desci e fui caminhando pelas ruas e vi a estreita e suja entrada lateral da Boate Nigth Fair, parei, resolvi entrar e reencontrar o nosso cantinho arcaico, eu e Afrodite no terreno traseiro quase abandonado da boate vivendo ali noites inteiras, dias, olhei o muro, li a eterna inscrição obscena, abri a braguilha, comecei a mijar sobre a inscrição carecendo de estar mijando num enorme terreno baldio esquecido de todos os habitantes da Cidade, eternamente vazio, mijava não ali mas no enorme terreno baldio quando vi na pálida luz da lua que a cabeça do meu pau tinha inchado e avermelhado a ponto de arrebentar, e olhando a cabeça do pau inchada e avermelhada tive a dura verdade do meu destino de agora em diante: era foder com a carne do mundo, doente, podre, fedorenta, mas extrair dela o único prazer verossímil, foder, esporrear, chupar o cu, o grelo, sorver a excreção quente da buceta, era essa a única verdade bruta possível naquela dor toda, a ração de um pobre e abandonado amor: te amo. E me esqueci de tudo tocando uma punheta galopante sobre um lixo esquecido e o caralho que explodiu não vi, voou qual projétil em direção à lua, o caralho voador fecundaria a lua, o caralho voador! — apontou o menino na manhã seguinte e a revoada de crianças correu

85 · *a fúria do corpo*

a fúria do corpo · 86

pra olhar e concluir que o caralho voador existia sim de verdade e ia ali mais veloz que um foguete pra fecundar a lua. As crianças souberam: o caralho voador existia. E quem visse elas reunidas naquela chacrinha afogueada saberia o que é uma festa: pulavam, corriam, se sacudiam inebriadas num fogoso carnaval, o caralho voador existia, não era um modo de dizer assim feito bobagem, o caralho voador voava como qualquer passarinho que a gente nem nota, todos teriam seu caralho voador, era só crescer um pouquinho que o caralho voador sairia deles e alçaria vôo para o ar, alto, bem alto, mais alto que contavam da águia, e cada um teria mais força que todos juntos e todos juntos teriam mais força que qualquer desgraça porque o caralho voador existia, por isso estavam ali brindando em festa, correndo, saltando, se bravatando em socos carinhosos em revoada sobre os pés encardidos de moleque, tão extasiados que de repente fez-se um silêncio tão grande que nem os sons da Cidade se ouviam, a não ser o de um esgoto pingando de um cano arrebentado naquele terreno baldio. O caralho voador existia.

Afrodite começa a enlouquecer devagarinho. Dá dó. Ela que entra a envelhecer prematuramente tem conseguido clientes cada vez mais abjetos, ontem foi um bedel de uma escola que queria feri-la com cravos como os do Cristo, queria porque queria pregá-la em cruz, mãos e pés contra a porta e ela ainda viu charme nisso tudo, é louro de olhos azuis ela argumentou efusiva, ele dizia que há ouro no seu cativeiro, e que é nesse cativeiro que ele quer redimir o mundo dos pecados, mas quer redimir o mundo dos pecados no cativeiro de uma mulher como Afrodite porque Afrodite viveu até a última instância do pecado mas tem a santidade inata para a ressurreição. Mas como eu dizia

Afrodite começa a enlouquecer devagarinho. Dá dó. Ela talvez perceba a mesma loucura crescente em mim, não sei. Mas tem mais: Afrodite diz que não sabe mais escrever, ontem mesmo foi escrever uma carta a uma tia do Sul e o que saiu foram só traços sem rota, ela chorou e pediu minha ajuda. Perguntei em que eu poderia ser útil. Respondeu que já não tinha a menor complacência para com a utilidade. Agora só almejava a inutilidade. Tanto, que já tinha sido despedida da boate e agora trabalhava só por prazer. Se quisessem pagar que pagassem o que bem entendessem como justo. O bedel por exemplo lhe pagou 10 cruzeiros e afirmou que aquela nota estava carregada de uma simbologia, e que esta simbologia mais valia que qualquer soma mais alta. Começo a sentir um medo quase paralisante diante do olhar hermético de Afrodite. Ou sou eu que já não transporto mais entendimento? Afrodite não sabe mais escrever. Na última madrugada foi escrever um bilhete para o bedel e o que saiu foram traços sem rota. Me chamou, chorou, pediu que eu a ajudasse, perguntei em que eu poderia ser útil, respondeu que o útil lhe dava nojo, queria o ato que apagasse o passado e o futuro, queria o ato que dissolvesse a relação causa-efeito. Queria porque queria. Afrodite estava ficando estupidamente egoísta. Queria porque queria. Eu então escrevia seus bilhetes ou cartas porque de repente ela tinha necessidade de escrever mil cartas ou bilhetes, a qualquer momento uma necessidade de escrever uma carta ou um bilhete, e aí vinha ela a me ditar palavras sem semântica, um amontoado de palavras que não queriam dizer absolutamente nada. E o pior que depois de eu copiar ela desistia de enviar a mensagem porque não tinha confiança na cópia, chorava e dizia sabe lá que enxertos você colocou nesse papel, sabe lá que

87 · *a fúria do corpo*

lapsos, que omissões. Ó Afrodite, eu respondia: você acaba me enlouquecendo também. Afrodite saía todas as noites pra pegar homem na rua, já era uma puta de calçada. Eu às vezes a seguia, ainda ontem a vi conversando com um mendigo e depois entrar com ele por um terreno baldio. Eu, na doce esperança de angariar alguns fundos para os aluguéis atrasados fui e me postei na esquina da Sá Ferreira com Nossa Senhora de Copacabana, botei a mão por dentro da calça, bolinei e endureci o pau, e ali na esquina fiquei até as quatro da manhã e nada; pensei logo que eu também estava envelhecendo prematuramente como Afrodite, já tinha também meus sulcos na cara, a barriga inchando, o olhar opaco. Voltei triste pro conjugado, já sem poder dispor do meu corpo para o sustento o que sobraria? Quando cheguei em casa vi que Afrodite trouxera uma gata preta pra dentro do apartamento, contou que encontrara a gatinha perdida por aí, ficou compadecida e trouxe o bicho pra ficar debaixo de um teto com a gente; Afrodite estava nua, sentou-se no chão com um pratinho de leite na mão e foi molhando a buceta com aquele leite, derramava o leite pelo pentelho, abria os lábios da buceta e lá dentro espargia leite com os dedos, passava nas profundezas o dedo untado de leite, depois pegou a nuca da gata, abriu as pernas, botou a gata na frente da buceta e a gata começou a lamber esfomeada a buceta de Afrodite, a beber da buceta, Afrodite começou a exalar interjeições, disse que sentia novamente o prazer, esgazeava os olhos, mordia os lábios e a gata lambendo esfaimada e mordiscando a buceta de Afrodite, a gata preta com a língua vermelha lambendo a buceta de Afrodite e Afrodite apertando o pescoço da gata e guiando a língua vermelha pelo pentelho, vulva, grelo, às vezes cu. Afrodite deve ter gozado pois fechou súbita as pernas e a gata ali na frente miando com o focinho atônito diante daquela parada brusca na sua alimentação, então peguei a gata pelo cangote e deixei Afrodite ali sentada com as pernas fechadas e expressão letárgica, e joguei a gata pela janela abaixo, a gata foi despencando e grunhindo feito doida lá pra baixo e ainda consegui ver que os pêlos da gata se eriçaram, ficaram de pé, e a gata grunhindo e despencando lá pra baixo. Afrodite não percebeu nada, tão saciada estava ali com as pernas fechadas e ar de pedra. Deixo Afrodite ali e limpo o conjugado, varro, tiro o pó, as cinzas do cinzeiro, ponho lixo na lixeira, faço café e ofereço a Afrodite, ela bebe mecânica deixando que o café escorra pelo canto dos lábios, pego o corpo de Afrodite entre os braços, Afrodite pesa, engordou não sei por que vias, e ponho-a na cama. Ela entra a ressonar imediatamente, beijo seu pescoço, a veia lateja, sopro o rosto suado de Afrodite, retiro a mecha de cabelo de sua testa, penso na luta de Afrodite pelo pão de cada dia, penso que por tudo isso deve estar muito cansada, a mente quase turva, sinto um carinho extremo, pergunto baixinho, encostadinho no seu ouvido o que fazer, praonde ir, como se manter, continuar... Afrodite está morta. Suspendeu a respiração. Abandonou o corpo e foi viver em outra esfera ou não viver, simplesmente. Me abandonou. Afrodite é morta. Já não vive. Superou o tormento da vida. Exerce simplesmente a morte. Mas o corpo de Afrodite eu amo. Beijo seus seios ainda quentes. Afrodite é morta. Nua. Lembro ter visto um lança-perfume no armário do banheiro. Pego um lenço branco, umedeço-o com lança, ponho o lenço sobre o nariz dela. E aguardo... Seis horas da manhã no relógio. Aguardo... E percebo o frêmito no dedo mindinho de Afrodite... Retiro o lenço: por baixo das pálpebras alguma coisa se move com vagar... Agora ela vai abrindo os olhos, entreabre a boca, a língua lá dentro pulsa como um coração vermelho, os órgãos de Afrodite retomam seu trabalho. Ela pede um cigarro. A vida de Afrodite tem luz. Acendo o cigarro, coloco-o na sua boca, peço pra ela não tragar, que cuide da saúde, amanhã vamos procurar um médico, e eu estou aqui. Afrodite está viva, confortada, inteira. Pego sua mão e beijo-a cheio de encantamento pelo novo ser que nasce dela. Mas Afrodite está viva? Tanto do meu estado me acho incerto. Isto foi dito pelo poeta há tanto, isto já foi dito e repito hoje enquanto Afrodite descansa, repito aqui pelas ruas, agora, nesse pedaço à beira do Atlântico Sul, cercado de viúvas, ninfas, ninfetas, espécimens da mais alta estirpe feminina e masculina, meninos do Rio, executivos aveludados pelas mãos de massagistas, ginastas curvilíneos. Sei, tenho que morrer e estou cercado pelos vadios do Atlântico Sul, me sentindo no meu estado incerto, eu vou morrer senhores mas a hora da morte anda cara e a moral pede um caixão decente, carpideiras profissionais, aromas florais nauseantes, eu vou morrer e todos são da mesma carne, a pele dourada nem adivinha, não sabe que a morte é certa, traiçoeira, e deixa sua cicatriz nas almas amantes dos que ficam. Eternidade é uma palavra vã, descubro. Afrodite é que me poderia salvar. Mas vive sumida, sonífera ou quem sabe cavucando a gaita pro sustento — coisa que eu já não mais faço —, pobre Afrodite, por onde andará essa mulher que não quer envelhecer, que não é mais a fêmea nuclear nem nada no show do inferninho. Afrodite era a única profissional do show, as outras conversavam durante as cenas de suruba feminina, riam, brigavam, cochichavam distantes dali, acho que Afrodite se abandonava à espera do prazer, mesmo que nunca o prazer a tenha surpreendido ela se entregava toda ao espetáculo, humilde esperava; mas uma noite, sim, nessa noite o que vi foi inegável, Afrodite gozou sim quando um executivo japonês, sério, mórbido, incapaz de uma verdadeira carícia, abaixou-se ali no meio e enfiou a língua na buceta de Afrodite e resmungou um som esdrúxulo pobre Afrodite, gozou com o que não entendia, não sabia que eu estava ali atrás de uma coluna, se soubesse tenho certeza morreria de humilhação e me calei, não disse nada, fomos pra casa debaixo de uma chuva miúda e insistente e no elevador levantei sua saia e alisei seu pentelho enquanto ela chorava de modo surdo, lá por dentro ela chorava pelos pecados do mundo, parecia tão novinha, ainda sonhava ser passionária, barbarela bela, foi ali naquele elevador que amei Afrodite para sempre como nunca, cheguei a desejar que o elevador enguiçasse, que faltasse energia e que ficássemos presos no elevador por soletrados minutos, depois nunca mais foi assim meu amor por ela, pode ter sido maior, mais fulgurante, mais trágico, mais tudo, mas assim humanamente justo nunca mais, a compaixão sem o remorso da piedade, nunca mais, e o elevador subia, subia em ascensão, na glória amorosa de dois pobres mortais, o pentelho de Afrodite uma rosa toda viva na minha mão, minha Afrodite chorava embora nenhuma lágrima arrebentasse, ela apenas tirou meu pau pra fora e nos confessamos cansados, muito cansados da lida, e o elevador parou, nós dois já recompostos, e a bicha do 904 abriu a porta do elevador e fez cara maliciosa, nos cumprimentou esfuziante e eu dei um beijo na face da bicha e ela agradeceu, obrigada ela disse, muito obrigada cavalheiro, e eu ali com a porta do elevador na mão sem conseguir fechá-la e a bicha sem conseguir apertar o botão,

91 · *a fúria do corpo*

Afrodite já botava a chave na fechadura da porta do apartamento e eu e a bicha ali, nos visite eu disse será um prazer, ela passava as unhas vermelhas pela peruca loura e confessava que tivera um filho de um homem muito mau que batia nela e na criança até matar a criança, matava a criança todas as noites mas ela, a mãe, se manteve viva e agora morava sozinha no 904 e saía todas as noites à cata de trabalho porque a panela estava vazia e ela queria mais filhos, tinha necessidade de estar rodeada de crianças, aí ela quase rasgou o decote pra mostrar os dois fartos seios e mostrou-os, porque meus seios estão com todo o leite do mundo, eu quero matar a fome dos famintos, as crianças precisam mamar no meu peito, quero filhos, sempre mais, a menopausa tá longe e meus dois seios precisam amamentar a prole que espera sair aqui do meu útero, isso lhe digo porque o senhor demonstra ser um cavalheiro desses que não há mais — lá embaixo começaram a bater na porta do elevador, cumequié, vamos soltar a porta aí no nono, a bicha piscava os olhos incrédulos diante de tamanha vulgaridade noturna, vê só fazer esse vandalismo a essas horas, acordando o sono dos vizinhos, vê só nós dois aqui conversando como dois seres civilizados e a turba lá embaixo nos bafejando ódio, a bicha lacrimejando indignação abria devagarinho o zíper do vestido, eu ali esperando o que iria acontecer com a porta do elevador na mão, lá embaixo gritavam qualé e davam pontapés na porta do elevador, vamos parar com essa conversa mole, fecha essa porta que a gente quer subir seus putos qualé, e a bicha ali no elevador já me mostrava a bunda, bela bunda, a bicha abria as nádegas com as mãos e curvando-se mostrou o cu lisinho sem nenhum fio de cabelo, era vermelho o cu da bicha, bonito, a pele interna delicada e inflamada de tanto uso, vermelha, gomos vermelhos de uma fruta escondida, prendia e soltava os músculos do cu arreganhado, belo cu, belo, lá embaixo gritavam que iam chamar a polícia seus putos, mais um minuto com essa porta aberta que a gente sobe aí e a porrada vai correr solta, mas o cu da bicha era do mundo e naquele momento era meu, então avancei um pouco e ouvi o tropel subindo pelas escadas enfurecido, mas mesmo assim dei um segundo àquele cu, tirei quase rasgando a calça o pau pra fora e enfiei o pau no cu da bicha como se tivesse todo tempo do mundo para penetrá-la, enfiei o pau com a lentidão dos prazeres impossíveis, o tropel subia as escadas esbravejando cada vez mais próximo, a bicha sacode a bunda e pede mais, mete mais, chega até aqui no meu tesouro, eu tenho um tesouro escondido aqui dentro pra você meu adorado, a bicha geme-geme, e quando o tropel subia o lance pro nono andar fechei a porta do elevador, apertei no botão do térreo, e fomos descendo os nove andares na ofegação daquela foda até que entre o primeiro andar e o térreo o meu líquido não suportou mais e inundou o secreto tesouro da bicha que gritou, chorou, se contorceu.

Reina nos céus o miserável deus dos homens. Aqui na Terra eu volto para o apartamento pelo mesmo elevador em que acabei de comer a bicha, enquanto a turba galopa agora descendo enfurecida as escadas pra pegar lá embaixo os criminosos que paralisaram o elevador por minutos. Gritam o ódio de toda uma vida. O tropel deve ter aumentado por muitos que aderiram à guerra. Pelos estrondos calculo uns dez enfurecidos. A porta do apartamento aberta, entro, e vejo Afrodite nua, estirada no chão, dormindo. Vejo que ela ressona satisfeita e então sorrio para a penumbra do abajur nosso de estimação. Quanta solidão, o coração argumenta.

93 · *a fúria do corpo*

Lá de baixo vêm uivos raivosos, devem estar linchando a bicha. Vou até a janela e vejo a bicha atirada no meio-fio envolta em mãos e pés que batem, batem no corpo vitimado da bicha. Diante da pia da cozinha baixo a calça, olho meu pau empapado da merda da bicha, tenho um minuto de solene impasse, lavar ou não lavar eis a questão, se eu não lavar será a derradeira homenagem àquela que me deu seu tesouro com o lancinante amor de uma cadela esfomeada. Geme nos céus o miserável deus dos homens. E aqui na Terra — ouço gritar lá embaixo uma voz vitoriosa que grita estamos todos vingados — e aqui na Terra a bicha é morta. A bicha é morta eu digo enquanto seguro o pau com os restos das fezes e resolvo não limpá-lo em homenagem ao pobre e amoroso espólio, em homenagem a essa herança de amor. A bicha é morta. Guardo o pau cagado como se fechasse um cofre com a relíquia, a bicha está me vendo tenho certeza e deve estar dizendo deixo pra ti o meu tesouro, guarda, pra que eu possa entrar serena no Esquecimento. Penso na música. Ouço Réquiem. A bicha e sua merda tornam-se litúrgicas. Sinto cheiro de sagrado. Afrodite ressona no chão. Satisfeita. No outro dia os jornais não noticiaram o crime. Mas por enquanto ainda é noite, caminho pelo conjugado, Afrodite nos braços, ponho-a na cama, apago o abajur, ando pelo exíguo espaço como numa cela escura, lá embaixo a bicha é morta, ou talvez não! respondem meus botões, talvez tudo não passe de um lance novelesco da tua ferida, mas que ferida retruco com meus botões, vocês querem autuar como flagrante delito minha dor, vocês por acaso pagam o aluguel que tá atrasado quatro meses, vocês por acaso vão me confortar quando estiver sendo despejado na calçada da Barata Ribeiro, vocês por acaso tão matando minha fome, fome de verdade, de comida, arroz, feijão, ovos, carne, legumes, verduras, frutas, leite, olhem ali deitada no escuro minha pequena Afrodite, parece que encolheu de tão doída, trabalhou hoje sendo chupada por um japonês de merda, vive toda embucetada em biscates de fome, meu corpo dói e começa a vergar de fraqueza outra vez, tou aqui, não me queixo senão vão me pôr de novo numa enfermaria do INPS e dessa vez vão querer me amputar todo na certa, pernas e braços, é assim que eles fazem quando o corpo dói, vão extraindo pernas, braços, e eu só tronco e cabeça num carrinho pela Nossa Senhora de Copacabana, ah sim, vou ganhar esmola, todos terão misericórdia deste pobre tronco, ah não isso não, se tão pensando que a féria de vocês vai ficar polpuda à custa do tronco tão redondamente enganados, posso ficar com minha carne preta e ulcerada e gangrenada mas inteira porque trabalhar pra sustentar vocês nunca, trabalhar nunca, a bicha que é sábia, tá entrando agora na glória dos céus e tá bem mortinha lá embaixo, a bicha tá entrando na miséria de deus, miséria o que seja mas tá entrando no bem-bom de outra esfera, pior do que esta aqui é absolutamente improvável, seja o que seja ela vai variar de escrotidão, vai entrar em outra, olhem ela entrando de longo dourado porque é uma coisa assim o Paraíso, In Paradisum é o trecho que ouço do Réquiem, o grande final ou a grande abertura pois a bicha entra coroada de flores num caminho sujo e escuro e em fim de noite mas ladeada de outras que a ovacionam na entrada triunfal do velho Paraíso, a bicha passa sem notar (porque eivada de glória) pela mulher há muito entronizada como a padroeira das mães, a mãe há séculos ali amamenta sentada no chão sujo o filhinho e ao lado outro filhote lhe toma tempo perguntando quem é aquela mulher que entra ali assim

95 · *a fúria do corpo*

tão cercada de festa, a mãe não responde e matuta que precisa arrumar as idéias que estão muito embaralhadas de sono e cansaço eternos, mas a bicha vive seu delírio porque sabe que terá de fantasiar e muito pra agüentar eternamente o velho Paraíso. Meus olhos fecham tranqüilizados. Um novo dia lá fora. Não durmo, não sonho. Velo o sono de Afrodite. Apenas meus olhos fechados vendo um azul escuro. De olhos fechados escrevo o Tratado do Sono. Afrodite imersa no Sono é mais bela que a sempre Bela Adormecida, porque em Afrodite o que resta de beleza nunca esteve em ninguém tão resplandecido de morte. Para Afrodite a hora é coagulada, ela não agüenta mais a vida, essa Cidade, o desgaste irreparável, e se suspende no Sono para se recuperar queira deus e voltar à flor de si mesma como quando a conheci: ela saiu de mim e eu dela, e logo depois fingimos que nos conhecíamos pela primeira vez e viemos andando e andando até aqui por absoluta incapacidade de aderir ao que nos foi oferecido; já disse que não dou satisfações sobre a vida pregressa, ela a mais ninguém interessa além de mim e de possivelmente Afrodite; mas não custa revelar que nos inícios tivemos uma existência relativamente harmônica; saídos da adolescência, porém, começamos a recusar sem sentir. Mentira dos que clamam de boca cheia a recusa: a recusa não pode ser soletrada pelo pensamento, a recusa se edifica na ausência; alguns nos rechaçaram, juraram sem sentir desprezo, previram em nós dois arrependimento tardio, dor insanável; pelo quase nada que ainda sabemos de poucos não nos parece possível que guardem ainda alguma memória daquele tempo: preferem esquecer que dali duas pessoas vieram andando e andando até aqui porque recusaram a refeição a que eles nos aliciavam. Mas quem terá hoje o amor que eu e Afrodite nos devotamos... Amor real, fundado na recusa, mesmo que por isso não raro beire a crueldade, o extermínio. Acendo uma vela à morte aparente de Afrodite. Cubro seu corpo com o langanhento e único lençol. Não cubro a cabeça, Afrodite está viva. Volto a fechar os olhos. Os dois estendidos no chão, nus. Não durmo e não sonho. Velo o Sono de Afrodite.

O ruído do dia chega até o conjugado, e a fome aqui é ferrugem na garganta, não dói, apenas a evocação do cigarro filado, excessivo, sem o cigarro a vida aqui não anda, não há boteco das imediações que eu não deva cigarro fiado, chego a pensar no vôo pra não ter de continuar passando pelos botecos e sentir o olhar executório dos donos, a cada dia um fiado num novo boteco, esqueci de ir ao banco hoje, amanhã pago eu argumento, atravesso a rua, faço caminhos dobrados pra não levar ameaças daquele boteco, cigarros nos queixos um atrás do outro, já não passo pela Prado Júnior, não há boteco ali a quem não deva três quatro maços. Este dia aqui entrando pela janela é abominável; no entanto lá embaixo todos parecem dar crédito a ele e seguem seus papéis marcados.

Se alguém nunca viu o Rio entrando numa segunda-feira de verão, as pessoas entrando na rotina rompida mal e porcamente no fim de semana, a feira vendendo frutas e legumes podres envolta em moscas ao pé do prédio, se alguém nunca viu o Rio assim não teve oportunidade de conhecer a pior cidade do mundo. Improvável outra. Me debruço na janela e vejo o Rio assim. Insuportável cidade e Afrodite é morta. Então esqueço, esqueço porque tenho Afrodite morta a meu lado. Alguma coisa deve ser feita. E já. Mas o quê...?

97 · *a fúria do corpo*

Fecho a cortina inexistente e penso que talvez a solução seja eu também entrar no Paraíso: esquecer que o mundo circundante existe, e velar a morte de Afrodite como quem brinca na relva do Éden. A morte de Afrodite significa meu impasse: vou ou fico?, retorno ou instituo meu pesadelo como a única morada possível? Sou o avesso da certeza: como se o que sabia não existisse mais e eu ainda fosse um homem de escrúpulos pra entrar nessa brutalidade vazia, quase animal. A única disciplina é me manter em zero absoluto, sou quase nada além da morte que vejo em Afrodite. Afrodite é morta, certo, mas ela é, digamos, a única Diva da vida. Não, Diva Afrodite não é. Pois ela dorme aí na frente como morta (se não estiver mesmo, no duro) e nem lhe passa pelas traquinóidas ser Diva de alguma coisa. É apenas uma mulher que vive. E que está chegando à pausa da idade. Diva Afrodite não é. Afrodite é uma gata cansada, provou do leite mas ainda não conseguiu sentir o gosto que tem: agora está aí dormindo, exaurida, de papo pro ar como uma morta acolchoada na sepultura: no sono pesado, devastador, Afrodite é a negação do que ela não conseguiu obter: o grito revelador, a carne redimida, o sonho como um espinho que sangra de verdade, ela não obteve nada disso e agora faz da hora do seu sono a fuga total para recapturar queira deus a combustão necessária. Amo Afrodite nos mínimos detalhes: a boca entreaberta, os olhos estuprados pelo nada como os de uma morta, o corpo coberto, o coração batendo só no esconderijo. Afrodite é sábia.

Mas perversa me abandona e sua alma sai do corpo e invade todo o apartamento. Não há tocaia possível para admirá-la: ela é eu, as paredes, o banheiro, apossada de tudo, tudo recende a ela, tudo é Afrodite que se transborda pela janela para o ar, o mar. Afrodite é a presença sagrada do Universo: não tem presença senão nas coisas que existem mas sua vida transcende a fronteira das coisas e se revela de um golpe: inclino a cabeça, reconheço a grandeza prostrado no chão duro e depois três vezes bato no peito minha santidade: santo santo santo eu digo, e a espada de Satã me dilacera me rasga me consome numa luz que transforma o apartamento numa vela aérea a navegar sobre a Cidade qual um pirata do dia: pilha saqueia vandaliza os corações submersos na água morta do dia, traz de volta a febre às pobres ovelhas do rebanho. Sou o pastor sob a presença fulminante da Afrodite. Ela é o Eu do mundo, e num relâmpago o dia é a noite e eu nem vi. Afrodite arregala os olhos, pede um copo d'água porque sente um fogo, pede meu pau, dou meu pau duro com a glande em ferida expulsando vida, Afrodite tem a língua cor de sangue e lambe a excreção da vida, a língua é carnívora, o dente marfim-brilhante, a língua e o pau entram em combustão espontânea, natural é o Amor. A Terra o guardará.

Mas o fogo era ilusório porque a Afrodite tinha encarnado no mundo e eu agora estava só, sem mais a companhia de uma mulher mas de uma coisa do tamanho do mundo, e eu não sabia conviver ao mesmo tempo com todas as coisas, possuir a Afrodite em todas as ocorrências eu não sabia, porque ter tudo corresponde à dissolução de cada coisa, e aquela língua da Afrodite que se consumira no fogo com meu pau não passara de uma ocorrência alucinatória insurgida naquele apartamento e agora já se apagava dentro das coisas pretéritas e improváveis, porque a Afrodite continuava a dormir seu sono de morta e eu já não tinha nem a certeza da língua no pau ter vingado ou se tudo não passara mesmo de uma ocorrência alucinatória em mim que assegurava a vigília ao

99 · *a fúria do corpo*

corpo ali deitado, à espera de uma nova arregimentação que o ressuscitasse no terceiro dia quem sabe, no terceiro dia a carne vitoriosa ressurge do sono e anuncia a transformação, e eu temia que essa transformação deixasse a Afrodite diferente de si mesma e ela já não me reconhecesse nos mínimos detalhes e visse em mim apenas um contorno perecível em meio a outros contornos perecíveis, e essa diluição de todos os contornos no contorno sem fronteira da Afrodite começava a me deixar paralisado em mais aquela noite que chegava na minha vigília, uma noite e um dia tinham se passado e já era a segunda noite da morte da Afrodite, e se ela estivesse realmente morta daqui a pouco o odor da morte tomaria conta do conjugado e a desintegração da vida tem um cheiro insuportável, e depois haveria ainda a desfiguração do corpo, e eu começava a temer até a paralisação diante de um possível quadro da morte a um metro, tive um impulso de sacudir a Afrodite, acordá-la, que retornasse à vida e continuasse a par dos assuntos dos vivos — a mesquinhez impingida aos vivos não é tão deplorável se a gente se manter na recusa, isso eu quis dizer à Afrodite, mas minhas palavras não passavam da emanação de um corpo paralisado que por coincidência era o meu, e eu só sabia ficar ali parado contemplando o corpo morto da Afrodite, me agarrando por vezes à única volúpia possível: a do êxtase do sagrado, a Afrodite pertencendo a tudo sim, estando em tudo, sendo tudo, e só restava me prostrar diante de tamanha sagração.

E ali fiquei mais um dia. E a terceira noite. Meus olhos mantinham-se abertos apenas porque sobre eles formara-se uma escama lamacenta extraída da vigília, já não percebia bem o contorno fixo das coisas, os corpos vazavam sua energia e a realidade era a mistura de todos os elementos — mas finda a terceira noite, rompendo a claridade para os lados do mar, vi o lábio superior da Afrodite tremer, o lábio superior da Afrodite tremendo era um pedaço da vida bem localizado no espaço como um microrganismo sendo descoberto debaixo da lente de um biólogo, e eu me aproximei com uma força à beira da euforia como se aproximaria o cientista no limiar da descoberta, e eu me aproximei do lábio trêmulo da Afrodite e abri sua boca e lá de dentro veio a luz de um foco que eu não alcançava o fundo por mais que tentasse, só o facho da luz iluminando a penumbra do amanhecer no apartamento, o facho subia e se alargava a iluminar todo o teto, a Afrodite abriu os olhos, a luz sumiu como por encanto, o encanto agora era a Afrodite abrindo os olhos, me olhando sem qualquer espanto, levantando-se incisiva, cheia de forças, dirigindo-se ao banheiro, escovando os dentes, abrindo o chuveiro, cantando no banho e, depois, pronunciar meu nome. Senti a alegria de ver a Afrodite novamente viva, sem notar qualquer estranheza entre nós dois, novamente viva a Afrodite, a vitoriosa. Não podia ainda prever que ela, se bem que retornada, era ainda uma convalescente.

Convalescente: Afrodite me olha com as olheiras fundas, retornada do sono como quem retorna das profundezas de um pélago e ressurge à tona das águas combalido e sem tempo ainda de lembrar os tesouros presenciados, tão descomunal é a aventura que acabou de viver e tão desoladora é a volta à superfície do mundo com suas reservas de vida aprisionadas. Temo que o ar estagnado e hermético de Afrodite continue. E esse ar continua ali, intacto:

— A vida é simulação, ela diz; há um verão no Rio, todos vão pra praia, à noite em gargalhadas lambuzam-se de chope e eu pergunto: do outro lado do mundo resta ainda um

101 · *a fúria do corpo*

gesto que se exponha em estado bruto e não sature o ar de mentiras?; do outro lado do mundo resta ainda uma boca que extinga a sede cobiçando uma nuvem?; ou tudo já é só essa penúria mesquinha simulando vida? Pega um menino de Morragudo que venha à praia aqui em Copacabana: ele quer o dragão tatuado no braço, a prancha, o t-shirt, a flatulência dos que se abarrotam das porcarias dos Bob's, e na sua barriga vazia vão germinando em vez de saúde as merdas de todos os sonhos degradados e inatingíveis. Não, não há perdão pra quem bota nos olhos do menino de Morragudo o êxito do prazer artificial. Prefiro minha desgraça, minha infelicidade, minha dor, e com elas eu ficaria numa jaula exposta à visitação pública se com isso pudesse salvar. E quando o menino de Morragudo viesse me olhar eu cuspiria entre as grades no seu olho e o cegaria com meu sal porque meu sal é o sal da terra.

Afrodite descabelada, olhando fixo as suas palavras como se só delas viesse a luz que o show postiço agenciado pelo sol do verão tentava encobrir. Cheguei a pensar que Afrodite tinha ficado santa. Mas a loucura, embora similar à santidade, ainda reluzia nos olhos estagnados e herméticos. Nós dois permanecíamos naquele apartamento agora o tempo todo nus, sabíamos que o despejo estava próximo porque cada vez menos possibilidades de pagar aluguéis, nós dois permanecíamos ali nus, qualquer trabalho de sustento ficara inapelavelmente pra trás, nós dois ali nus já não descíamos pra comer qualquer coisa, o apartamento sem comida, o calor explodindo no dia mais quente do verão, nós dois ali nus como peças de um museu de cera, o perigo de o calor derreter a cera e acabarmos como dois montes de cera, extintos em nossas figuras, exterminados. O mar se retraía e não mandava nenhuma brisa, o mofo do inferno tão avassalador que nem o trânsito se ouvia, só suspiros e às vezes algumas blasfêmias fugiam das janelas dos prédios e se encontravam no ar como convivas de um banquete final. Afrodite pega um lápis, um pedaço de papel de embrulho, e como uma criança de idade pré-escolar começa a rabiscar, no máximo algumas garatujas. E chora. Afrodite, o que é? pergunto. Afrodite chora e rabisca com uma violência que rasga o papel, começa a rabiscar no chão.

Ah, meu bem: como estou abandonado agora que você voltou pras ruas, como é tudo triste quando a noite cai e se está sozinho e não se sabe o que fazer do resto, olhando as garatujas de alguém; meu bem, como eu gostaria de ser romântico, te dizer palavras de amor verossímeis como meu carinho por você, meu amor já nem sei quem é você meu amor, já nem sei se você é você ou ela, sei que quando anoitece me dá um líquido por dentro como se escorresse em direção a você amor meu, uma tosse me vem à garganta quando me lembro que estou só e você não chega, você não vem, alô alô amor meu, onde estará nesse fim de tarde, já tá bebendo por aí, já tá no quinto uísque vagabundo ou na cachaça com o homem do boteco, ó amor, pelo basculante do corredor alcanço a mão nas florzinhas do morro que fica atrás do prédio, são vermelhas como você essas florzinhas, arranco-as na mais extremosa delicadeza, você é vermelha amor, tem a graça exaltada do vermelho — ontem eu vi: você vestindo a blusa vermelha, linda, embora prematuramente envelhecida, na frente do espelho baço e cheio de nódoas antigas você se mirava aflita pra ficar mais linda, tão sozinha ali na frente do espelho que pensei não haveria espaço pra mim na tua vida porque naquele espelho não cabia mais

103 · *a fúria do corpo*

ninguém, você tecia a vida em solidão, apenas ficar mais linda te interessava — pra quem amor?, será pra mim que você queria ficar mais linda?, será amor? Eu estava nu te olhando, pegando no meu pau, puxando o prepúcio pra lá e pra cá como quem quer companhia mas você se preparava pra sair pelas calçadas onde você tem seu show particular, tão cedo pra se preparar para o show das ruas na frente do espelho, o traço do rímel levemente oblíquo, eu pensando aquele corpo ali será entranhado por outro homem, os detalhes, as protuberâncias, os pêlos, as reentrâncias, as cansadas colinas das nádegas, eu moído de dor, como doía a vida nossa de cada dia, como doía admirar teu silêncio na frente do espelho, a boca sendo pintada por um batom barato, os dentes entreabertos e estragados por cigarros sucessivos, as olheiras jamais dissipadas por onde você passava pó-de-arroz, teu olhar amor era de uma gata abandonada e obrigada a esconder o medo porque a cada esquina quem sabe uma cilada à espera dos fracos. Brincava com meu pau inerte sobre o lençol enquanto você se maquiava na frente do espelho. O pau não levanta, não engrossa, mas o pau em repouso é bonito, acho até que é mais bonito que duro, entre o mole e o duro fica assim macio mas com corpo, gosto do meu pau, pena que minha boca não chegue até ele, pena que eu não tenha desenvolvido alguma técnica iogue de chegar minha boca até meu pau, pena.

Você se despede de mim, me dá um beijo na boca, beijo seco, tento molhar a minha língua na tua, você recua, está apressada pro show das ruas, mas meu bem eu digo, mal caiu a noite, por que essa pressa meu bem, você tá me enganando com todos os homens hein bem? Mas Afrodite não quer se comunicar, Afrodite quer ficar na ostra do silêncio até seu calvário da noite acabar, sabia que ela já não agüentava mais o trabalho, e eu ali deitado brincando com o pau por absoluta falta do que fazer, aquele conjugado prestes a nos despejar, eu naquele apoio domiciliar precário, quem sabe de amanhã é o miserável deus dos homens, mas antes que esse deus miserável saiba demais penso que devo trabalhar, procurar alguma coisa pra fazer de onde possa extrair alguma nota, saí pela Nossa Senhora de Copacabana, parei na esquina da Sá Ferreira, por ali putas e putos parados, eu era o mais velho mas me fiz de gozoso, botei a mão por dentro da calça, mexi na pica até deixá-la meio dura, empurrei ela bem pra esquerda, ficou aquela coisa volumosa na virilha e eu me excitava cada vez mais, chegara a minha vez, eu me aberrava todo na flama da esquina e eu conseguiria, um carro pára nem lembro qual marca, um homem parece que de apreço excessivo por sua estampa, grana, abre a porta, digo o preço: três mil — é muito — eu valho bem mais, faço tudo — então faz também um abatimento — não, té mais; o homem fechou a porta do carro e lá foi ele; mas não foi muito, virou na próxima esquina, deu a volta no quarteirão, e o carro veio se aproximando novamente, cada vez mais vagaroso, acho que era meu pau que nessas alturas já estava completamente duro em doação a quem quisesse, mas em troca da tabela estabelecida, três mil cruzeiros, menos não; o homem abriu a porta e disse tá bem. O apartamento da Delfim Moreira enorme, abriu-se a porta do apartamento e uma melodia explode, era qualquer coisa como uma cantata de Bach, não, não era "Jesus Alegria dos Homens", uma cantata outra que até ali não ouvira, não quis perguntar porque senão o homem ia achar esquisito um michê perguntar que cantata era aquela e eu precisava manter aquela coisa

105 · *a fúria do corpo*

a fúria do corpo · 106

animal puro sexo, precisava ser profissional ao menos uma vez na vida, era meu caralho que contava e não informações sobre cantatas, o homem segurou meu pau, tirou ele pra fora, deitou comigo num sofá branco, foi tirando minha calça, camisa, e entrou numa sessão de chupada, o negócio do homem era chupar e comecei até a gostar até que ele enfia o dedão pelo meu cu adentro e pensei em cortar aquela brincadeira, doía aquele dedão no meu cu, mas logo vim a mim e pensei o homem tá me pagando o que pedi, me dá o dinheiro gritei um pouco alto demais pra ocasião, o homem se assustou e procurou no bolso da calça as três notas de mil e lá vieram elas, novinhas pra minha mão, ah sim assim que eu gosto, falei isso me sentindo um pouco ridículo, parecia uma velha putona desembaraçada no seu mercantilismo, peguei as três notas de mil novinhas e apertei elas com toda gana, não soltaria nunca mais enquanto não estivesse novamente sozinho, o homem pediu que eu me virasse que ele ia meter em mim, esfriei mas logo pensei no profissionalismo a que eu tinha me proposto na entrada, é que eu nunca tinha dado o cu mas me virei, ele encheu de cuspe o meu cu, encheu de cuspe o pau dele, pediu que eu ficasse de joelhos e inclinado, fiz tudo direitinho e deixei, que viesse aquela pica e me penetrasse inteira, a cantata de Bach continuava a imperar pelos salões do apartamento, é "Actus Tragicus" o homem falou atrás de mim me comendo, essa cantata é a "Actus Tragicus" o homem repetiu, doía pra danar, dor de carne me rasgando, pra tentar aliviar quis pensar em outra coisa como por exemplo meu desconcerto pelo homem no meio da foda me informar sobre a cantata de Bach, ou quem sabe o homem não estava me informando de nada, quem sabe estava apenas ardendo de amor pela cantata durante a

foda, só sei que a dor de rasgar voltou pra minha cabeça junto
com a "Actus Tragicus", eu ali ajoelhado e inclinado com uma
pica grossa na minha bunda e o homem tentando sem sucesso
bater uma punheta em mim, sinto uma violenta mordida na
nuca e o homem ejaculou, abri a mão que apertava o dinheiro
e as três notas apareceram como uma trouxinha amassada,
irreconhecíveis.

Eu nunca tinha sido puto nesse sentido mais ortodoxo da
palavra. Puto, ter dado o buraco que tinha em troca de grana,
o comprador fez do meu rabo o que bem entendeu, enfiou
nele a pica dura, poderia ter enfiado um porco-espinho e eu
não poderia reclamar, o comércio é assim, eu estar ali era
trabalho, o trabalho cada dia mais difícil na Cidade, entre
estar num escritório com ponto batido quatro vezes ao dia e
dar o cu não havia dúvida: dar o cu; o cu legítimo, não o cu
figurado e sordidamente eufemístico que damos pela vida
afora até morrer, Freud diria do alto do seu altar fixação
anal, mas eu não me sentia naquele apartamento da Delfim
Moreira com outra fixação além dos três mil cruzeiros pra
comer, dividir alguns pratos com Afrodite, então foder
foder foder do jeito que fosse era a saída pra mim e Afrodite,
foder com a carne do mundo, carne doente, desenganada o
que fosse, e que se recebesse o dinheiro que fosse, esse dinheiro reclamado por todos pela boca da inflação, eu e
Afrodite trepando, fodendo, chupando, levando, lambendo
a carne do mundo, tudo muito triste, muito trágico, muito
degradado, mas as rédeas da dignidade não eram menos
sórdidas nem mais castas. Que falta senti de Afrodite depois
do encontro com o homem. Ela era meu único cúmplice diante desse quadro. Afrodite. Eu e ela, dois monstros ange-
licais que apenas estavam atrás de um pouco daquilo que

107 · a fúria do corpo

chamam felicidade, a palavra felicidade aqui parece uma avozinha que só sabe contar histórias do seu tempo, porque no meu tempo porque no meu tempo. Então esbofeteio essa avozinha caduca, mas esbofeteio com certa doçura porque ela ainda pode conter algumas gemas de ouro, mas então esbofeteio a avozinha caduca e ergo contra o vento e o sol o meu dilacerado, o meu pobre tempo. Afrodite repara no meu olho quando chega no conjugado e estou de pé esperando por ela. O que houve? ela indaga. Brinco de carrossel, giro pela casa, ela me acompanha e vem girando também, atrás de mim, somos duas crianças enamoradas que acabaram de se conhecer, eu e Afrodite giramos, giramos na mesma direção do mundo ou é contra a rotação da Terra?, não sabemos, apenas giramos com nosso orgulho infantil de fabricar nosso próprio oásis, no nono andar de um prédio da Barata Ribeiro duas crianças a girar, eternamente, o Rio é confuso, o mundo é confuso, pra onde se vai seu mundo?, o mundo não responde, ninguém responde, apenas se gira, se gira e eu jogo as três notas de mil pro alto e festejamos o deus dinheiro que pousa no chão numa leveza e elegância que só nos irradia leveza e elegância, o mundo gira, a vida gira, estamos menos aflitos com a giração do mundo, cada vez menos aflitos até cairmos no chão e soltarmos uma risada um na boca do outro. Eu amava Afrodite. Afrodite me amava. Éramos perenes um com o outro. Aquela noite não dormimos, abaixo de café contei meu ingresso pela prostituição, ela contou que tinha vindo de um motel com um cara da marinha mercante norueguesa, o suor se misturou a lágrimas rebeladas e pungentes, eu tinha cavado três milhas, ela cinco, éramos ricos, os mais ricos do Planeta, até cairmos definitivamente de sono às 11 da manhã.

Acordei às nove da noite e Afrodite já tinha saído. O conjugado escuro e a voz de Roberto Carlos por ali. Muita fome. Eu tinha comido bem na noite anterior, dois mistos e um suco de laranja numa lanchonete ali na esquina da Copacabana com Miguel Lemos, mas como diz Afrodite, se a gente não comer nada ou quase durante dias a fome fica como escamoteada, não aparece mais a carência no estômago, só a fraqueza, a letargia; mas se você comer alguma coisa mais encorpada e passar depois horas sem comer a fome sobe novamente violenta, a necessidade invasora de meter alguma coisa goela abaixo, eu estava assim, com uma fome severa, as pernas doendo, a lembrança da noite anterior martelando na cabeça, eu não estava entendendo muito bem, alguma coisa me chamava a voltar ao apartamento do homem, mais três mil pratas naquela noite não seria nada mal, me levantei, sobre a pia tinha um hambúrguer com salada e lábios carmins num papel de pão. Bilhete de Afrodite. Afrodite era uma mulher que não precisava de mim. Me amava simplesmente: era só tocar nela que vinha e pedia o dobro. Eu começava a precisar menos de Afrodite. Começava a não querer que ela se matasse sozinha pra pagar o que não tínhamos. Uma mulher que cantava quando em casa, voz bonita, calmaria. Por tudo isso me emocionava e eu dizia no meu silêncio que qualquer coisa que afetasse jamais iria nos separar, mesmo que separasse. Comi cheio de voracidade o hambúrguer com salada, a maionese escorrendo pelo canto da boca, bebi depois da laranjada aquela água que não vinha de nenhum filtro que não tínhamos dinheiro, a água descia quase saborosa, eu pensando em Afrodite e no homem que tinha me comido e que ficou caminhando pelo apartamento depois de tudo, nu pelo apartamento enquanto a cantata invadia ainda tudo,

109 · *a fúria do corpo*

o mundo era litúrgico, sagrado, lá fora o mar era o mesmo de sempre na Delfim Moreira, as pessoas que passavam nos carros eram as mesmas, as putas e os travestis que faziam trotoá lá embaixo os mesmos, mas naquele apartamento luxuoso o mundo era sagrado, amplo o apartamento e o homem andava nu de um canto pra outro e eu assistia a tudo sossegado sobre o sofá, nu também, contendo dentro do cu a porra ainda quente daquele homem que andava nu pela casa enquanto a cantata de Bach, "Actus Tragicus", nos redimia de todos os possíveis equívocos pela vida afora, me senti santo, vivendo uma cena santa, santo é o Senhor que habita em mim e naquele homem ali, santa é a memória dessa trepada e a memória gozosa ou não de todas as trepadas do mundo, santo é o nome que não se articula sob pena de apagá-lo, santo é o nome da vida. Me levantei de mansinho, os passos não soando sobre os macios tapetes, o homem admirava Guignard na parede, a cantata no apogeu do fim, fui me aproximando das costas do homem que admirava Guignard até tocar no seu ombro e dizer quase trêmulo alguma coisa se cumpriu. O homem não aparentou surpresa, respondeu apenas que estava cansado do luxo. Brinquei com a bunda dele, fiz cócegas; ele parecia sofrer, talvez porque já não conseguisse extrair nenhuma emoção do que não fosse a trepada que tinha procurado, que tinha sido paga, resolvida, consumada. Não me importei por isso: se ele me quisesse eu ficaria ali mais dias e noites, puto de horário integral, dando, chupando, comendo da sua comida, bebendo da sua bebida, ganhando três notas de mil por dia, novinhas, e se ele me pedisse pra que eu desse banho nele, lá estaria eu com o sabonete, a esponja, a toalha, puto completo e total. Do que eu precisaria mais? Só de Afrodite, mas ela não sumiria de vez e nem ficaria em pânico se eu sumisse algum tempo pra ser puto de alguém. Mas a cantata de Bach tinha terminado e o homem mostrava uma certa impaciência, o que me fez vestir e sair de cena com um amarelo té mais.

Mas na noite seguinte resolvi voltar lá, sim. Perambulei um pouco pelos arredores do prédio da Delfim Moreira, dei duas voltas pelo quarteirão, tinha medo de que o porteiro me barrasse, já passava das dez, e depois eu andava com a roupa rota, enfim com a minha última e surradíssima calça, a camiseta que outrora fora branca e o chinelo, tinha medo de que o porteiro pensasse se tratar de mais um assalto, embora eu preservasse ainda uma expressão desatenta, um olhar, não-sei-que na linha do nariz que me fazia passar ainda por um classe média razoavelmente resguardado contra as brutalidades que atacavam a maioria. Então me enchi de coragem porque a possibilidade insuflava confiança, e lá fui eu e, sempre uma surpresa, o porteiro me deixou entrar, apenas me perguntou para que apartamento me dirigia e nem chegou a se comunicar pelo interfone com o morador, apertei a campainha com a mão suando, lá dentro ainda a cantata "Actus Tragicus", o homem abriu a porta, se espantou, não chegou a dizer palavra, fez menção de fechar a porta, lancei uma frase de tranqüilizá-lo: voltei, preciso do trabalho, o homem abriu algum esboço de sorriso e me deu a passagem; naquele apartamento eu sentia a força laboriosa, como se o sangue lá dentro me batesse na cara, bastaria então que eu obedecesse com toda a cegueira que ainda me era possível a esse chamado, por isso não aguardei o rumo dos acontecimentos e arriei a calça e mostrei a bunda para o homem, puto puto puto, três vezes puto, relampejava sobre o

111 · *a fúria do corpo*

Atlântico Sul e as cortinas esvoaçavam e o apartamento estava numa penumbra e o homem veio, pronunciou sons de uma luxúria tão brutal que me aniquilou qualquer outra possibilidade que não fosse aquela ali, e o homem ordenou que eu rebolasse assim e me postasse assim, eu só pedi o dinheiro, três mil cruzeiros relembrei ao homem, respondeu dou cinco mil sete quem sabe e o pau dele entrava pelo meu cu adentro, dar o cu doía mais que o prego na cruz mas valia as três notas novinhas, e a tempestade começava a cair sobre o Atlântico Sul, chegamos quase na borda do terraço e a chuva nos encharcava e a foda solta de pé mesmo, e eu vi um relâmpago enorme se rasgar sobre o Atlântico Sul com a forma da Morte, dona Morte caveira velha com sua foice ceifando vidas sobre o Atlântico Sul, descomunal, medonha, absoluta, eu cuspia, contra a chuva, a tempestade, contra o relâmpago, o trovão e o raio, contra a Morte, o Atlântico Sul, enquanto o homem metia metia e eu sacolejava o rabo por necessidade de precisar mais e mais e mais, minha mão precisando trabalhar ia longe na punheta do meu pau, gritei quase conflagrado pelo dinheiro, o dinheiro apareceu na minha mão que não estava ocupada com o pau, concentrei-me quase sobre-humano no meu pau, nas trevas da tempestade sobre o Atlântico Sul dois trepam e na iminência de gozar se contorcem de pé num terraço da Delfim Moreira e gozam, e eu escarro feroz contra o Atlântico Sul e falta força na Cidade e a Cidade está no breu, nem a luz da rua sobrevive, nada, só os faróis dos carros lá embaixo, alguns buzinam de nervosos, outros de sacanagem pura e grossa.

Nessa segunda noite o homem não ficou impaciente: gozou, encostou a testa na minha nuca, retirou pouco a pouco o pau da minha bunda, um carinho inegável transportando cada movimento, o homem ficou olhando a chuva e caminhando pelo terraço cada vez mais alagado por aquela fartura de água que caía, eu o observando da porta como se olhasse a aparição de um vulto nas trevas da chuva, relâmpagos, trovoadas, ele um homem fechado, precisando de um gesto pra vir e me olhar e me ouvir: você não me conhece eu disse, você não me conhece, já estávamos na sala, os dois nus ainda e molhados. No escuro, atacados por relâmpagos. Queria bem àquele homem porque conseguira extrair dele mais três notas de mil pro meu sustento, e confessei isso ali com minha voz mais cristalina, ele me ofereceu uísque e me apresentou algumas fileiras, e eu ali quis dormir aquela noite. Vésperas de carnaval. O quarto tinha lençóis de seda e uma fotografia dos funerais de Ezra Pound, a gôndola levando o esquife pelos canais de Veneza. O homem contou como se falasse sozinho. Sei porque você sofre falei assim que nos deitamos. Ele respondeu por quê? Respondi não sei por que você sofre. Toquei nele. Era uma coxa. Ele respondeu fica aqui. O tempo que você quiser. Vá ficando. Respondi tenho uma mulher que eu amo acima de mim próprio. Respondeu como se chama? Frodi respondi. Frodi? Frodi. Afrodite completei. Afrodite? Fica sendo Afrodite porque já perdi seu próprio nome. Por quê? respondeu. Tenho um desejo respondi. Afrodite? insistiu. Afrodite sublinhei. Você vai sonhar ele disse assim um pouco sem sentido. Se eu sonhar te incomoda? pensei alto e quase me arrependi. Nesse momento ele já estava em cima de mim e me fazia perder qualquer recato em troca de mais três mil cruzeiros. Então somos só nós dois falei. Nesse instante a luz voltou e a cantata de Bach, "Actus Tragicus", reapareceu como do nada. Esse conforto e a minha última etapa balbuciei quase que paralisado. Olha a

113 · *a fúria do corpo*

rosa ele falou e apontou para uma rosa que morria num vaso na cabeceira a seu lado. Rosa falei escandindo cada sílaba. É uma rosa ele continuou, uma rosa é uma rosa. Era uma rosa respondi com o coração todo doído. Era uma rosa. A luz acesa e eu disse então, a luz está acesa. Retirei bruscamente o lençol de cima, e o que apareceu foram dois corpos. A imensa noite era imensa. Não, a imensa noite era tão fugaz que não quis aceitá-la e me levantei, fui pra sala, vesti a roupa, saí sem fechar a porta, a chuva batia na minha cara pelas ruas do Leblon, quem eu encontrar que me queira que me pegue, aqueça, ilumine, me faça feliz nem se for por uma noite, eu corria pelas ruas do Leblon, o acendedor de lampiões de O Pequeno Príncipe não era o acendedor de lampiões mas um PM que me pegou pelo braço e perguntou praonde vai moço praonde? Vou pra casa seu guarda, vou dormir o sono tranqüilo dos justos, tenho a companhia dos filhos, dos pais-vovôs, da mulher, do cachorro, do periquito, do copo de leite, vou dormir seu guarda porque amanhã é outro dia e esse dia ganhei dos meus pais e aprendi a respeitá-lo como o outro dia santo de promessas de cada dia; o senhor tá bêbado o PM respondeu como que pra conferir minha reação, e eu me perfilei e respondi que os direitos humanos do senhor Carter deveriam ser respeitados e obedecidos porque a potência número um do Planeta deveria saber o que estava fazendo pelos seus filhos e se eles pediam direitos humanos os direitos humanos deveriam ser dados para a paz de todos, para a tranqüilidade nossa e da Santa Igreja; o Papa João Paulo II não tem nada com isso o PM falou enfurecido e quase me quebrava o braço de tanto o apertar e torcer, e eu respondi que os direitos humanos faziam parte da doutrina da Igreja e das Nações Unidas e do Governo Carter, e ele respondeu que não estava interessado em nada disso, que ele queria saber apenas praonde é que eu ia indo, mas seu guarda eu respondi, já falei que ia pra casa nem mais nem menos; responde, ele falou com os dentes trincados, responde que é pro seu bem, praonde vou seu guarda eu vou, eu vou seu guarda; e andar por essas horas na rua correndo desse jeito não lhe dá medo?, não acha que tá chamando atenção dos mal-intencionados? ou não acha que quem corre desse jeito pela rua a essas horas é porque foge de alguém que pode ter razão em perseguir?, não seu guarda, eu corro da chuva, olha a chuva que tá nos deixando empapados, não vê seu guarda que existe uma chuva que cai e nos molha e que a realidade tem um peso implacável?; o guarda sorriu sibilino com dentes de escárnio e disse me acompanha; eu disse eu tenho três mil cruzeiros; ah, o guarda exclamou e assoviou e apareceu outro PM da curva da esquina e os dois dividiram a grana sem o menor pudor na minha frente. Saí correndo em escalada rumo a um ônibus e ele apareceu e me levou rumo aos braços de Afrodite que naquela hora ainda estava sendo chupada quem sabe agora por um marinheiro mexicano. A vida é breve, mas tenho ainda algumas horas de sono pela frente. Esqueço a insônia insofrida pela falta de Afrodite que deve a essa hora estar sendo arrombada por um marinheiro mexicano, e sonho. O teatro de variedades abre a cortina do meu sonho e anuncia o espetáculo. A cantora careca abre a cena cantando uma canção que diz tudo não passa de um ato fortuito e que o fim está próximo; um guerrilheiro urbano dá um tiro na cantora careca e a aurora boreal que surge ao fundo está manchada de sangue e o teatro de variedades tem que continuar e tudo se apaga para a próxima sessão.

a fúria do corpo · 116

Antes que a próxima sessão se inicie Afrodite chega em casa, me acorda sem querer, deixa cair uma xícara de café e o barulho da xícara se espatifando no chão me assusta justamente no intervalo entre uma sessão e outra do meu teatro de variedades, justamente no momento em que o sonho estava apagado e eu ocupava uma espécie de limbo entre uma sessão e outra e eu era todo expectativa aflita, pois nesse momento o barulho da xícara se espatifando no chão me acordou assustado e gritei o santo nome de Afrodite, o rosto dela apareceu sobre o meu: ó Afrodite, eu tava aguardando a próxima sessão do meu teatro de variedades e um barulho aí me acordou assustado, foi a xícara de café que derrubei, ela me acalmou passando o pano de prato pelo suor da minha fronte.

— Ainda chove?

— Ainda.

— Você chegou agora?

— Há pouco.

— Já é dia?

— Quase.

— E você...?

— Eu tou vindo de um motel.

— Com quem?

— Com um fabricante de cachaça de Ribeirão Preto.

— Eu voltei no apartamento daquele homem... ganhei mais três mil cruzeiros que me foram roubados por dois PMs.

— Então dorme... dorme...

— Eu tava entre uma sessão e outra do meu teatrinho de variedades.

— Periga a outra sessão já ter começado... dorme logo..

— Você tá forte?

— Tou... tou forte, pronta prum novo dia, o fabricante de cachaça de Ribeirão Preto soube me satisfazer, demos três e ele me pagou por unidade; faça as contas, cada uma por cinco mil, voltei rica mais uma noite, e o fabricante de cachaça de Ribeirão Preto sabe trepar, não foi aquela coisa apressada dos outros, prendia a ejaculação até o momento que ele me sentia no ponto; logo mais à tarde vai me apanhar de táxi ali na esquina e a gente vai novamente pro motel, vamos ficar ricos nós dois, nós dois ricos já pensou?

— Pois é: acho que não vou voltar mais no homem, acho mesmo que ele nem existiu, mas preciso continuar investindo no meu cu, pode continuar saindo além de merda alguma grana dele, preciso aproveitar enquanto ainda tenho bunda.

Eu estava meio de bruços e Afrodite me deu duas palmadinhas na bunda e disse vai dormir bundinha gostosa, vai sonhar com teu teatrinho de variedades, vai sonhar vai. Afrodite arriou minha cueca e massageou minha bunda com a mão macia e disse tua bunda é de ouro. Eu estava ficando de pau duro e ela respondeu não, vai dormir, uma noite dessas vamos ficar noite adentro sozinhos um com o outro que nem dois apaixonados. Hoje não. Olha que amanhã trabalho à tarde e você vai procurar outra pica que esteja disposta a pagar pelo teu cuzinho.

— Eu sou infeliz.

— A Afrodite aqui também não é feliz. Que que tá acontecendo?

— É o mundo meu bem... o mundo não vai bem...

— Mas nós temos que cuidar da gente...

— Estamos cuidando amor....

— Estamos sendo despejados do apartamento e é impossível encontrar tantas picas nesses próximos dias pra que a gente possa pagar os aluguéis atrasados.

117 · *a fúria do corpo*

— Tudo se resolve, dorme...

Naquela noite eu ficara frágil como um menino nas mãos de Afrodite. Eu, que me demonstrara até então de certo modo voluntarioso mesmo que no seio de Afrodite, atleta fultaime em meio à dor miséria prostituição, eu ali naquela noite estava completamente entregue ao consolo de Afrodite, Afrodite era a mão passando pela minha pele e essa mão era como se viesse de um além onde se armazenava ainda todo o conforto do mundo, para receber a mão de Afrodite passando na minha pele valia a pena existir não sei se valia viver mas existir sim valia a pena pela mão de Afrodite passando na pele, a pele exausta, a pele doente, a pele em deterioração pela guerra dos bacilos e vírus do mundo, a pele queria a mão de Afrodite como o fiel quer a Graça, assomo de paz no repouso das dores; eu era um ser indefeso, entrando no esquecimento do sono, passivo, filhote da vida, e aquela mão passando pela pele era fresca, leve, gratuita.

E ali só me restava a esperança do menino que fui: me admiro no espelho nu, a relva ruiva do púbis encobrindo como um ninho o membro já túmido, a fé brotando do meu corpo e pelo corpo enrijecendo músculos, minha mãe assomando à porta do meu quarto com a xícara de chá fumegando, vista-se que tem visitas, tia Zilá e teu primo me disse ela dando um tabefe doce na minha nádega, vá te vestir já disse, mas ela ralhou com a ternura à vista e eu me deixei ficar ali nu por mais minutos, que tia Zilá e o primo me aguardassem porque o espelho abrasava a luz do fim da tarde e o meu corpo era só meu, intacto dos dejetos de todo mau-olhar, e o chá que eu saboreava nu no espelho vinha das últimas delícias da inocência, ali o meu império, meu derradeiro refúgio, eu fora até ali assombro e paraíso, pela primeira vez a roliça glande despertava sozinha, sozinha despontava para fora do prepúcio como no parto natural um corpo se expulsa para a vida, vi minha glande liberta e encarnada aflorar sozinha no espelho até que a escuridão total da noite a deteve e ouvi então as vozes da mãe, de tia Zilá e do primo impacientes com a minha demora e resolvi atendê-las — é que eu estava decorando um verbo que amanhã tem sabatina falei abotoando o último botão da camisa na sala de visitas. Meu primo tinha sardas pelo corpo todo e sabia que eu as admirava como sinais exóticos; então ele me disse: hoje me nasceram mais três sardas na barriga — baixou a calça e abriu a camisa e cantou pra mim: uma duas três sardas três estrelas, três pontos me nasceram três enigmas; meu primo era tão louco que fazia versos sobre as constelações do seu próprio corpo; reclamei: pára de olhar pro teu umbigo e vem ver o ratinho que nasceu, filho de Lena-e-Lino-meus-ratos-de-estimação; o primo coçou os cabelos e suspirou enfados; mudei de assunto e me senti covarde: nunca mais eu disse calado, nunca mais; a vida me tocava? me tocava, e tanto e tanto que engoli o seco.

Mas meu primo não se intimidou com o sofrimento que eu soube tapear baixando os olhos porque na época meus olhos mudavam de cor com o aparecimento da dor, e guiado por mais um dos seus sortilégios ele me puxou pelo braço até o jardim e pisando nos canteiros de minha mãe, sem respeitar sequer os gerânios cultivados em tempos e tempos de bonança cuspiu na minha cara o destino cruel que me aguardava, mas que eu não precisava me sentir desprezado porque uma compensação eu teria. Anos depois descobri qual era: o meu primo jogou-se do 13º andar de um edifício,

119 · *a fúria do corpo*

a fúria do corpo · 120

e eu fui o enviado pra reconhecer a identidade do cadáver:
sim, é ele eu afirmei, é José Robaldo, 20 anos, primo meu
em primeiro grau, nascido de uma irmã de minha mãe e de
um comerciante de calçados, sim, é ele, foi à Grécia, conheceu Creta, apaixonou-se por uma egípcia lésbica que enve-
nenou-se em Roma, sempre pediu para ser cremado, não
acreditava nas religiões, sofria de astenia generalizada, o
sexo ao invés de lhe transmitir prazer o maltratava, passava
dias sem comer, contabilizou 1.347 sardas no seu corpo, sofreu de asma na adolescência, a sífilis o apanhou no Marro-
cos, sofria periódicas crises de depressão, tentou 48 vezes o
suicídio, esta é a quadragésima nona, odiava escadas de ca-
racol, assistiu ao pai morrer de enfarte, à mãe de derrame, a
irmã de câncer na garganta, e previu para mim destino
amargo.
    O policial me perguntou:
    — O senhor acredita ter sido realmente um suicídio?
    — Não...
    — Então por onde começaremos?
    — Pelo começo...
    — E onde está o começo?
    — O começo está no seguinte, quer ver?
    — Sim...
    — Então comecemos pelo começo.
    — É o que estou esperando.
    — Em todo começo há um prodígio.
    — Favor, seja mais claro, direto.
    — Em todo começo há um prodígio: a vida.
    — Mais direto! — o policial gritou impaciente.
    — Mas para começar do começo eu preciso começar do
começo — respondi observando a impaciência do policial.

— Não, não quero filosofias, eu quero o começo que o levou à morte que o senhor acredita não ser suicídio.

— Mas foi suicídio.

— Favor, o senhor não me faça perder a paciência!

— Mas eu preciso dizer que foi assassínio mesmo que ele tenha se suicidado.

— As suas considerações filosóficas absolutamente não me interessam. Quero somente chegar ao autor do crime.

— Então me deixe começar do começo, porque o autor do crime é uma teia que vai se fabricando pouco a pouco sem que se perceba.

O policial vermelho e espumando me mandou passear. Fui passear agradecendo ao primo ter previsto meu destino: sim, cruel é o destino, amargos os anos, dilacerante a dor. Um prédio era erguido majestoso na minha frente e fiquei olhando os operários erguendo o prédio que parecia ter fim nunca pra cima e refleti nos vidros rayban do prédio que se erguia meus olhos que mudavam de cor pela última vez. Depois dali a dor em mim não mais emitiria seu sinal transformando a cor dos meus olhos: nunca mais eu disse, nunca mais; a vida me tocava? me tocava, e tanto e tanto que engoli o seco.

Sentei-me no banco de uma igreja, uma velha a poucos metros rezava mexendo os lábios murmurantes, a lamparina acesa, um pássaro trinava nas imediações, eu quis acreditar num santo, num Deus crucificado ali no tabernáculo, eu quis orar, mexer meus lábios murmurantes, eu quis a mediação com o Alto, eu quis mas me faltava tudo e abaixei a cabeça em sinal de luto e de mãos postas me senti um morto. O padre gordo e baixinho aproximou-se e perguntou se eu esperava a confissão.

a fúria do corpo · 122

— Me confesso a mim mesmo — falei titubeante.

— Não quer? — o padre gordo e baixinho perguntou contorcendo as mãos uma contra a outra em afogueado enlevo.

— Eu quero água — balbuciei sem muita convicção.

— Te dou a água em nome do Senhor — o padre gordo e baixinho falou puxando meu braço e me conduzindo pé ante pé, genuflexão diante do altar-mor, atravessando a sacristia, levando-me ao banheiro; abriu o chafariz do bidê, pediu que eu arriasse a calça, obedeci, o padre gordo e baixinho lavou-me as partes com um sabão grosseiro, suaves as mãos tocavam as minhas partes, secou-me com um pano que não tinha nada de toalha mas de tecido litúrgico e disse vai, estás purificado de todos os demônios. Sei que se tivéssemos permanecido um pouco mais na penumbra do banheiro o padre, que eu agora notava ser velhinho bem velhinho mais que octogenário, teria saciado com suas mãos o meu sexo mas não, saí agradecendo ao ancião pela graça, e ele agora em passinhos céleres e um risinho me desejou Deus te acompanhe e abençoe. Já era noite.

Cheguei em casa, abri os botões da braguilha santificada, minha mãe chorava a morte do sobrinho no quarto ao lado, meu pau já estava quase duro, empunhei a mão direita, soquei três vezes a pica retesada, o quarto escuro, gemi baixinho, o líquido derramou-se quente pela mão, limpei-o com o lençol, deitei-me, quis chorar, contive-me, o coração amaciando as batidas, o relógio bateu oito horas, o quarto sempre escuro, senti a gata passeando as unhas sobre meu corpo deitado e aconchegar-se entre minha barriga e braço, morna como morna era a hora, posei a mão sobre a barriga grávida da gata, senti a cria arfando lá por dentro, contei sete gatinhos, miou a gata de satisfação, o quarto escuro, cruel ou não cruel meu destino se cumpria, viver era a tarefa, boa ou má, tarefa que eu aceitava enquanto as pálpebras pesavam: a gata dormira e eu com ela.

Ali, naquele quarto todo escuro, com os soluços da minha mãe chegando agora em intervalos cada vez mais espaçados, ali naquele quarto todo escuro sonhei tendo a mão sobre o ventre túmido da gata: contei sete gatinhos; sonhei que Afrodite sempre existira aquém ou além da minha vida, ela aparecia menina no meu sonho, as tranças douradas, a sainha rodada sem poder tampar a bundinha rosa já que o pequeno corpo em arco olhava lá pra dentro do poço escuro e fundo, as perninhas no ar balançavam e havia aragem mas a pequena Afrodite gritava vento vento vento lá pra dentro do fundo e do escuro do poço, notei que já nascia uma penugem entre as coxinhas, quis tocar naquele veludo dourado, toquei, dourado sim, macio veludo, Afrodite já sabia umedecer-se ali, assim, meus dedos se lambuzando do úmido entre aquela penugem veludo sim, veludo, dourado, assim, meus dedos passavam pra lá pra cá, arredavam o fundo molhado da calcinha, entravam pelos interiores, bom o suor do meu corpo todo, bom o tremor, Afrodite e o vento lá pro fundo escuro do poço, e o rodopio eu com ela sobre a grama macia e a aragem e eu com ela roda e roda e roda e roda e, cai o círculo veloz: extenuados nos beijamos em pedacinhos pelo corpo todo, extenuados nada, ainda havia tanto por fazer, eu perguntei: se eu enfiar meu cacete na tua xoxotinha não vai doer vai?, quer experimentar quer? Afrodite deitada flexionou as pernas, abriu-as o mais que pôde e falou: a primeira vez foi aqui-agora, a primeira vez é sempre, mete: pra-dentro-pra-fora-pra-dentro-pra-fora-pra-dentro-pra-fora, nhec-nhec-nhec porque já possuímos toda a

123 · *a fúria do corpo*

umidade dos seres vivos e o sangue do hímen vem quente e grosso, quase creme.

Seríamos as conclamadas almas gêmeas? Seríamos do mesmo pó em que nos tornaríamos? Seríamos o ansiado amor? A sainha de Afrodite ficara manchada de sangue, as nervuras do tecido branco pareciam minúsculas artérias sendo irrigadas por aquele sangue porque tomavam mais e mais uma coloração rosa que se estendia ia se estendendo, o sangue continuava a se espalhar devagarinho, resistia a coagular-se no tecido branco cheio de nervurinhas da sainha de Afrodite, fiquei admirando o quase imperceptível movimento daquela mancha vermelha que ia irrigando passo a passo as nervuras do tecido branco da sainha de Afrodite, era como se a vida ali começasse a acontecer e a se expandir, lentamente, formando artérias, afluentes, deltas, vias por aquele tecido esponjoso que absorvia a cor do sangue e não só a cor, a matéria viva do sangue de Afrodite jamais se extinguiria, ao contrário, se expandia pouco a pouco como um rio recém-nascido mas espantosamente cheio, volumoso, intenso a correr lentamente por todas as vias possíveis, fiquei ali contemplando a dilatação da mancha vermelha e a formação dos seus cada vez mais longos e rosados braços em todas as direções do tecido branco da sainha de Afrodite.

— Quer casar comigo? — perguntei.

— Temos a família e a escola — respondeu Afrodite balançando a cabeça contra a aragem.

— E fugir, você quer?

— Para onde? — e aí Afrodite se deteve e me fitou como uma mulher. Silêncio.

— Mais uma palavra, e eu fujo de mim mesma! — Afrodite pensou e sem querer disse, exclamando mesmo, com as

pupilas viradas pra cima, assim: toda consternação diante
da minha ainda impregnada inocência.

E desde ali não houve remédio que sarasse o nosso encanto. Ajoelhei por uns instantes sem palavras diante de
Afrodite, fixando os olhos no sangue que se expandia se expandia sempre mais pelas veias do tecido, ajoelhei contrito
e disse sem poder deixar de dizê-lo: esta é a vida. Afrodite
milagrosamente já apresentava as coxas rubras e fartas da
mulher, os seios brotavam e já esgarçavam o tecido branco,
os lábios grossos da vagina já segregavam o suco do desejo, e
tudo em Afrodite já estava ali maduro, eu ali de joelhos pedia
a proteção dos rios, das florestas, dos vulcões, do sol, do ar,
da lua, que a chuva caísse em torrenciais rajadas e nos inun-
dasse dos seus providenciais elementos, era eu e Afrodite
no instante mais instante do Universo e o meu pau já cele-
brava aquele bravo encontro rijo como o colosso para aquela
colossal boca que se abria entre as pernas de Afrodite, cantamos juntos um hino que se apoderou de nossas vozes, um
hino sem letra e melodia, um hino só uivos animais que éramos, duas, três, quatro vezes gozamos sob a chuva intem-
pestiva, pura lama nos tornamos e já não nos distinguíamos
do barro grosso e escuro que se adensava mais e mais em
meio ao nosso movimento, e que em nosso movimento se
apegava e que do nosso movimento se impregnava e se acal-
mava e se findava aos poucos muito aos poucos se findava e
se findava: lama, charco, barro que agora a luz da lua divisa-
va em nada mais que lama, charco, barro, barro...

Um dia, quando passando pela estrada que saiu daquele
poço eu te encontrar, um dia estival e a palavra estival me
estala aos ouvidos como um pasmo, um dia estival quando
eu te encontrar pela estrada, não teremos memória mas um
abismo tão enorme entre nós dois que cada um só se verá no

125 · *a fúria do corpo*

outro. Afrodite é de granito: esculpo Afrodite com o martelo e a cunha: ela não é a Madona dos Césares mas aquela pedra sem conformação, intacta. Tenho a dor da carne de Afrodite com o couro em lascas extraídas, a pedra adensando-se em pele a golpes do martelo — parla!: beijo um vão aparecido agora: meus lábios roçando a mancha, beijando a sombra por onde o buraco se esburaca feito a falta, beijo: pedra, lama, charco, barro, água por onde me escondo de toda desgraça e me devolvo ao jardim escuro das origens: navego por uma via sem destino onde tudo é pouso e meus olhos repousam no informe das trevas: ruge o demônio inesperado que espreita na próxima curva quem sabe, nenhum demônio ruge e espreita, apenas a aurora me confundiu em seus tons pastéis na minha fronte, o vento ergue a saia da primeira árvore, o pó salta da terra e se espalha pelo ar e tudo é a vida novamente com suas ciladas e abandono.

E estou de novo aqui, nas ruas da Cidade, e vejo logo ali Afrodite entrando no táxi em que está o fabricante de cachaça de Ribeirão Preto, e lá se vão os dois para um motel. Entrei num cinema e me sentei na última fila. Um homem sentou-se ao lado coxa a coxa, sem rodeios meteu a mão na minha braguilha e antes que eu pudesse pensar qualquer coisa gozei. Reprise de As Férias de Monsieur Hulot e a virilha úmida.

Pergunto o que é, Afrodite? Afrodite chora e rabisca no chão. Me aproximo de Afrodite, toco seus cabelos morenos escabelados e digo não chore, se você não sabe mais escrever eu serei teu mestre, pastor, te ensinarei novamente o alfabeto, o bê-a-bá, cada som tem uma letra, a ave vê o ovo, o dado é de Eduardo, a fada fabrica fados, o homem hesita, o sol sabe do sábado, a carta cata o coração, o rinoceronte rasga a relva, a lâmpada livre é linda, a ilha inaugura o indivíduo, o rei rói o rumo da raça, o a arde no ar, a pica puta padece no paraíso, a foda fulmina a família, a buceta bebe a baba do Beto — pego a mão de Afrodite, dentro dela ponho o lápis e abro um outro papel de embrulho no chão e assim vou guiando com a firmeza da minha mão os traços de Afrodite, com ela vou escrevendo a ave vê o ovo, o dado é de Eduardo, a fada fabrica fados, o homem hesita, o sol sabe do sábado, a carta cata o coração, o rinoceronte rasga a relva, a lâmpada livre é linda, a ilha inaugura o indivíduo, a ilha ilude o indivíduo, o rei rói o rumo da raça, o a arde no ar, a pica puta padece no paraíso, a foda fulmina a família, a buceta bebe a baba do Beto, Afrodite é fiel a seu fogo, o fogo é fato fatal mas sem ele a fibra fica falida e não funciona na Fábula — Afrodite pega gosto e se entrega à rota da minha mão, escrever é navegar (ela confessa cheia de assombro), escrever é ler o que a mão inspira, digo olha a bolinha do o, olha a perna e a coxinha do p, olha as torrinhas do u, olha o pingo espantado do i, olha a cruz do t, olha a sensualidade do s, olha o recipiente raso do v, aperto a mão de Afrodite contra o lápis e eu sou o pastor daquela escrita ainda disforme, traços agudos, angulosos como uma figura raquítica que gritasse o testemunho da guerra, da fome, da destruição, a letra de Afrodite ainda seguia minha direção mas já marcava no papel de embrulho seu próprio desespero, todas as intempéries da vida ali registradas naqueles traços que perseguiam as letras, a cada letra acabada os olhos de Afrodite se enchiam de admiração e era preciso uma pequena pausa para que se iniciasse a letra seguinte, a cada letra pronta era preciso respirar de alívio por mais uma realização, o trabalho de guia de letras, o pastoreio da escrita me dava novo arrimo, era preciso que Afrodite dominasse novamente a escrita, documentasse novamente seus pedidos, males, sensações, eu ia guiando o

127 · *a fúria do corpo*

lápis apertando a mão de Afrodite quase até a dor porque sabia que aquele ato deveria ser um estímulo forte como quem se acha de repente novamente entregue à vida, deveria ser um exercício quase que de coação, porque se Afrodite imergisse novamente no sono talvez não houvesse mais volta, então eu apertava a mão de Afrodite contra o lápis quase levando aquela escrita à dor, e assim como eu apertava aquela mão quis soltá-la, e soltei-a num súbito tão violento que o lápis se quebrou e Afrodite caiu sobre o papel murcha e atônita como um saco de batatas repentinamente esvaziado da carga que o justificava e o mantinha em pé, até que dos olhos de Afrodite vieram as lágrimas e ela perguntou o que será de mim se nunca mais escrever sem ajuda? Peguei a cabeça suada de Afrodite, pus ela sobre minhas pernas dobradas e respondi não, que ela tivesse paciência porque um dia não muito distante você não vai mais precisar de mim para escrever, tudo depende de calma porque não vai ser difícil você readquirir as letras, tudo depende de calma, muita calma.

Deixei Afrodite sozinha rabiscando pelas paredes agora e me joguei para as calçadas de Copacabana, precisava pegar um pouco do ar da noite, continuava extremamente quente, saí só de sunga pelas calçadas de Copacabana numa noite infernal de tão quente, meus pés descalços pisavam calçadas mornas, as pessoas passavam fazendo frente ao calor, algumas andavam se abanando, outras interrompendo o andar com freqüência para ouvir melhor os próprios queixumes, os flertes suspensos, olhar para os transeuntes era apenas aderir à cumplicidade frente ao calor, nada mais a pensar sentir falar senão o calor, os corpos untados de suor não conseguiam dormir e caminhavam pelo corredor da Nossa Senhora de Copacabana como querendo adejar porque as calçadas eram mornas e nem dos pés vinha algum refrigério, eu caminhava só de sunga olhando os corpos ambulantes pelo calor da noite, de um apartamento saía um baião como um desabafo que resumisse todos os outros pois era um baião nervoso, espetava ainda mais os corações torturados pelo calor e pela avalanche de todas as torturas que despencavam pelo ritmo do baião, Aída Cúri, Taninha morta pela Fera da Penha, Cláudia Lessin Rodrigues, todas as aflições consumadas pareciam pairar em falanges sobre o inferno da Nossa Senhora de Copacabana, sobre esse fogo ainda não consumado, que ainda arde em nós e à nossa volta e não deixa outra possibilidade que não a do verão mais inclemente dos últimos sessenta anos como berram as manchetes, e entrei por uma rua que não direi o nome e estava ali o mendigo que vi entrar com Afrodite pelo terreno baldio e estava ali esse último terreno baldio de Copacabana e estava ali o mendigo deitado na calçada com a braguilha aberta e um caralho enorme adormecido, paro, me inclino, chamo o mendigo com um acorda companheiro, ele escancara os olhos, eu abano as moscas em volta do corpo caído na calçada, pergunto se ele quer ganhar uns trocados pra cachaça, pego sua mão e entro com ele pelo terreno baldio, peço que ele me mostre o pau, tou pagando só pra mostrar o pau, ele mostra o caralho mais enorme que já tive oportunidade de ver, digo agora deixa eu pegar na tua pica, tou pagando mais um copo de pinga só pra pegar na tua pica, é um bicho vivo e volumoso que endurece na minha mão, abaixo a calça estrapeada e fedorenta do mendigo e peço pra olhar a bunda dele, tou pagando mais um copo só pra olhar tua bunda, passo a mão pela bunda do mendigo e a bunda do mendigo é rija como a de um ginasta, peço pra beijar a bunda dele e a pica, mais um copo de pitu por beijar a tua bunda e a tua caceta dura, baixo minha sunga, me viro de costas com a bunda

a fúria do corpo · 130

arrebitada e peço que ele me coma o cu, por me comer o cu
pago mais três copos de cana, molho o pau do mendigo com
meu cuspe e molho o meu cu, o maior caralho do mundo me
penetra me penetra me penetra, o mendigo geme na esperança das mil doses de cachaça e me esporreia em litros o cu
e caio espatifado entre ferros velhos, o mendigo de olhos
grandes pega meu pescoço, e antes que aperte procuro no
meio da sunga e pelo chão moedas e algumas notas amassa-
das e dou tudo pra ele, vá tomar toda a cachaça que puder, o
dinheiro tá aí pra você tomar um banquete de cachaça, vai.
Ele foi. Fiquei ali de bruços jogado entre ferros velhos, e fiquei ali a noite inteira, assim. Sem dormir: apenas a certeza
de que por mim próprio dali jamais sairia.

Amanheceu com as moscas voejando e pousando sobre a
sarna do meu corpo nu, a sunga ainda enrolada num pé, o
zumbido das moscas alucinando meus miolos, e eu estava
ali atirado entre ferros velhos do terreno baldio sem ânimo
pra espantar as moscas, às vezes de alguma janela das re-
dondezas um olhar ou outro me observava assustado, eu ali
de bruços, nu, com a bunda pro céu, a cara contra a terra
dura, atirado como no fim de uma batalha derrotada, entre-
gando meu corpo sarnento às moscas, não fechando os
olhos, não dormindo, as moscas o único movimento naquele quente cada vez mais esmagador, um olhar ou outro me
observando lá de uma janela, de repente sirenes intermináveis de bombeiros misturando-se a sirenes de ambulância e
da polícia, a Cidade entrava em combustão espontânea, caía
em convulsão, assassinava, mas eu ali continuava esmagado
sob o peso do dia ainda mais quente que o anterior, o recorde de todos os verões do Rio, eu ali não via a combustão a
convulsão o assassinato, só um olhar ou outro de alguma janela sobre minha bunda virada pro céu, a sarna do meu

corpo embriagando as moscas à minha volta como numa última ceia, eram puro êxtase as moscas e eu me entregava a elas sem ânimo de espantá-las, as sirenes chocavam-se umas com as outras como as trombetas do Apocalipse e quem sabe a Cidade já estivesse carbonizada com todas as convulsões e os assassinatos consumados, mas eu continuava ali, nu, com a bunda pro céu, a cara contra a terra dura, esmagado sob um calor que jantais imaginara e sob um ou outro olhar de uma janela. Mas a agonia lenta eu não quis e reagi: ergui a cabeça e vi: o rosto de Afrodite debruçado sobre meu corpo sarnento e a mão de Afrodite começando a me acariciar os cabelos úmidos e peçonhentos e a boca de Afrodite começando a me dizer:

— Ganhou o comprido e grosso do mendigo e agora tá aí entregue às moscas; saiba que o caralho do mendigo desgoverna mesmo, eu já provei e tive vontade de nunca mais ir à luta, de ficar atirada aí à espera de que o comprido e grosso viesse novamente e me arrebentasse toda em louvor a mim mesma, mas o mendigo acaba se esquecendo que comeu, mendigo não tem memória e não volta nunca.

— Afrodite — suspirei — Afrodite, eu não consigo mais sair daqui.

Ela me ajudou a me virar de barriga pra cima, examinou minuciosamente meu pau com as duas mãos e disse que queria experimentar ali mesmo como o último recurso para me reanimar, foi se despindo, se deitou, abriu as pernas; nessas alturas, de todas as janelas próximas havia olhares e mais olhares sobre nós dois; Afrodite percebeu mas falou não tem importância, precisamos tirar a limpo já essa agonia, sem teu pau duro as coisas podem piorar, não convém relaxar, vem: e eu deitei por cima dela, Afrodite feria as costas e a bunda sobre ferros velhos, cacos de vidro, azulejos

quebrados, notei que havia sangue nas costas e na bunda de
Afrodite, mas nada disso deu resultado porque meu caralho
não ficava duro e a congelação de Afrodite era total, músculos da buceta rígidos, fechados, ostra se negando. Mais de
meia hora tentamos, nada além do suor vindo do esforço
inútil: estávamos irremediavelmente consumidos os dois.
Apenas o alvoroço dos olhares das janelas lotadas. Nos le-
vantamos como dois pobres-diabos, nos vestimos com
medo da vaia das janelas, e saímos de mãos dadas do terreno
baldio. Na rua a Cidade continuava a mesma. Apenas um calor ainda mais insuportável.

— O que sobrará se a impotência e a frigidez tomarem
conta? Vagar, vagar sem a promessa de uma foda... Dá? Dá,
Afrodite?

— E se a vida ficar redondamente faltosa? Quando eu
não tiver nem mais minha buceta molhada, fazer o quê? —
Afrodite indaga de olhos cerrados.

— E quando eu não tiver mais minha caceta dura vomitando porra e a mão em mim for como meter o dedo no nariz?

— E quando eu não tiver mais uma pica grossa entrando
no meio das minhas pernas e nem um homem em cima de
mim me comendo por todos os orifícios? E quando meu
grelo não passar de um traste triste encravado ali pra nada?

— E quando nem bater punheta restar porque meu pau
subirá muito menos com a mão? E quando chupar sexo for a
mesma coisa que chupar bala de hortelã?

— E quando eu não tiver mais meu homem afetivo e os
homens forem apenas o regaço da minha aridez? Como
continuar assim?

— Como continuar sem a buceta do outro lado de mim?
E quando a afinidade eletiva estiver na buceta irreal?

— E quando o arrebatamento amoroso não passar de uma perícia?

— Dá? Dá, Afrodite?

Nos trancamos no apartamento com a janela fechada. O calor nos deixava febris, nenhuma roupa sobre as nossas vergonhas, eu toco na buceta de Afrodite e digo quero pegar teu grelo, Afrodite grita e me chama de arrombador, eu quero bater uma punheta no caralho dela, ela segura minha mão, sonega a possibilidade do caralho dela, diz que não, que não agüenta a sensibilização porque está toda fornida, farta e fria, Afrodite é má, não vê a premência do nosso estado, eu consumido ela consumida vai dar em merda, o que será de nós pergunto, o que será?

Toco fogo numa folha de jornal e esta é a única luz; o calor ali fechado supura o ar, mas eu e Afrodite estamos frios. Estar frio é não ter a refeição do corpo, é viver a fome mais brutal que a fome. Fome de comida a gente estava passando havia dias. Nada portanto nos poderia abalar mais que a fibra sexual se atrofiando. Em que imagem se ver? A folha de jornal em cinzas. Os corpos no escuro e no silêncio.

Mas Afrodite abre a porta e sai nua pela escada abaixo, ponho a sunga e vou atrás, Afrodite corre nua pela Prado Júnior e eu corro atrás, os passantes param boquiabertos, a rua entra em torvelinho de expressões perplexas, Afrodite corre e eu atrás, Afrodite corre nua pelas ruas e o povo não acredita, corro atrás de Afrodite e vejo de longe ela pegar o mendigo pela mão, os dois entrarem pelo terreno baldio eu corro atrás e subo pela cerca me lanhando todo e olho, Afrodite estertora com as pernas abertas debaixo do mendigo, chama pelo meu nome, pede socorro, vou por trás do mendigo, esfrego desesperado minha pica contra a bunda dele, Afrodite berra na tortura de não sentir mais o favo nas

133 · *a fúria do corpo*

entranhas, o mendigo é o único que espuma pela pele toda inflamada, entre nós dois o mendigo come o que come e dá o que dá mesmo com a falta de uma buceta e de um pau ele espuma, não consegue meter não a vara pelo buraco cristalizado de Afrodite nem sentir uma presença incisiva na bunda, nada, o mendigo apenas espuma tanto e tão convulso que eu e Afrodite conseguimos nos desvencilhar a duras penas do corpo estremunhado do mendigo e o mendigo continua espumando o corpo inteiro sobre ferros velhos cacos de vidro azulejos quebrados. Espuma convulso o mendigo; e nós dois fugimos como Adão e Eva expulsos do Paraíso, tão não querendo que nenhum olho nos veja que ninguém se aperceba mesmo de Afrodite enrolada em folha de jornal, levada pela minha mão, enrolada em folha de jornal, ninguém percebe o corpo nu de Afrodite sob a folha de jornal, não percebem nem mesmo a folha de jornal, não percebem nem ao menos que hoje Afrodite não é uma mulher como as outras, Afrodite é uma idiota, louca, doida, maluca, e eu levo Afrodite pela Nossa Senhora de Copacabana embrulhada em folha de jornal e eu odeio Afrodite porque ela suplantou a bobagem desse mundo com outra bobagem e acabou chafurdando na foda-que-não-houve, Afrodite é ignorante na sua força e jamais a perdoarei, nojenta, escrota, calhorda, Afrodite é a minha sina, que morra mais que a buceta exterminada, mumificada em estrume, que não receba mais nenhuma pica na xota pelo resto dos dias, que nenhum acalanto amoroso lhe cubra mais o sono, nenhum sumo de outra boca lhe arda na garganta ao despertar do sono, odeio Afrodite e tudo na rua é jato, o que o meu olho vê a retina não sustenta tornando as imagens borrões manchas pedaços porque puxo Afrodite numa velocidade estúpida — escrota nojenta porca é Afrodite enrolada em jornal arrastada por

Copacabana pela minha mão algoz eu olho pra trás e vejo que o jornal que embrulha Afrodite tá todo rasgado e que Afrodite é puxada já com as partes à mostra — ela é puro olhar vazio, parece não saber que tá sendo arrastada, vez em quando apenas solta um gemido ao tropeçar, se esfolar, se emporcalhar mais, já passou por todas as estações do martírio mas é puro olhar vazio porque não reconhece mais a humilhação de estar sendo arrastada em trajes de jornal rasgado em plena Nossa Senhora de Copacabana, a mão que a arrasta pouco se lhe dá ser minha, é sem piedade a mão e sem piedade pode ser um guindaste a mão do torturador um ciclone, Afrodite acostumou-se à impiedade e já nem repara as pernas esfoladas e emporcalhadas de merda de cachorro, já nem repara que o jornal que a embrulhava tá todo rasgado e que ela é arrastada com pedaços de suas vergonhas à mostra — mas se agora as pessoas voltaram a nos olhar com caras perplexas pela nudez de Afrodite exposta à curiosidade pública já não me importa, puxo Afrodite com toda gana do meu ódio e não quero saber do resto, e Afrodite se deixa puxar levar arrastar, mas quando chegamos no nosso prédio Afrodite se solta bruscamente da minha mão, começa a subir desesperada os nove andares numa corrida que não alcanço só grito Afrodite, ela bate com mãos e pés na porta trancada do apartamento, eu abro, ela corre pra janela e diz que agora chega, vai pôr fim a essa bosta de vida ali naquele instante porque além de tudo sou um miserável putrefato gigolô da grana e dos sentimentos dela, Afrodite já coloca a perna no peitoril, pego Afrodite pelas costas e sinto esmaecer minha força contra a descomunal força dela naquele instante, sei que estou ferindo Afrodite com dedos e unhas de tanto que a puxo pra trás, as pernas de Afrodite já esperneiam no ar, então não tenho escolha e dou um soco brutal na orelha de Afrodite

135 · *a fúria do corpo*

que é quase jogada pro ar mas num átimo a puxo pra trás por um braço dizendo eu te amo não morre eu sou teu, Afrodite jaz desmaiada no chão do apartamento e esfrego uma toalha úmida pelo seu corpo, descansa amor nunca mais vou te deixar sozinha quem sabe existe ainda alguma chance pra nós dois lá no fim do mundo escondidinha num lugar onde ninguém jamais pisou descansa esse desmaio te fará bem depois tudo passa e nós vamos sair por aí à procura desta chance escondida minha bem-amada Afrodite início e fim de todas as coisas Afro Frodi Dite Afrodite, passo a toalha úmida pelo corpo dela e vou perdendo as forças sobre o corpo da mulher, o corpo amolece, os olhos já não vêem mais nada além de uma ebulição de partículas incolores, meu coração adoece e cai sobre o corpo exangue da mulher. Ela me recebe em sua casa. É grande o nosso amor.

Afrodite acorda. Senta. Olha meu sono mas eu a vejo como se estivesse desperto à luz do sol. Acordo. Sento na frente dela. Estamos prestes a ser despejados do apartamento. Mais uma noite a janela mostra. Acendo uma vela e a coloco entre nós dois. O passado não existe. Muito menos o futuro. Temos apenas esse momento entre nós dois. A vela não chega a esboçar nenhum bruxuleio porque é mais uma noite esmagadoramente quente e nenhuma aragem. Não há nada além desse momento esmagadoramente quente mas nosso. Inteiramente nosso. Embora tenhamos que tomar alguma atitude quanto ao iminente despejo. Mas este momento é nosso. E Afrodite diz que precisa escrever. Trago um papel de embrulho, um lápis. Sobre o chão os instrumentos de trabalho. A luz da vela basta. Pego o lápis, ponho o lápis na mão de Afrodite, fecho a mão de Afrodite, cubro a mão de Afrodite com a minha e digo olha, é assim: a vela vela a vigília, o sono saiu da sina, a rosa roda no ré, a maçã marca

a malícia. Depois ela quer saber de todos os sons do x. Guiando sua mão digo olha, é assim: o táxi do exército tem luxo;
lixo, Afrodite prefere; então, resignado, pastoreio a mão de
Afrodite tudo de novo: o táxi do exército tem lixo. Afrodite
me olha agradecida. Vejo que gosta do assunto e digo olha, é
assim: as Forças Armadas querem um touro de tendência
totalitária em todos os tenentes. Afrodite aplaude. Diz que
gosta do t, e faz tá tá tá com a língua contra os dentes. Fico
satisfeito: vejo que Afrodite é aquela mesma menina barbarela bela que queria ser passionária matar os dois generais que saíam de um prédio e entravam num carrão oficial.
Afrodite mantém as mesmas suaves narinas que se dilatam
à menor excitação. São as asas de um querubim, como eu
disse a ela no nosso primeiro encontro. Afrodite não passa
de um anjo, ainda. Agora, um anjo maltratado. Mas não vamos ficar espionando a eterna candura de uma menina que
quer aprender a escrever e digo olha, é assim: a chuva é cha-
ta mas chama a uma chávena de chá; chave, pede Afrodite;
então, resignado, começo tudo de novo e digo olha, é assim:
a chave da chávena de chá perdeu-se na chuva. Afrodite
pede o j. Então vamos nós, assim: João joga no jardim mas
jinga mesmo é com o judô. Afrodite ri. Parece que quer mais
e mais. Gulosa. Pastor de letras é minha tarefa, então não
titubeio e avanço, assim: Glória ganha a gota na garganta e
não engole. Por quê? pergunta Afrodite. Respondo assim:
por quê? é o quê da questão, porque há quesitos demais para
quem não quer perquirir mas somente simplificar o sinal
sinuoso entre você e eu. Afrodite entende e faz ah com a
boca de criança que acabou de desvendar o que fingiam lhe
mostravam. Ah sim, ela reforça. Ah sim e assim, intervenho
quase ríspido e mostro: ah sim e não assim. Foi nesse ponto
da aula que notei que a vela já tinha se esgotado, que não havia

a menor claridade no conjugado, que nós escrevíamos o que não víamos. Me levantei, acendi a luz, e vi que Afrodite não tinha se apercebido da escuridão, que escrevia sozinha, que já não precisava da minha mão; me aproximei do papel e o que li me ficou como o embrião de uma verdade: NÃO HÁ REMÉDIO QUANDO OS SENTIDOS SUPERAM A REALIDADE PORQUE A REALIDADE ENTÃO ESTÁ CONDENADA. Olhei para Afrodite e vi que ela estava irremediavelmente envelhecida: mesmo que as suaves narinas continuassem a se dilatar à menor excitação, a pele sem mais viço, os sulcos na testa, entre as narinas e as pontas da boca, os incontáveis deltas na base dos olhos, olhos opacos de quem já viu e sabe. Não há mais razão pra eu continuar como teu pastor de letras, eu disse como se sentisse um corte no peito. Afrodite respondeu eu sei. Mas o que se seguiu, imediato, nenhum de nós dois esperava: sobreveio um rubor nas faces de Afrodite, ela sentiu esse rubor, percebeu que eu o tinha notado, e sobreveio uma camada ainda mais corada de rubor: a menina que ainda havia nela vinha à tona com seu sangue, e esse sangue aparecia como a primeira mancha menstrual na calcinha púbere, e esse sangue, ousando nesse fluxo uma promessa ainda não revelada, envergonhava Afrodite a ponto de torná-la a mulher mais vermelha do Planeta — e mais vermelha ainda ficou quando se deu conta de que surpreendera no meu olhar seu rosto envelhecido.

Nessa noite dormimos agarrados um ao outro, nus sobre o chão duro. Nem o único móvel que tínhamos, a cama, usamos. Dormimos agarrados porque sabíamos. Sabíamos que mal alvorecesse deixaríamos aquele apartamento para sempre, nossa permanência no apartamento estava desenganada, questão de horas para o rito do despejo do qual não queríamos participar, Afrodite arrasta o colchão pelo corredor, eu atrás com pedaços da cama desmantelada, algumas viagens intermináveis pelo elevador de serviço atulhado pelas partes da cama, não queríamos deixar aquela cama a algum oficial de justiça, que alguém mais necessitado pegasse a cama na calçada e a levasse, tivemos o cuidado de montá-la novamente, deixamos a cama na calçada com nosso único lençol amarfanhado e pardo e sobre ela o pequeno abajur, que iluminasse outra vida, outras — a cama ali à disposição de quem a quisesse na calçada da Barata Ribeiro, e lá fomos nós a vagar por mais uma etapa do destino de mãos dadas como dois adolescentes. Afrodite revelou que ainda tinha uns trocados para uma média com pão e manteiga, entramos num boteco, nossas mãos pegando a xícara trêmulas de fome, eu gostava e ela não de nata, havia nata na nossa média, Afrodite fez cara de repelência, eu sorri, pisquei o olho, puxei os cabelos de Afrodite pra trás, fiz um rabo-de-cavalo com um elástico que vivia escondido no meu bolso, fui contando da menina que se chamava Camila e que me ofereceu café de graça e que sofria de palpitação tal a dimensão do coração e que saía a andar por aí porque o coração queria sair pela boca de tão grande para o franzino peito, Afrodite quis conhecer Camila, fomos ao encontro de Camila, nos dirigimos à Saúde com passos de passeio, chegamos no meio da tarde, entramos no boteco de Camila, a matrona portuguesa estava com a expressão aflita como se nos esperasse havia muito, pobre Camila a matrona portuguesa falou: o Céu contém agora seu grande coração de anjo. Não há mais Camila eu disse olhando pra Afrodite. A matrona portuguesa falou durante três horas sobre a paixão e morte de Camila que se deu repentina numa manhã de sábado enquanto Camila caminhava em seu ataque pela Central do Brasil, ali caiu desfalecida nos braços de um menino de sunga que vinha de Morragudo e ia pra praia

139 · *a fúria do corpo*

a fúria do corpo · 140

em Copacabana e que tentou ainda soprar vida boca a boca em Camila em vão, o coração já não cabia no pequeno peito e deve ter arrebentado numa grande dor pobre Camila não deu um ai apenas caiu nos braços do menino que parecia estar esperando por Camila ali com os braços abertos doce menino que nunca mais vou esquecer, parecia um indiozinho adolescente que eu via na revista ainda lá em Portugal e que me dava vontade de vir para o Brasil, aquele indiozinho puro como a Natureza todo sorridente e curioso diante da fotografia, um indiozinho assim pegou nos braços a morte de Camila e não deixou que ela se ferisse na queda da morte, bom indiozinho bom. A matrona portuguesa nos convidou para jantar da sua mesa, casa e comida humildes ela fazia questão de grifar, mas é bom a companhia de amigos na mesa quando a única filha se foi e o marido fugiu para o Recife atrás de uma menina com a mesma idade da filha morta. A matrona portuguesa vestia preto e nos serviu vinho de um gordo garrafão, bebíamos à farta enquanto ela nos contava detalhes dos funerais de Camila toda de branco rodeada de rosas vermelhas com um sorriso nos lábios, a expressão de um anjo presenciando o Rosto de Deus, bebíamos à farta enquanto a matrona portuguesa nos contava do seu parto difícil e de sua vida de moça na aldeia portuguesa de Solos, a pobreza da família de camponeses, o pai que guardava o retrato de Salazar debaixo do colchão, do pássaro sem asas que ela criava menina embaixo da cama e como cuidava do bichinho inválido com todo desvelo, ele comia pouco no início mas tanto tratou das asinhas decepadas que o pintassilgo passou a ser a alegria da casa, todo branco limpinho saracoteando sem asas pela casa para a alegria dos doze irmãos. Do choro da matrona portuguesa veio um riso largo e nós três desandamos a rir com o vinho bom descendo pelo peito e quanto mais bebíamos aquele vinho bom mais ríamos em volta da mesa a comer o feijão o arroz o peixe e a beber o vinho bom descendo pelo peito com a ajuda do riso solto despregado sacudido.

Numa estrondosa gargalhada que lhe abrasou a fisionomia até novas lágrimas a matrona portuguesa abriu a porta do quarto de Camila, nos mostrou o leito e ofereceu-o a mim e Afrodite: a cama hoje é de vocês dois, Camila vai ficar alegre por ter amigos na sua cama, Camila sempre quis se doar mas não teve tempo pobrezinha com aquele imenso coração apertado no peito, fiquem, deitem-se na cama de Camila e durmam sonhando com os anjos seus companheiros e com a própria anjinha Camila, sonhar com Camila anima a força, ela agora tem o Céu contendo seu grande coração, está no perpétuo. Eu e Afrodite nos cobrimos sob o lençol imaculado de Camila, aliviados por termos deixado o conjugado e agora estarmos na fresca cama de um anjo, roçando os corpos mas sem nenhum fogo que acendesse o sexo mas também sem nenhum rancor por estarmos ali sem desejos mas apenas aliviados de tudo no leito de um anjo, embora ainda tentássemos calmamente a secreção de algum óleo que desmentisse a paralisação do ardor nenhuma secreção foi sentida pelo nosso tato embora as mãos procurassem a umidade mas sempre voltando secas às vezes ásperas ao frescor dos lençóis do anjo e nos resignávamos então porque vivíamos o alívio e Camila nos velaria o sono e nos redobraria o alívio. Mal caí no sono sonhei com o que eu vira no meu sono de três dias e noites num banco da Cinelândia: um acrobata usou o banco em que eu dormia e o meu próprio corpo para sobre eles dar o seu salto mortal, em volta formou-se uma larga roda de curiosos que aplaudiam o acrobata negro que tinha um dos braços eivado de cicatrizes e queimaduras (ele brincava com fogo), quem sabe marcas de antigos espetáculos, o acrobata voava

a fúria do corpo · 142

em cambalhotas sobre meu corpo e a roda em volta aplaudia e gritava, eu tudo ouvia e via mas não conseguindo despertar do sono, lembro que numa tarde misturaram-se aos gritos da platéia do acrobata gritos de anistia, a Cinelândia ardia em gritos, só eu não conseguia despertar do meu sono, atinar, com um acrobata voando sobre meu corpo no seu salto mortal e os aplausos e os gritos da platéia em roda e os gritos além de anistia e libertem nossos presos chegando a meus ouvidos quase apagados, mas a Cinelândia ardia em gritos, e foi esse o sonho que tive na cama de Camila e foram esses três dias e noites de sono na Cinelândia que revivi na cama de Camila, só que agora eu ouvia em toda a claridade os gritos do espetáculo do acrobata e os gritos da anistia, a Cinelândia na cama de Camila não era mais a Cinelândia do meu sono de três dias e noites mas a Cinelândia viva ardendo em gritos que chegavam a meus ouvidos com toda a exuberância para a qual os gritos foram feitos desde sempre, desde sempre os gritos foram gritados para serem ouvidos em toda a exuberância do grito eu grito, grito como um animal eu grito, Afrodite senta-se na cama e quer saber meu pesadelo, a matrona portuguesa abre a porta do quarto envolta numa mantilha negra e também quer saber meu pesadelo, levanto da cama e respondo que não tenho pesadelo que eu apenas acordei com o grito, que estava dormindo e acordei com o grito não tenho pesadelo nenhum acordei com o grito eu acordei, a matrona portuguesa me traz um copo d'água, põe a mão na minha testa, diz que não tenho febre só suor, a matrona portuguesa não se escandaliza com minha nudez nem com a de Afrodite, Afrodite faz um ar de entendimento e diz para a matrona portuguesa que tudo está bem foi apenas o grito.

Às dez da manhã partimos, a matrona portuguesa na porta do boteco nos acenando e dizendo voltem sempre à minha

mesa e ao leito de Camila, ela acenava com os olhos marejados
e nós dois respondíamos ao aceno com a tristeza de quem
nunca mais verá a pessoa que fica, eu e Afrodite nos demos as
mãos como dois namorados que se despedem dos velhos,
passamos pelo beco onde eu tinha sido jogado pelos policiais
depois da prisão, no ar a mesma flauta e o mesmo Mozart
brotando da mesma janela, apressei os passos como que escondendo o paraíso de Afrodite, ainda tínhamos muita caminhada e não convinha ainda saborear o paraíso, deixei a
flauta de Mozart com um aperto no coração mas bastava pra
nós dois por enquanto termos dormido na cama de um anjo,
outra dose angelical iria nos evadir e não podíamos aceitar
evasão quando nos esperava a longa marcha pedindo de nós
toda a concentração de forças, um dia reencontro a flauta de
Mozart e a mostrarei a Afrodite quem sabe à sombra de dias
amenos quem sabe, agora é Afrodite que me guia pela mão,
os passos um pouco adiante dos meus, o calor recorde de todos os verões continua intacto, o asfalto expele um bruxuleio quase incandescente e nós dois já perdemos nossos
sapatos, descalços sobre o fogo da Cidade nossos corpos ad-
quirem envergadura como se estivessem em chamas, os jornais continuam a clamar o absurdo infernal da temperatura
mas nós dois exploramos nossa combustão espontânea que
não vem só do Sol mas do interior dos corpos, exploramos
essa combustão para fortalecer a caminhada que se abre
mais uma vez à nossa frente, somos fortes pela grama seca
do Aterro, pessoas sufocadas correm pelas passarelas do
Aterro para o mar, estamos indo novamente em direção a
Copacabana, a escuridão carbonizada dos túneis parece
galerias do inferno mas eu e Afrodite sentimos a esperança de
reencontrar Copacabana com seu mar e assim corremos para
a praia e entramos ansiosos pelo mar adentro com roupa e

a fúria do corpo · 144

tudo, cavamos espaço entre a multidão que se aglomera nas bordas da praia e chegamos à arrebentação como dois animais fogosos por todas as moléculas que irradiam calor, a própria massa do Mar nos recebe morna porque as águas estão mansas, quase estagnadas e assimilam todo o calor da Cidade, tentamos um reencontro carnal em vão, corpos marinhos ajuntados como num acasalamento vazio, mas nos lembrarmos de olhar os lírios do campo ou a luz do Sol que é a matéria mais soberana, e nos deixamos ficar sob o calor da luz do Sol, apenas nos deixamos ficar porque um dia talvez essa mesma luz nos recobrará o fogo genital dormido, apenas nos deixamos ficar por horas na arrebentação, que o fogo da minha pica e o da buceta de Afrodite continuem no sono, quem sabe não se preparam para uma gloriosa ressurreição?, por enquanto é nos deixar ficar no prazer do Sol e do Mar, assim...

E por Copacabana vagamos três dias e três noites, dormindo às vezes na praia, encontramos dois pães cristalizados numa lata de lixo, os turistas argentinos, americanos, franceses, alemães enchiam as ruas, eu e Afrodite ficamos fregueses de um boteco na Leopoldo Miguez, o dono foi com nossa cara e nos dava cachaça de graça, conversávamos sobre as aflições do calor, à tarde rondávamos as mesas dos bares da Atlântica e pedíamos dinheiro aos turistas, esmolávamos, alguns nos jogavam alguns trocados, outros nem nos olhavam e muito menos nos ouviam por medo do nosso estado esmolambado, diante de uma mesa de turistas cegos e surdos aos nossos pedidos, turistas internos parece que de São Paulo, Afrodite bêbada desancou ordenando que eles nos olhassem e nos ouvissem porque tínhamos uma mensagem do verbo divino pra revelar, Afrodite berrava com a voz transtornada, que nos olhassem e ouvissem se quisessem a salvação porque naquela mesa ali bebendo chope feito porcos não conseguiriam a salvação, a mesa nos atirou duas moedas que caíram no chão e não pegamos, o garçom foi chamado e nos pegou pelo braço e disse que não tinha a intenção de chamar a polícia a menos que permanecêssemos ali, Afrodite soltou brusca o braço da mão do garçom e continuou berrando contra todos aqueles que não queriam receber sua voz possessa do verbo divino, que chamassem a polícia porque aí ela teria para quem pregar no xadrez, um camburão subiu no calçadão, dele saíram quatro policiais com metralhadora na mão e quase nos quebram os braços de tanto que nos puxaram pra dentro do camburão onde Afrodite continuou atacada, berrando que agora alardearia o verbo divino pelos quatro cantos do xadrez porque a redenção não tardaria e já se ouviam as trombetas dos anjos anunciarem mas ai de quem fica se empanturrando de chope pela Atlântica que nem porco, verá isso sim o sinal negro se rasgando no céu e a foice da morte eterna ceifar sua cabeça, a porta do camburão se abre, estamos diante de uma delegacia, nos puxam pra fora do camburão, me separam de Afrodite, cada um vai pra uma cela, na exigüidade da minha há 14 pessoas, muitas bichas, travestis, homens que me olham com apetite, rostos amarfanhados por noites indormidas, na parede um enorme coração inscrito a carvão, a algaravia se atropela com a minha chegada, todos querem saber como é que fui parar ali respondo que matei a família e antes que eu desse o tiro na minha própria boca a polícia me prendeu, uma bicha me pega no pau, um mulato gordo me passa a mão na bunda, todos entram em festa com minha chegada, o carcereiro ri pra dentro da cela, ouço os berros apocalípticos de Afrodite, rasgam minha calça, a bicha começa a chupar meu pau, o mulato gordo enfia o dedo no meu cu,

145 · *a fúria do corpo*

tira o pau pra fora e vai tentando com alguma coisa lambuzada pelo meu cu adentro, não sinto mais nada pra saber se entrou mesmo com que tamanho e dor, vagalhões oceânicos me atacam, afogado já não sinto nada, ouço longínquo o choro da bicha por não ter um pau duro pra enfiar no cu dela, tão longínqua vejo a bicha desesperada tentando a felação num penduricalho que tenho no meio das pernas, o mulato gordo atrás de mim cai estatelado no chão todo esporreado, Afrodite continua nos berros apocalípticos, a bicha chora e esperneia porque não consegue endurecer meu caralho, ela mete sua cara borrada de maquiagem na minha cara e diz se chamar Fátima que me queria por esposo mas assim brocha não dá, Afrodite nessas alturas está cantando um hino religioso que não sei de onde ela tirou, o mulato gordo ejacula mais uma vez estatelado no chão, eu caio fingindo de morto e morro mesmo até que as grades da cela são abertas pelo carcereiro com expressão irônica, me manda sair, vejo que é noite, o delegado chama a mim e Afrodite, Afrodite caminha de perna aberta e ar apalermado, diz que foi estuprada por um cabo de vassoura metido pela sua buceta afora por todas as mulheres que estavam na cela, conto que fui estuprado por uma pica mesmo, eu sangrando pelo cu Afrodite pela xota, o delegado quer olhar pelas nossas entranhas pra ver se não escondemos armas drogas segredos criminosos, manda tirar a roupa, manda abrir as pernas, vasculha por todos os nossos buracos inferiores enlameados de sangue, manda abrir a boca, cavuca nas falhas dos dentes, cáries, puxa a língua pra cima, mete o dedão pelo ouvido, desconversa dizendo que hoje é sábado de Carnaval e precisa limpar o xadrez pra poder encher de criminosos fresquinhos, mas se não queremos voltar pro xadrez que não bebamos única gota nos dias de Carnaval senão vocês dois não saem nunca mais daqui seus putos.

Batemos o pé na calçada e em meio a um furor de batuca-
das e gritos alvissareiros vindos da Galeria Alasca digo a
Afrodite que com a gente tudo acontece muito rápido, um
turbilhão de coisas que parece inverídico, ninguém acredita, somos trucidados e estamos prontos pra outra no meio
do Carnaval, tudo parece muito irreal, não sei, Afrodite responde com sua frase: NÃO HÁ REMÉDIO QUANDO OS
SENTIDOS SUPERAM A REALIDADE PORQUE A REALI-
DADE ENTÃO ESTÁ CONDENADA. Vamos a um banheiro
de um boteco da galeria, o luxo dos travestis atravanca o caminho até o banheiro, purpurinas, plumas, paetês, lantejoulas,
o casalzinho quer passar um deles diz, nos dá passagem, o banheiro parece a cabine de torturas do inferno, nos fechamos
ali, tento puxar a descarga mas ela tá emperrada, a merda e as
moscas avolumam-se quase pra fora do vaso, eu e Afrodite sé
podemos mexer os braços e assim mesmo com muito cuidado, as pernas entaladas num espaço onde uma só pessoa ca-
beria com suprema humilhação, Afrodite me entala ainda
mais porque precisa abrir um pouco as pernas pra lavar a
xota ensangüentada na pia, o cheiro de merda de dias me
deixa tonto, Afrodite limpa o sangue a sujeira da xota, diz
que dói, olha no espelho os escombros, faz uma expressão
de descrédito diante de uma imagem tão aviltada, me dá o
espaço, arrio a calça, quase sento na pia e começo a lavar o
sangue do meu cu, peço que Afrodite inspecione a lavagem
porque me espicho todo e viro a cabeça pro espelho mas não
consigo ver o estado do cu, ela ajuda, lava e limpa meu cu,
digo que dói, lá fora a batucada se enfeza mais é Carnaval,
uma bicha bate na porta do banheiro porque precisa retocar a
maquiagem, vamos sair Afrodite, vamos sair é Carnaval estamos limpos refeitos vamos sair pular esfaquear as cadelas

velhas que não querem a farra, vamos sair Afrodite, o Carnaval é a festa máxima do povo brasileiro berra um locutor por ali, estamos falando diretamente do Baile Oficial do Carnaval Carioca no Canecão, as fantasias brilham no seu luxo esplendoroso, pena o rádio não poder reproduzir pra vocês o visual da festa, a festa é colorida minha gente, o Carnaval carioca ainda o melhor do mundo é colorido e o Rei Momo deve chegar a qualquer momento nesse luxo esplendoroso do Baile Oficial do Carnaval Carioca no Canecão, o povo carioca saúda em delírio o Rei Momo que acaba de chegar acompanhado da Rainha do Carnaval Carioca, a lindíssima mulata Débora Cardoso, o banheiro está sufocante por favor Afrodite vamos sair daqui vou morrer de enjôo em cima dessa merda toda, Afrodite bochecha a água imunda da torneira e não me dá espaço pra passar abrir a porta e dar passagem à bicha que quer entrar pra retocar a maquiagem, saímos do banheiro a bicha grita que tinha gente trepando no banheiro que imundície trepar no banheiro, saímos correndo do boteco porque o dono quer vir ao nosso encalço mas não consegue passar no meio de tanto luxo purpurinas plumas paetês lantejoulas, nós dois empurramos aquela massa de travestis pra fugir do dono do boteco, gritaria, o calor insano e é Carnaval Carnaval na cidade de São Sebastião do Rio de Janeiro berra o locutor apoplético, é Carnaval, a batucada vem da calçada e esmurra nossos ouvidos, da loja de discos vem Dircinha Batista num sucesso antigo, entramos na Galeria Alasca, três bichas já titias, três irmãs desfilam de negro, chapéus de imensas abas, brocados por todo vestido, piteiras, aplausos as recepcionam, eu e Afrodite de mãos dadas olhamos extasiados aquele luxo, acompanhamos as três irmãs sentindo vontade de entrar no ritmo do Carnaval e esquecer a buceta de Afrodite e meu cu

fodidos e doloridos, chegamos na Atlântica e todos correm
para o meio da rua, uma linda bicha, dizem que castelhana,
patinando vestida de tirolesa e o trânsito pára a Atlântica e
ninguém dá importância pras buzinas, cercam a linda portenha no meio da rua pra vê-la patinar em toda sua beleza e
graça vestida de tirolesa, o trânsito da Atlântica congestiona-
do por causa do espetáculo da portenha buzina enfurecido
mas ninguém dá importância, a platéia quer apenas aplaudir
a graciosa castelhana que patina leve sobre o asfalto da
Atlântica e é toda aplaudida e em volta começam a cantarolar
"Sobre as Ondas", a massa cantarola "Sobre as Ondas" em
volta misturada às buzinas, a portenha bela e graciosa conhece ali a glória e quase levita nos patins, fecha abre o sinal
mas ninguém quer saber dos carros e buzinas, querem assistir à patinação da castelhana, eu e Afrodite aplaudimos
entusiasmados e cantarolamos "Sobre as Ondas" com o
público até que o povo se dissolva e o trânsito da Atlântica sol-
te seu fluxo normal porque ali está chegando uma bicha
lindíssima louríssima de seios à mostra na capota de um carro e ela desce e é levada pela multidão pra cima de uma mesa
na calçada e acena pra multidão como se fosse a chegada de
uma grande estrela na sessão de abertura do Festival de
Cannes, faz pose sexy para os fotógrafos, desabafa que passa
o ano se preparando pra essa noite de glória, que mora com
uma tia velha e viúva que costura pra fora em Olaria, sou
pobrezinha meus machos queridos, mas hoje sou a mulher
mais glamurosa da face do Planeta, olhem-me, toquem-me
meus machos queridos, banhem-me com seu leite divino
meus machos queridos, aproveitem meus seios durinhos,
sou sua meus machos queridos, aceno pro mundo que cai
aos meus pés — veste apenas uma calcinha toda brocada,
plumas brancas nascendo dos cabelos platinados, puxa pra

Jean Harlow, lábios e unhas carmins ela acena para o mundo de pessoas que aplaude a sua estonteante obscenidade, serpentinas confetes voam sobre a cabeça real porque o palco é a rua, eu e Afrodite vazamos da multidão e vamos pela Atlântica batucada a cada esquina, numa delas dois homens brigam brincam capoeira lutam não se sabe as pernas voam retas e elásticas apreciamos belo é o movimento e desse movimento salta um punhal que entra na barriga de um dos homens que cai enrodilhado em volta da ferida botando sangue pela boca e assim vamos pela Atlântica apreciando, um homem barbudo e travestido numa mulher toda sinuosa qual cobra diz sinuosamente que esse é o último Carnaval do Rio Brasil Mundo aproveitemos porque a farra anda curta e hoje é dia de farra, ele passa a mão pelo meu queixo, pergunta a Afrodite se ela tem ciúmes, Afrodite o beija na boca, ele fica duro ali esperando que alguém apague a repentina ocorrência enquanto eu e Afrodite nos afastamos belos e malditos pela Atlântica, logo ali um travesti negro com o decote mostrando o seio oleoso e ardente embasbaca um turista americano de meia-idade que passa a mão pela bunda da bicha negra e de vez em quando lambe seus seios, Afrodite se achega ao turista americano, diz num inglês sujo que numa rua ali perto tem coisa melhor, que ele nos acompanhe que vai conhecer coisa melhor, o turista americano nos segue como um cachorrinho fiel, e num canto escuro ali na Leopoldo Miguez Afrodite me aperta o braço como um sinal, pego uma caixa de maçãs providencialmente jogada por ali e bato três vezes com a caixa de maçãs na cabeça do americano, Afrodite se joga sobre o corpo caído do americano e pega sua carteira gorda de cruzeiros, Afrodite olha o corpo como beatificada, dá de cara com sua missão barbarela bela, assume seu engenho aprendido paciente e passionariamente nos gibis, guerrilheira intergaláctica pós-moderna mirando o corpo do agente da CIA e resgatando o dinheiro e a honra roubados, agora Afrodite é iluminada embora sacana tenha deixado o ato de matar ferir estraçalhar ou tão-somente assustar mortalmente o americano pra mim, Afrodite iluminada graça em cima da morte ou o que seja do americano, não há um pingo de sangue na cabeça do homem, ele apenas está estirado no chão com a expressão tão bem-aventurada que dá pra desconfiar que é farsa, mas por via das dúvidas pego rápido a carteira gorda das mãos de Afrodite e da carteira cospem na minha cara sons de PLAFT PLUUUFT ZUMMM TRICK ARGHHH PFFFFTTTTTTT AHHH HHHHHHHHH enquanto a guerrilheira intergaláctica pós-moderna continua ali embevecida sobre o corpo morto ferido desmaiado farsante sei lá do americano, Afrodite diz NÃO HÁ REMÉDIO QUANDO OS SENTIDOS SUPERAM A REALIDADE PORQUE A REALIDADE ENTÃO ESTÁ CONDENADA, pego a mão de Afrodite e abandonamos o corpo do americano atirado ali e corremos em ziguezague pra fugir dos tiros da polícia que não aparece corremos ao encontro dos mascarados travestis pirados, conversamos com os passantes da Atlântica, estamos cheios da nota e vamos beber na pérgola do Copacabana Palace, entramos tão incisivos que ninguém tem coragem de nos barrar, se estamos molambentos temos nota gorda, gorjetas polpudas para os garçons e para todos os que nos servirem é Carnaval jogamos todo o dinheiro em cima da mesa que venham e nos sirvam sem desdém senão não soltamos as gorjetas polpudas é Carnaval estamos na primeira e gloriosa noite e precisamos festejar a noite com todas as mentiras venham sentem conosco Carnaval estamos pagando escote legítimo xampanha da Alsácia vódica soviética bebidas pra todos os gostos e ideologias venham sentem,

151 · *a fúria do corpo*

a fúria do corpo · 152

deixamos quase todo o dinheiro em cima da mesa subimos pelo elevador e ninguém tem coragem de nos barrar quem sabe porque estão pensando que somos biguixotes fantasiados de favelados, o certo é que subimos pelo elevador, descemos num andar qualquer, batemos num apartamento qualquer, nos abre a porta uma loura angelical suíça em trajes menores, falamos que viemos alugar os trajes de gala que ela anunciou no jornal, ela responde num francês ah sim, tenham a bondade o esmuque é de meu boy-friend, mas tanto ele quanto o vestido de seda branca estão à disposição, eu e Afrodite pagamos no ato, cantamos a saborosa marchinha "Me dá um dinheiro aí", entornamos garrafas de xampanha inteiras sobre mim Afrodite a Suíça o boy-friend romano, eles querem aprender "Me dá um dinheiro aí" pulamos pelo quarto em cima da cama pego a cabeça loura da suíça e a enfio pela privada ela pede mais enfio de novo o ragatço tá pelado e se punhetando no seu gigantesco caralho Afrodite passa as agudas unhas pelo caralho lanhando o gigantesco em arabescos de linhas de sangue e saímos pulando "Me dá um dinheiro aí" pelas escadas abaixo devidamente fantasiados eu com o vestido de seda branco Afrodite com o esmuque preto, sentamos novamente na mesa e ninguém roubou uma única nota do dinheiro que jaz em cima da mesa e pedimos mais xampanha escote vódica mistura braba que nos desce pelo esôfago como um raio dos deuses ah vamos aproveitar pra conhecer o famigerado caviar oh garçom um caviar é Carnaval de todas as fantasias e mentiras somos uns embusteiros da verdade nessa noite carnavalesca de calores tropicais, Afrodite bufa de calor dentro do esmuque, tira o esmuque ali na frente de todo mundo e fica nuinha como Luz del Fuego nos belos tempos, a gringalhada aplaude um americano vem lamber os pés de Afrodite e eu dou um pontapé na careca do americano e digo que sou latino-americano e que respeito a instituição familiar cristã, fazemos parte do Movimento Familiar Cristão, o americano pede perdão e sai com o rabo entre as pernas pra companhia da sua bruxa ruiva, não acreditem eu continuo, não acreditem que esta nudez é real porque hoje é Carnaval e no Carnaval tudo que acontece é fantasia ilusão mentira da grossa, e este belo e apaixonante corpo que admiram nuzinho aqui do meu lado costuma dizer que NÃO HÁ REMÉDIO QUANDO OS SENTIDOS SUPERAM A REALIDADE PORQUE A REALIDADE ENTÃO ESTÁ CONDENADA mas nós dois não estamos condenados coisa nenhuma, nós estamos nos divertindo à solta na folia dessa noite, mentira ou verdade é uma questão secular mas injusta para com o nosso Carnaval, saibam pois que aderimos incondicionalmente à teologia da libertação nem mais nem menos embora não tenhamos a crença em qualquer Revelação, deus é um miserável escondido no esconderijo dos fracos e covardes e nós dois eu e minha esposa Afrodite somos fortes tão fortes e corajosos que quando acordamos de manhã duvidamos das nossas mazelas e nos libertamos das nossas mazelas porque ficar na miserável teia do verbo divino, teologar em cima da miséria dos homens e da miséria divina criada pela miséria humana é uma puta infração contra a Natureza já tão atormentada pela miséria perpetrada contra ela, pois saibam então que queremos encarnar a teologia da libertação aqui dentro do Copacabana Palace, sejamos francos, dentro do meu vestido de seda tem uma adaga que mata a quem se aproximar, o sinal tá vermelho fechado pra todos vocês, pra vocês eu sirvo formicida e que ninguém tente se aproximar do meu xampanha do meu escote da minha vódica porque minha adaga não hesita — Afrodite me aplaude, é a única que me

153 · *a fúria do corpo*

a fúria do corpo · 154

aplaude no meio daquelas caras apalermadas de todos os rincões do mundo, Afrodite sempre gostou dos comícios dos heróis dos mártires dos discursos inflamados da retórica flamejante pra ocasiões muito especiais, Afrodite me ovaciona em estado de graça, nua de pernas abertas e a sumarenta xoxota arreganhada pra quem quiser contemplar mas que não cheguem perto porque minha adaga responderá de um golpe, eu e Afrodite estamos ganhando a noite do Carnaval, todos os anos perdidos atrás da nossa chance que nunca se revelou porque revelação é ganhar de mão beijada e quero ter a certeza hoje do que amanhã não terei, portanto roubo hoje e o amanhã revelado que se foda, não há nada a ser revelado eu grito aos quatro ventos, tudo está na epiderme dos nossos sentidos basta se convencer porque é Carnaval respondem os tamborins cuícas bumbos pandeiros de todo o Brasil vamos sambar macacada sambar extasiados por sermos os únicos donos da nossa verdade, em volta de Afrodite nua são depositados presentes colares amendoins tiaras sedas conchas cachos de banana estojos de maquiagem cuecas perfumes pipoca cocaína cristais pratarias sabonetes maconha cachaça relíquias de santos biografias dos grandes homens muleta embalsamada de ex-voto lençóis azeite vinagre sal especiarias rótula crânio hábito de freira chocalho de bebê calcinha menstruada e até um peixe, Afrodite não agradece, sentada, serena e majestática como convém. Saibam pois que somos a encarnação da teologia da libertação, que venham os atrofiados que padecem de fome de feijão e amor os inválidos do mundo todo que venham e se sentem à nossa mesa e comam desse caviar e bebam desse escote desse xampanha dessa vódica e tenham o Carnaval merecido. Tenho dito, falei, e me sento tendo a mão beijada pela ardorosa Afrodite: está realizada, despontou nosso grande comício, o povo em volta, e o Carnaval é festa fantasiada mas real e, assim, nós dois nos beijamos na boca em frente de todos os convivas. Saibam pois.

E saibam que ainda falei ao pé do ouvido de quem quisesse ouvir, disse: e não adianta o Vaticano e sua corja virem com seu ouro e suas púrpuras cardinalícias e seus turíbulos e seus incensos e seus ostensórios cravejados porque nós somos a teologia da libertação e não abrimos. E mais uma vez tenho dito. Olhei de soslaio um rosto confrangido e apreciei Afrodite a recolher os presentes depositados a seus pés enquanto me dirigia a um mergulho na piscina com meu vestido de seda branca, mergulho como uma estupenda ave marinha, ressurjo da água azul princesa em escondidas férias nos trópicos mas uma princesa que de repente resolveu aderir a uma bacanal no luxuoso hotel e que caiu de vestido e tudo na piscina e que agora ressurge impávida da água azul em sua seda transparente, cabelos escorridos, maquiagem intacta, Afrodite me vê ressurgindo da água azul no meu talhe real e diz que há apenas um pormenor a declarar: é o meu rímel do olho esquerdo que borrou, e ela vem, toca o dedo pra limpar o borrão do meu olho esquerdo, me ajuda fidalga a sair da piscina, sou uma princesa esguia que caminha entre as mesas no seu porte imperial, já não me lembro de qualquer bacanal, subo suave as escadas do hotel, Afrodite atrás fazendo da toalha da mesa uma trouxa com seus presentes, Afrodite uma retirante nordestina nua que sobe as escadas atrás da suave princesa, batemos no quarto da suíça e do romano, a suíça abre a porta espichando o braço e arrastando-se no chão de bêbada, o caralhudo romano já dorme bunda-mole sobre o tapete com uma garrafa de escote pingando da mão, incontinenti vou ao espelho admirar a princesa que sou e o que vejo é uma cara borrada de cosméticos

155 · *a fúria do corpo*

a fúria do corpo · 156

derretendo-se com água azul da piscina. Afrodite passa a mão na minha bunda e eu tento entender o que significa uma retirante nordestina passando a mão na bunda de uma princesa européia com a cara toda borrada mas enfim princesa soberana em sua imagem borrada, Afrodite fala que quer currar a princesinha, a suíça e o caralhudo romano roncam arrotando gases putrefatos, recito diante do espelho meu papel de princesa, digo que o Carnaval é um baile de máscaras e que cada um usa a que mais lhe apetece, a retirante nordestina bota um consolo entre as pernas, um caralho pontiagudo entre as pernas, diz que é um dos presentes mas que só agora descobriu, quer meter o consolo no rabo da princesa, respondo que uma princesa merece muito mais, reluto porque princesa tem que querer uma pica real, daquelas brancas e geladas de alguma monarquia européia esquecida, Afrodite diz que encontrou pó debaixo da cama, cheiramos cada um três fileiras, um relâmpago corta os céus de Copacabana, bendito seja o diabo fala Afrodite, bendito seja o diabo por ter criado esse pó branquinho esse Carnaval esse paganismo dos sentidos essa voz que fala da obscenidade de se estar vivo essa força que nos leva a negociar a cada ponto da viagem pra poder continuar esses dentes que mastigam o ópio como se fosse o néctar, bendito seja o diabo Afrodite repete a dançar nua pela exígua varanda do quarto enquanto a chuva escorre lenta pelo seu corpo. É Carnaval.

No início da madrugada vamos pra cama. Usamos a cama da suíça e do caralhudo romano. Frescos e aromados lençóis, enquanto a suíça e o caralhudo romano arrotam gases putrefatos e gemem sobre o tapete um sono atormentado. Afrodite é a minha gata mesmo em crise de frigidez, eu sou o gato de Afrodite mesmo em crise de brochice, o chamego não depende da xota molhada nem da pica hasteada, usamos naqueles lençóis frescos e aromados uma carícia toda miúda que não afogueia mas suaviza a sensação do amor: Afrodite passa de leve a língua no meu pescoço, eu risco com as unhas a fronte de Afrodite, cortinas fechadas, o ar refrigerado morando na medida no escurinho, o sono cai sem que se sinta, o braço de Afrodite sobre meu peito. Sei quando Afrodite sonha bonito: dilata as suaves narinas como um pássaro que abre as asas pra ensaiar o vôo. Fico curioso, pensando em que sonho estará ela. Quando acordo no meio do sono e vejo as suaves narinas de Afrodite dilatarem-se é como um convite pra adormecer novamente nas águas do sono e ter um sonho tão bonito quanto o de Afrodite. Quando despertamos a primeira coisa que faço é perguntar: que tal o sonho?, ela é fada: sensibiliza as coisas com sua voz de canto, para ela falar é quase sempre entoar, costuma dizer se valesse a pena gostaria de ser cantora porque o canto é o ofício da cigarra. Mas encher os bolsos de um empresário à custa do meu canto nunca. Encher os ouvidos das platéias que me enfastiam jamais. Afrodite é sectária: acha que só matando a ordem nada natural das coisas. Afrodite é radical: enquanto a minha presença não for marcada a ferro na alma de todos recuso. Afrodite é infantil: sempre gostei de brincar de justiceira. Por tudo isso amo Afrodite, e por suas suaves narinas que se dilatam diante de um sonho bonito. Eu amo Afrodite. Se alguma coisa ficar de nós dois nesse mundo ingrato será uma história de amor. Adormeço na companhia de Afrodite e só por isso é bom ter o cansaço merecedor do sono.

É madrugada ainda quando acordo e vejo Afrodite pegando a cortina adamascada no escuro do quarto do hotel, diz que lembra uma pequena história lida há muito não sabe onde, mas uma pequena história que a deixou intrigada assim sem saber por que, uma pequena história com um trecho que se passava no Copacabana Palace, ela recita a pequena história de cor, desconfio até que não seja mais aquela pequena história lá atrás mas esta que ela conta agora com os olhos postos além de qualquer coisa:

Ela se sente uma rosa perfumada. Em algumas datas sente-se rainha. Como hoje: veste-se na frente do espelho, passa lentamente a escova no cabelo, soberana a imagem. Loura e rainha. A criada lhe traz um banco para que ela loura e rainha se sente para calçar os sapatos. Debruça-se para calçá-los e choca-se por um instante com o espelho que a revela figura apetecível. Horas há em que a criada fica admirando-a vestir-se, diz madame é linda, parece a moça daquela revista. No primário a chamavam a Grace Kelly dos trópicos, abria a saia xadrez e sorria escondido. A criada lhe traz as chaves do carro e ela pensa na tarde. Passando pela Praia de Ipanema é transportada para os corpos masculinos e sabe que os possui. Um a um. Um homem atravessa no sinal e ela o observa. O homem não a nota e ela responde tão magro. A sua beleza se enfada e nesses momentos tem vontade de estar só, deitar na cama e penetrar no enfado. O marido dorme com outra mas ela não o deseja. Está frio o ar-condicionado do quarto. Ela reclama.

O carro pára na frente do Copacabana Palace, ela entra no hotel e é conduzida ao apartamento 328. A mulher que a recebe é clara, veste um robe acetinado, alta, fala inglês. Chama-se Cat. Recebe Ana com um derramado abraço e um enérgico beijo nos dentes, convida-a a sentar-se na cama, pega a mão de Ana visivelmente comovida e pronuncia, lentamente, saudade. Ana sorri e se deixa admirar. É tão mais velha que eu, pensa em silêncio olhando os cabelos platinados de Cat. Cat quando está assim efusiva gosta de falar e de deixar pouco tempo à interlocutora.

— Minha querida, acho que somos irmãs de outra encarnação. Na minha sala de trabalho tenho um retrato gigantesco de você, todos perguntam e sua irmã? Respondo quem sabe, não digo sim nem não. Ontem mesmo meu secretário perguntou-me se a moça do retrato não tinha algum parentesco com um anjo; respondi somos aparentadas, meu caro. Eu estava com os pés em cima da mesa, então ele pousou a mão sobre meu sapato e disse é bonito, deve ser de um couro macio. Estava ali com os pés em cima da mesa pensando apenas na minha viagem ao Brasil e que eu iria te encontrar assim linda, e não estava pensando absolutamente nos meus pés. Meu secretário se retirou e eu então tirei os sapatos para olhar meus pés, e vi que tinha os pés brancos e longos.

O robe de Cat, entreaberto, mostra os volumosos mas ainda intactos seios — Cat traz para o peito a lívida mão de Ana. Cat arfa e Ana sem notar se contamina, deixa que a mão furiosa de Cat suba sua saia e a invada como um homem por quase três horas.

Cat liga o televisor e diz que a noite está aí, promete mais delícias, Ana vê Sônia Braga e Tarcísio Meira beijarem-se no vídeo enquanto Cat esquece que ligou o televisor e entra nua no banheiro. Ana levanta-se da cama, veste o robe de Cat e se vê no espelho. A essa hora a Avenida Atlântica está engarrafada. Os carros buzinam. Mas nem Ana nem Cat ouve qualquer ruído.

— Sabe — grita Ana pra Cat que toma banho de imersão — eu tenho me guardado pra você, nesses dois meses não fui de ninguém, nem do meu próprio marido. Ele tem uma voz que me acalma mas eu não a desejo, a voz. É tão parecida com a de meu pai que às vezes penso que é papai quem está falando e lembro de papai morto na poltrona, o furo da bala na testa. Sabe, Cat, não chorei, simplesmente não acreditei e pensei em outra coisa. Pensei que um dia eu seria exatamente a mulher que sou. Lembro que as pessoas choravam em volta e eu apenas pensando. Pensei que eu estava custando a ficar mulher, que na praia olhava para as outras mulheres e me sentia oprimida. Pensei tanto...

— Pense! — grita Cat enxugando-se lentamente — pense o mais que puder, minha querida, continue a pensar na mulher que você definitivamente é, observe sua linha adelgaçada, o nariz romântico, os dentes mais brancos que o marfim, observe seu idílio consigo mesma, você não está apaixonada?

— Estou... — responde Ana rindo intempestivamente e se engasgando.

— O quê?

— Estou apaixonada.

Ana está apaixonada e gargalha olhando as duas fileiras de pó que Cat lhe mostra.

— Sirva-se — sussurra Cat.

Ana aspira uma fileira e diz que seu nariz se irrita um pouco com o pó. O nariz romântico, grifa Cat.

— Very romantic — escande Ana com o tom infantil do riso.

— Você é criança. A minha criança. A Cinderela dessa noite... Minha criança. Vem cá, minha criança, reparte comigo essa beleza, senta aqui, deita a cabeça assim, vou cuidar de você.

E se não fosse a noite se avizinhando da madrugada por certo que ficariam ali até a eternidade, enrodilhadas sobre o lençol. No hall do hotel Cat segura brevemente o braço de Ana e pede à amiga que a leve a passear um pouco na praia. Ana acha o pedido impertinente mas concede.

Estão as duas, pés descalços, a caminhar na praia, a lua algo frígida, conversam sobre um caso rumoroso envolvendo dois amantes célebres quando um homem negro começa a correr na praia, corre e tropeça, cai três vezes até tropeçar aos pés de Cat. Cat aperta o braço de Ana e pergunta o que está acontecendo. Ana nunca viu nada assim, não sabe. O homem negro levanta-se segurando-se nos pés de Cat e emite atordoado sons incompreensíveis, é mudo as duas exclamam em uníssono, é mudo e toca nelas com as mãos escuras, suado e sujo com os olhos a lhe sair das órbitas, desesperando sons que as duas não compreendem. E se desvencilham do homem negro e caminham mais depressa, aflitas, quase em carreira até perceberem que não há mais ninguém por perto, mas o homem negro corre atrás delas, lá vem ele e alcança-as pegando nos braços das duas, clama o que parece ser um pânico, é mudo e louco diz Cat aliviada por não mais ver nele um perigo iminente, mas o homem negro se joga entre elas, aperta os braços das duas com veemência e parece querer ordenar que elas sigam, sigam em frente com ele entre elas como se nada tivesse acontecido. O homem negro está apenas com uma bermuda rasgada, parece não ter arma e quer apenas caminhar, seguir metido entre as duas como se almejando um disfarce. Ele deve estar enganando a polícia, diz Ana num inglês trêmulo.

— Quem sabe somos reféns, era o que me faltava numa viagem ao Brasil — é o que diz Cat num inglês nervoso mas ainda irônico.

— Não me parece um assalto — sugere Ana tropeçando.

— Não me parece nada previsível — pondera Cat.

— Mas nada disso é verdade — sentencia Ana com vontade de morrer.

E incisiva como nunca conseguira continua:

161 · *a fúria do corpo*

a fúria do corpo · 162

— Nós estamos aqui sozinhas sem ninguém, debaixo de uma noite que promete chuva, olha aquela mancha roxa lá no céu, olha isso aqui olha.

E quase se desafinando toda tal o inédito prisma resoluto quase ordena:

— Vamos sentar aqui e desistir de tudo!

A pequena história acaba. Afrodite volta pra cama. Dormimos...

Acordamos novamente de manhã com a suíça e o caralhudo romano em cima da cama porque a chuva parou e eles excitados nos convidam para a praia, vamos pôr ordem nisso aqui eu falo, primeiro o café da manhã, depois se pensa o que fazer do dia, o copeiro entra no quarto com um carrinho contendo quatro bandejas abarrotadas de delícias, nós quatro comemos em cima da cama, o romano caralhudo derrama café no caralho monumental, a suíça lambe, a suíça também resolve tirar a roupa não sei se por algum espírito de sacanagem, se estiverem querendo alguma suruba ficarão decepcionados quando souberem que eu e Afrodite estamos atravessando séria crise de abstenção, eu e Afrodite castos esperamos pacientes por algum renascimento carnal que porventura vier, o que fazer?, sair por aí em desespero porque um pau não recebe sangue e uma buceta se comprime e não se lubrifica? não, nada disso, porque quando surgir a alvorada teremos o cio renovado e redobrado e além de nós dois teremos todas as insinuações do Planeta, por enquanto é tomar café esse café com leite, mastigar esse pão com geléia, essa maçã, por enquanto podemos até brincar com o caralho gigantesco do romano, com os seios vesgos da suíça, enfiar no cu de cada um o ato de misericórdia de um dedo, e no mais esperamos ainda jovens o renascimento da carne. Por enquanto nos esparramamos sobre a cama como num fortuito piquenique, há uma batucada debaixo da janela, o segundo dia do Carnaval veio bonito, rolamos na cama e as bandejas fazem um melê muito próximo a um chiqueiro de porcos saciados. Agora pensemos o que fazer do dia: discurso ditatorialmente que ninguém vai à praia, que daremos um passeio na Floresta da Tijuca porque gringo não tá acostumado com floresta e é bom tomar banho de verde tropical em cima dessas carcaças brancas, a suíça e o caralhudo romano agradecem como se minhas palavras fossem uma bela sugestão e não uma ordem, Afrodite gargareja água gelada na exígua varanda alheia a qualquer roteiro do dia e expondo sua nudez a Copacabana. Afrodite é sensata: se alheia da vida quando não lhe interessa. Depois me cochicha que daremos todas as facadas possíveis nos gringos porque precisamos guardar as sobras do dinheirão de ontem pra piores dias. Concluo que Afrodite é também previdente.

Pegamos um conversível num rent-a-car qualquer de Copacabana, dirijo a 120 pela Barra, ponho os óculos escuros do caralhudo romano, eu vestido em vermelho e branco no melhor estilo esportivo peninsular, Afrodite num vestido de seda suíça estampada em amarelo vivo, o carro com a capota arriada nos leva por um domingo de carnaval e entra pelos caminhos da Floresta da Tijuca, a suíça grita dizendo que teve um orgasmo involuntário, eu e Afrodite nos comunicamos com eles misturando português francês italiano, verbos geralmente em português, um substantivo francês aqui, um adjetivo italiano ali, mas os dois acabam sempre concordando com o que falamos, se entendem ou não eu e Afrodite não estamos absolutamente preocupados, trafegamos pela Floresta da Tijuca e a Rádio MEC não desconfia que é Carnaval e toca as "Valquírias", mas até que é interessante trafegar num domingo de carnaval pela Floresta da

163 · *a fúria do corpo*

Tijuca ao som das "Valquírias", a suíça rege a orquestra às gargalhadas, o caralhudo romano põe o gigantesco pra fora e pede que a suíça pegue aquilo, a suíça pára de reger a orquestra e diz que é bem melhor reger uma pica daquele tamanho, eu e Afrodite entendemos tudo o que os dois falam porque somos soberbamente inteligentes, as "Valquírias" estertoram no ar fresco da Floresta, é domingo de carnaval, lá embaixo a batucada deve estar rolando solta com o assanhamento de coxas reboladas e nós aqui trafegamos pela Floresta da Tijuca como num filme francês em preto e branco, em que pese o enorme caralho do romano estar em ação sem sombra de sofisticação, somos quatro milionários europeus em gozo de férias brasileiras em pleno carnaval, mas nos fatigamos rápido demais com o suor das ruas e aqui estamos a trafegar pelas aléias da Floresta como figuras solenemente hieráticas se bem que o descomunal caralho do romano acaba de esporrear a garganta da suíça, mas há a majestade de Wagner a circundar as copas das árvores e a penumbra da Floresta ajuda a compor o cenário álgido a corroer angustiados corações enfermos. Afrodite lê meu pensamento e sugere na expressão cumplicidade. Mas as narinas de Afrodite permanecem em repouso, ela apenas remexe as pupilas caricatas de heroína excitada de um mofado romance inglês. De repente diz que já tá enjoada daquilo ali e eu digo é isso aí minha camarada e saio a chispar com o carro pela Floresta da Tijuca abaixo, a suíça e o caralhudo romano quase quebram o pescoço com a mudança brusca de velocidade, começam a gritar que eu pare que seja urbano civilizado já que nessa terra de macaco ninguém é, acelero cada vez mais, os cabelos de Afrodite esvoaçam como numa grande escapada em cinemascope Afrodite é a Jacqueline Bisset agora percebo com que estrela Afrodite é parecida berro Jacqueline Bisset em louca escapada a suíça e o caralhudo romano gritam por socorro na Barra um cavalo doido cruza com o carro em disparada e salta por cima de nós levando a suíça a desmaiar e o caralhudo romano que ainda não teve tempo de enfiar o monumental pra dentro da braguilha grita de pé com sua pica monumental a balançar de um lado pro outro o caralhudo romano segurando-se no encosto do banco dianteiro grita pela polícia se é que existe polícia nesse país de merda a suíça desfalecida mais branca que o queijo natal Afrodite segura na minha perna dilatando as narinas porque é Carnaval e o Carnaval é o momento de encarnar definitivamente na sua missão de justiceira na vanguarda da luta dos oprimidos machucados humilhados fodidos Afrodite Barbarela Bela encontra passionária seu êxtase triunfal ao som agora do Navio Fantasma Wagner já não cabe nas cinco linhas da pauta que lhe deram e transborda pelas cordilheiras dos picos mais altos do Universo Tristão e Isolda levam o carro aos confins e atrás a suíça desmaiada e o monumental caralho romano balançando ao léu das vicissitudes da altíssima velocidade baganas saltam da bolsa de Afrodite e voam pelo ar em louca escalada é Carnaval e a mentira se enrola em volta da verdade Afrodite tira Wagner e põe numa estação que toca caminhando e cantando e seguindo a canção somos todos irmãos braços dados ou não Afrodite guerrilheira urbana destemida aponta o fuzil e não a rosa e dilata as narinas pois encontra enfim a missão com que sempre sonhou o Sol é eterno minha gente vamos guerrear ao Sol macacada o campo de batalha é infinito dos trópicos sai a fumaça redentora da Terra vamos guerrear pelejar aderir à luta Afrodite emite sons gritados como uma índia entrando na batalha decisiva até que na entrada da Niemeyer há um puta engarrafamento e o êxtase se dissolve

165 · *a fúria do corpo*

e a suíça desperta do desmaio e o caralhudo romano volta a
se sentar e os dois dóceis conversam amenidades como se
nada tivesse acontecido. Mas a suíça e o caralhudo romano não vão ficar dentro do
carro não, que não ficam não ficam, vão sair do carro e é pra já,
eu saio, abro a porta traseira e os convido a sair e é pra já, vamos saindo sem pois pois, eles me olham com cara de ba-
bacas, sentados duros ali no banco traseiro não querendo
entender, então puxo o braço do caralhudo romano e da suíça
e os arrasto pra fora do carro porque não é admissível que os
dois fiquem ali sem querer entender minha ordem, os dois
empalidecem e tentam gesticular porque palavra não sai daquelas gargantas embasbacadas, fecho a porta, volto ao meu
lugar e deixamos os dois na entrada da Niemeyer com o olhar
de anjos decaídos no inferno tropical, buzino diante da lentidão do trânsito, a Niemeyer é uma serpente empalhada de
mortos, não anda, não sai de cima, e lá atrás ficaram duros
como pedras de sal a suíça e o caralhudo romano, Afrodite dilata as suaves narinas em mais um momento de triunfo, mas
estamos num engarrafamento e então deixamos o carro ali e
continuamos pela Niemeyer a pé porque andar é com a gente
mesmo, dos carros vem a marchinha olha a bunda dela eta
mulata assanhada pobres motoristas de um domingo quente
de carnaval ali sem avançar nem recuar nem sair de cima
olhando a bunda dela através da marchinha assanhada olham
para os motéis da Niemeyer porque a companheira ao lado os
enfastia e eles já não têm com o que sonhar miseráveis motoristas de um domingo quente de carnaval, Afrodite é uma
dama suíça no seu estampado amarelo vivo, seda, eu ragatço
em vermelho e branco, a tarde é toda ensolarada e está no fim
— cuícas tamborins pandeiros cavaquinhos preparem-se
porque a noite é nossa e lá vamos nós.

E Afrodite é sedutora: olha o céu pronta para amar. E logo usa um linguajar que às vezes traz, cheio de artefatos retóricos — é a sua retórica muito peculiar: diz que o Carnaval é a festa em que o povo planeja a frustração: tudo o que realiza no Carnaval é ausente do corpo cotidiano: todo o mistério do Carnaval se reduz à sua efemeridade: o ano todo é a penúria dos sentidos, qualquer coisa que se avizinha do sono: o Carnaval é a festa salva pelo transitório: o tempo no Carnaval é a certeza de um limite: a carne conspurcada pela produção de riquezas escusas usa o brilho que as máscaras lhe vendem; somos pobres diz Afrodite olhando o mar da Niemeyer na fisionomia de quem ama o confronto dos olhos com o mundo. Afrodite reúne todas as belezas como agora: sei que está emocionada porque além das narinas ela dilata o olhar dentro do mar. Me ajoelho com certos disfarces na amurada da Niemeyer e me dirijo ao Atlântico, depois ofereço minhas mãos a Afrodite, alço minhas mãos para o alto e as ofereço à Afrodite barbarela de todas as belezas. Afrodite as toma no peito e saboreia os últimos instantes do Sol, pêssego-poente: sou inteiramente de Afrodite: não me pertenço. Digo o Oriente é teu Afrodite. Aqui dessa amurada da Niemeyer se ergue um minarete a contemplar o Atlântico, Afrodite nesse instante tem um encanto medieval inatingível, o Atlântico te contempla Afrodite, minhas mãos se alçam para o espaço já estrelado, a meia-lua, o véu incolor que esconde o rosto de Afrodite é o único tecido que esvoaça ao vento inexistente, Afrodite é irreal mas tangível, mintas mãos tocam seu baixo ventre, Afrodite lateja, as palmas do Deserto abanam o fogo do amarelo vivo da seda, de um carro gritam nos chamando de punheteiros, que o Motel Oásis é logo ali, que ela tá precisando de uma caceta e não de um homem ajoelhado feito viado. Afrodite diz que hoje é assim porque nesse carnaval aí cacetas

167 · *a fúria do corpo*

são mencionadas com euforia, mas da quarta-feira em diante continuarão a dormir na gaiola de amarguradas braguilhas. Afrodite é retórica sim: discursa sobre o que é ou não o Carnaval ou sobre cacetas como se estivesse fazendo redondilhas maiores. Eu amo Afrodite porque sua retórica nasce não só dela mas também do além dos meus olhos sempre insaciados. Na retórica somos capazes de atirar ao chão uma taça de cristal que reconstitui milagrosamente seus pedaços em plena calçada retalhada das ruas, risco no ar o nome de Afrodite pois este nome é o que há de mais implacável contra o jeito quebradiço, sinuoso, nevrálgico que temos em estado de retórica. Chegamos da Delfim Moreira, blocos passam, entramos por ruas do Leblon, outros blocos, na travessia do canal de Ipanema há um estrondo seco, o tiro de um PM alveja o pescoço de um menino negro de uns oito anos, corremos de uma segunda bala que atinge a copa de uma árvore, corremos atrás de um ônibus, subimos nele andando, o ônibus parece que vai arrebentar de tantos corpos pendurados e fedorentos e corre alucinado desviando ultrapassando quase fatalmente carros bicicletas outros ônibus quase por cima de um bloco que se dispersa numa correria semelhante a um bombardeio numa aldeia vietnamita, alguns foliões borrados de cosméticos no focinho alcançam o ônibus e começam a bater violentamente na sua carcaça mas o ônibus não se intimida e quase passa por cima dos foliões borrados de cosméticos no focinho o ônibus chega a arranhar chispando o corpo de um dos foliões borrados de cosméticos no focinho, o corpo do folião é jogado para o meio-fio num berro maior que a Visconde de Pirajá, o motorista grita que só vai parar quando entrar no interior do inferno com toda essa cambada, dentro do ônibus uma velha medonha recita num canto de pavor todos os mistérios dolorosos, Jesus sofre a primeira queda debaixo do pesado lenho, a velha medonha rege o coro dos desesperados do ônibus, perdoai ó Pai porque eles não sabem o que fazem, na entrada de Copacabana o ônibus entra num poste numa vitrina nas prateleiras de tecidos finos de uma loja o motorista debruçado sobre a direção goteja um sangue escuro da cabeça, o cenho num redemoinho de crivos é o único movimento no instantâneo da morte, o ônibus geme, a velha medonha sorri a boca dura com a dentadura sobre o peito rasgado que borbulha um sangue grosso, uma gota salta quente no meu rosto e o coração da velha medonha pula pra fora do peito e se aquieta pouco a pouco como pedra. Pego a mão gelada de Afrodite, descemos do ônibus passando por cima de corpos e gemidos, Afrodite me acompanha, piso sem querer num braço avulso, Afrodite em estado de choque no vestido amarelo vivo todo rasgado e sujo de graxa e sangue vai puxando sem saber um tecido de organza branca caído no chão da loja, atrás de Afrodite se desenrola o tecido de organza branca já com manchas de sangue e graxa puxado sem saber pela mão de Afrodite, Afrodite limpa meu rosto com a organza, eu limpo o rosto de Afrodite com a organza, limpamos mutuamente nossos rostos com a organza branca manchada de sangue e graxa, bichas todas adornadas para a festa nos olham estáticas, uma delas com uma cauda derramada pela calçada exclama cruiz-credo, hoje é noite de folia e esses aí fazendo a higiene com o santo sudário, cruiz-credo, e nesse momento já ninguém nos olha e saem todos em gargalhadas na comitiva da noiva que arrasta sua cauda rasgada e suja pela calçada. Afrodite, pálida, me pergunta se tem que rir ou chorar. Dou um beliscão cheio de gana na coxa de Afrodite e digo chora. Eu já estou chorando e nos abraçamos num choro convulsivo na calçada. Ninguém percebe ser aquilo uma verdade. É Carnaval: a mentira reina, uma bicha horrorosa de olhos ferozes arranca das nossas

169 · *a fúria do corpo*

a fúria do corpo · 170

mãos a organza e sai urrando bandeira branca amor não posso mais pela saudade que me invade eu peço paz, na paz a bicha pára hirta de pavor com o pano branco desfraldado no braço espetado pra cima e dá um uivo por toda a dor que a torna feia mesquinha miserável só. Agora noto: na bunda da bicha que uiva hirta como uma estátua um rapazinho barbudo e altivo escreve: o Brasil está sendo USAdo. Aqui Afrodite não dilata as suaves narinas porque vê naquele gesto, ela diz num soluço, vejo nesse gesto um estupro exibicionista. Nenhuma mensagem cabe agora, ela desabafa num outro soluço. Afrodite é artificial: defende-se do drama com análises extemporâneas, igualzinha a este rapazinho barbudo que quando crescer e herdar a companhia do pai esquecerá a dor da oprimida hirta. No entanto a bicha continua uivando hirta por todos os horrores.

Afrodite é previdente: com as sobras do dinheiro do assalto ao americano entramos num boteco e pedimos sucos e mistos. Afrodite come em silêncio. Tento: você tem dois olhos bonitos Afrodite. Ela é especialista em se negar quando não sabe falar além do que pode. É má quando se ausenta. Eu a odeio. Preciso ouvi-la, ela que agora bebe do meu suco e come do meu misto não dá o ar da sua voz, preciso ouvi-la senão alguma coisa arrebenta aqui dentro. Afrodite não transige. Má. Mas meu protesto fica entalado na garganta com os últimos pedaços do misto. É triste a noite do Rio. No entanto hoje é Carnaval e a banda da Miguel Lemos vem aí. A grade do boteco é baixada, há muito faminto filho da puta planejando pilhagens diz o galego com a barriga inchada e cabeluda arrebentando os botões da camisa. A massa dos instrumentos toma conta do ritmo dos corpos antes sonolentos por ali, todos bambas de cadeiras e pernas, dois garotos sararás mijam contra a parede do boteco e por todos os cantos das ruas homens e mulheres mijam sem se preocupar com esconder cacetas e xotas. Enfim, é Carnaval. O Rio mija o que a Brahma supre enquanto vem aí a banda da Miguel Lemos, vejo dois homens um em cima do outro sobre a capota de um carro, em volta algum público torce pela luta-livre, mas os dois homens nem se mexem abraçados em cima do carro e não percebem que aquela suspensão de qualquer movimento não é um impasse de forças mas um copular de masculinidades momentaneamente extraviadas da luta para ingressarem no prazer do corpo-a-corpo, tanto que sem passarem por uma posição intermediária os dois homens levantam-se de um golpe e fingem não notar as calças molhadas. Mas não suportam muito o pós-abraço e caem bêbados na calçada e o público decide pelo nocaute duplo, empate. A banda da Miguel Lemos passa por cima. Tento acusar os dois homens sendo pisoteados. Mas a quem? Afrodite começa a sambar porque ouviu o som de um atabaque e ela não pode, mas a figura de Afrodite sambando nesse momento é patética porque ela samba branca, anêmica quase transparente, resultado ainda do acidente do ônibus, a impressão é a de que Afrodite vai sumir evaporar sambando, e eu para não ver a triste figura rebolando sem a mínima saúde para tal começo também a rebolar sou a baiana ancestral visto a baiana graciosa brejeira sensual apimentada tiro a camisa a calça e só de sunga cai sobre meu corpo a pombagira velha puta guerreira da carne quem me quer? quem não me quer? sou de quem quiser é só chegar entrar invadir a brasa do meu ventre sou a mulher com quem todos sonham nas noites febris e solitárias nada de ato solitário macacada aqui dentro é só entrar sem avisar nem nada é só chegar e ir entrando a qualquer hora do dia minha casa é de todos esqueço Afrodite e suas mazelas e penso só em mim porque

171 · *a fúria do corpo*

sou de todos entrem estejam à vontade a casa é sua não precisam bater reúno em mim todas as iniciações da Natureza não quero saber de Afrodite e de sua tristeza acabrunhada porque o mundo foi feito para o consumo de todas as energias porque tudo é festa consagração à carne e Afrodite rebola como se estivesse em transe numa câmara de torturas meus pés sujos pisam em cacos brasas pedaços de lamúria mas nada sentem além do ritmo de todas as Áfricas me evado de Afrodite e procuro a banda já passou tava eu rebolando sozinho na esquina da Bolívar, de uma janela Roberto Carlos vem cantando em castelhano, fico olhando a voz cheia redonda do chansoniê pra esquecer ainda mais Afrodite que nessas horas já deve estar além do horizonte, que vá que fique e agonize por lá ao som da voz cheia redonda do chansoniê, corro para a Atlântica pra ver Afrodite sumir no horizonte e sepultar toda sua dor, ó Roberto canta Roberto canta seu langor por sobre essa Cidade mesmo que seja Carnaval canta langoroso as ilusões perdidas de uma antiga paixão, vem Roberto vem e me toma por inteiro na sua voz cheia redonda vem e me toma canta e me toma até o esquecimento de mim mesmo porque Afrodite já vai longe pra nunca mais no seu corpo agora mais leve que o ar.

Mas Afrodite é um engano: deitada num banco do calçadão da Atlântica rodeada de foliões que especulam sobre seu estado, Afrodite mais branca, diria que definha olhando as estrelas, a meia-lua, abre os braços em cruz e mostra as feridas na pele sobre as veias, gritam que é pico, que é preciso levá-la pro Miguel Couto porque é uma viciada em pico que está agonizando, que chegou muita heroína na cidade com a leva de turistas, uma mulher gorda de braço com o marido fala que o Rio está infestado de todas as drogas que circulam na cara da polícia, que aquela viciada ali deve morrer pra servir de lição a todos os viciados da cidade, eu digo que não, que Afrodite jamais poluiu o organismo com drogas, que ela está tendo um mal-súbito porque é sensível à violência que mata nas ruas, só hoje vimos dezessete mortes matadas na bela faixa litorânea do Rio de Janeiro, peço que o distinto público desfaça logo a chacrinha aqui em volta do corpo de minha amada sim senhores, que tenho um acalanto na ponta da língua pra cantar pra minha Isolda, em questão de segundos não há mais nenhum insidioso, sento no banco, ponho a cabeça de Afrodite sobre minhas pernas, digo que o Anjo do Senhor Anunciou à Maria (purpurinas invadem minha boca ao pronunciar o nome) e Ela concebeu do Espírito Santo, faço a Anunciação porque toco o peito de Afrodite e sinto-os mais que nunca fartos, intumescidos, pego um seio, tiro-o pra fora enquanto uma trupe de barbudos travestidos de Carmen Miranda pede que eu mame na teta da gostosa vaca, tento esquecer que há uma trupe de barbudos travestidos de Carmen Miranda e começo a mamar no peito de Afrodite, e do peito de Afrodite começo a sugar de fato um leite, descubro que Afrodite está prenhe, passo a mão por sua barriga e sinto que lá dentro está tudo inflamado de uma vida que se forma, chupo mais aquele bico que segrega leite grosso, morno, novo: digo não importa se esse embrião é meu, de outro homem, do Espírito Santo, ou fruto da pura carência: eu sou feliz por descobrir que se anuncia vida na tua barriga, quero que você me ouça Afrodite e celebre comigo a vida no que resta do Carnaval, quero um Carnaval de verdade, e quando falo verdade sinto que babo leite de mulher amada, não limpo a boca, deixo-me babar leite de mulher amada pela boca, ponho a boca próxima à boca de Afrodite e ela abre os olhos começa a lamber o leite da minha boca, é teu este leite Afrodite, é teu ela devolve na voz pastosa, é nosso dizemos ao mesmo tempo entrando num beijo língua a língua, corpo a corpo geramos vida na Atlântica em pleno Carnaval, a trupe de barbudos travestidos de Carmen Miranda já vai longe arrastando um corpo de homem novo como uma tribo canibal no seio da selva festejaria a presa. Balbucio a Afrodite que o banquete da vida está servido e que precisamos continuar a caminhada levando o novo ser que se aninha na sua barriga pelos festejos do Carnaval afora, que precisamos continuar a andança à procura do pouso para o nascimento, nem se precisarmos percorrer toda a extensão do Deserto como José e Maria no seu burrinho guardando o menino até o Egito. O corpo de Afrodite transmite calor agora, a cor da pele reavivou-se, Afrodite prenhe.

Saímos pela Atlântica ligados pelo abandono que nos faz andar em direção ao pouso impossível, jogados à sorte do abandono absoluto queremos agora nos sagrar empreiteiros de uma chegada que terá de vir onde for, aqui, na Catalunha, na Terra do Fogo, em Istambul, na Amazônia, em Eldorado, há um pouso isso é certo, um lugar que nos aguarda ainda intocado e ali ficaremos perscrutando os caprichos da terra, os desejos do rio, as manhas do ar; saímos andando pela Atlântica e um mascarado nos barra a passagem cantando de braços abertos aquele lencinho que você deixou é um pedacinho da saudade que ficou um lencinho não dá pra enxugar o rio de lágrimas que eu tenho pra chorar que nasce da saudade que ficou no seu lugar, ali adiante três bichas a caráter exprimindo cada uma uma das três raças tristes são fotografadas por um alemão intranqüilo, a índia diz soy nativa dessas terras brasileñas, a portuguesa enxuga as lágrimas com lencinho que dizia perfumado e cantava dolente que queria matar todas as saudades do seu fado, a negra só de tanguinha e toda siliconizada se dizia escrava de todos os machos do mundo, o alemão intranqüilo fotografa as três de todos os ângulos, deita no chão, sobe no banco, planta bananeira, se ajoelha, a bicha negra põe o pé calçado na plataforma dourada sobre a cabeça do alemão e diz o gringo é meu escravo e como tal me servirá em toda as minhas demandas, mas de repente as três perdem a paciência com a sessão de fotografias e saem cantando num prodigioso estro harmônico: saímos andando pela Atlântica e Afrodite diz que sonha com três instrumentos: o Sol, a Enxada, a Cruz; sob o Sol deixará o doce de abóbora e de batata-doce secar pra ficarem bem firmes, com a Enxada revolverá a terra pra que ela se renove pra receber as sementes da abóbora e da batata-doce, na Cruz escreverá SALVA O TEU CORPO e depois a fincará na frente da Casa, exposta aos forasteiros que porventura aportarem: digo que estes três instrumentos virão a seu tempo, quando chegarmos à Casa. Em Afrodite está o apogeu de mim: isto descubro porque a sigo pela Atlântica como se perseguisse meu próprio rastro sem pensar que depois do Carnaval a vida já nos poderá ter comido, Afrodite diz que está procurando aonde vão dar as gotas de sangue que ainda frescas no calçadão se conduzem num ziguezague até a garage de um edifício da Atlântica por onde descemos através de uma escuridão só quebrada por um fósforo aceso, chegamos perto do fogo, perguntamos quem é, uma voz de homem responde que não é da nossa conta, mas ouvimos dali também nascer gemido de mulher, perguntamos quem geme, só o gemido responde arfando aflito, perguntamos se estão precisando de ajuda, a voz de homem diz que ela geme porque recebeu a facada merecida, perguntamos onde, a voz de homem responde no coração, voltamos a perguntar se precisam de ajuda, a voz de homem sai soturna como de uma cova na escuridão e diz que os minutos estão contados e que

175 · *a fúria do corpo*

se nós não sairmos da garage naquele instante a faca vai entrar em ação mais uma vez mas dessa vez no coração dos intrusos, ainda perguntamos o porquê do crime, a voz de homem responde que ele aprendeu com o pai o faro da traição, pego a mão de Afrodite e abandonamos a garage ouvindo o último gemido. Lá fora o Carnaval recende a lança, os lenços de um bloco de sujos apegados ao nariz, os sujos rodam em volta de si mesmos, digo a Afrodite que enquanto se matarem por ciúme os homens girarão em volta de si mesmos para não se confrontarem com a lesão natural que os separa do Semelhante; não se dão conta de que qualquer encontro se faz nessa lesão e que de nada adianta girarem em volta de si mesmos para se embriagarem no esquecimento do Semelhante nem matarem a infidelidade do Semelhante porque a lesão só é fiel a si mesma. Estamos sós então e abandonados? pergunta Afrodite sorrindo manhosa num flerte com um dos sujos.

Deixo então Afrodite flertando com o sujo e vou para a praia: a areia ainda morna, meus pés recebem a espuma, ouço o Mar e respiro. Um atabaque ao longe. Tenho a paz: não quero mais, não espero a herança prometida em papel-bíblia, sou aquele a que nunca visei porque não podia vislumbrar até aqui, a carreira da vida é um constante assombro quando nos vemos assim de repente frente ao Mar a sós com ele e nos perguntamos: sou eu este que olha o Mar em meio à jornada? sou eu este momento com um passado que desconheço? sou eu à deriva ou me construo? sou eu o meu passado ou ele não passa de uma ferida para sempre coagulada? sou eu o meu presente? e este instante assim avulso, sou eu? a quem pertenço se não aos elementos? recordar é viver? ou tudo não passa de um mesmo ai? sou um elo da força ou uma ameba incrustada num vão do Universo? faço parte? tenho futuro? alguém me chama? alguém me reclama? alguém me resgata? alguém me ilude com a voz aliciadora? alguém me mata me consome? alguém me toca? me ilumina? me desgasta? alguém se disfarça sob a capa das coisas? alguém me convence? me distrai? alguém me olha daí onde ninguém está? sou eu próprio esse alguém? há mais alguém no ar? e se houver responde? a solidão é fruto da derrota ou condição dos vivos? alguém é alguém ou ninguém se habilita? alguém redime? é parte de mim? a verdade repercute de alguma forma na ilusão? a mentira resiste? e a mentira existe? o estado de injustiça em que padecem os homens serve a quê? há sentido à espera? por quais vias se trilha a transformação do corpo e da alma? há sentido? o dia virá? — rogando por todas as perguntas eu me inclino, depois entro no Mar sem tirar a roupa, uma mãe-preta-de-santo toda de branco vem ao meu encontro das águas e me diz menino, tu tá pleno de tu, tu tá na Graça, tu transforma em ouro o que tua mão toca, Iemanjá te abençoa, tua cruz seja leve, ó Deus te acompanha, essas flô são tua, devolve elas a Iemanjá que em recompensa te dará o resto do caminho; a mãe-preta-de-santo se afasta num sorriso e eu fico com as flores nas mãos quase em exaltação, o atabaque lá longe, e assim que volto à ordem normal dos sentidos devolvo as flores a Iemanjá, ofereço-as ao Mar que as leva lentamente, muito lentamente vejo-as sumirem ao som do atabaque ao longe, com as águas ondulando na cintura.

Lá atrás havia o Carnaval e eu iria ao encontro de Afrodite pra festejar a espera da criança. Atravesso a rua e sou abruptamente envolvido por três pessoas vestidas inteiras de preto, as caras não aparecem, longas mortalhas me cercam, atrás de uma delas a voz de homem me pega no pau ao som de rasgadas gargalhadas e me pergunta quantos centímetros

177 · *a fúria do corpo*

tem, respondo que minha metragem íntima se conta por milhas, a voz de homem apalpa meu saco procura meu cu, os carros buzinam que querem passar, estou cercado por mortalhas que intentam me acuar intimidar me imprimir um ódio que absolutamente não contenho, os carros buzinam que querem passar, a segunda voz de homem me assalta com um beijo na boca me chupa a língua pra dentro dele me corta a língua com dente navalhado me cospe na garganta escarra me suprime qualquer possibilidade me condena extingue anula, os carros buzinam que querem passar, a terceira voz de homem tenta me enfiar um bastão de borracha pelo cu grita que descabaçar jovens virgens é salutar pros nervos da época, os carros avançam obrigando as três mortalhas a se dissolver pra tudo que é lado, só eu ali no meio da rua parado mudo com o olhar vítreo sou atingido por todos os impropérios cuspidos dos carros, só eu olho o céu e noto que a imensidão nunca teve nada a ver com isso. E vou em frente me desviando dos carros zangados, vou ao encontro de Afrodite para festejarmos a espera da criança, o Advento, o Natal. Afrodite está de pé em cima de um banco do calçadão da Atlântica e em volta o bloco de sujos a saúda pulando em círculo, Afrodite me vê e vejo que seus seios estão quase inteiramente à mostra fugindo do vestido amarelo vivo rasgado e sujo de graxa pó e sangue, mas Afrodite é a deusa da celebração dos sujos, Afrodite me vê agora mais próximo e convida a que eu participe da festa ao bezerro de ouro que é ela, eu sou o bezerro de ouro dos sujos ela fala, eles serão atingidos pela ira divina só na quarta-feira-de-cinzas, por enquanto me celebram e cantam minha beleza minha carne, santo é o Carnaval senhor da alegria, santa é a simulação da festa, santo é o nome da beleza da carne, santa é a histeria da promiscuidade, santo é o fingimento do encanto, santo

santo santo o bloco dos sujos grita num compasso de marcha, santo santo santo eu entôo na minha voz de barítono, santo santo santo é o que cantam os passantes com ar de naturalidade como nos velhos musicais da Metro, santo santo santo é o coro final que retumba da boca de todos os passantes aglomerados em torno num esplendoroso musical em ritmo de marchinha carnavalesca, santo santo santo é o que mostraria a câmara subindo em grua até as nuvens, santo santo santo a Atlântica inteira repete entoando em coro num cenário noturno tropical, santo santo santo é o nome de todas as bobagens e de todas as mentiras.

Ao final do espetáculo tomo Afrodite nos braços, seu peso é leve, eu a contenho com a sensação de carga etérea, Afrodite me beija no Carnaval na Atlântica, digo que ela é minha, Afrodite morde um dos meus lóbulos, a seda suíça estropiada ainda resplandece o amarelo vivo, Afrodite parece intacta de toda a provação, o idílio de depois do espetáculo é o mais fino, os mascarados passam assoviando obscenidades, estamos livres de todas as mesquinharias, livres, redimidos, soberanos pela rua que é nossa, ainda há muito Carnaval pela estrada, sopra brisa aragem vento sul, o vestido de Afrodite esvoaça nos meus braços, a liberdade é essa, a luz virá, nos amamos, nos distribuímos entre nós dois em mil, Afrodite lambe meu pescoço, sou adorado pela mulher que tenho nos braços, tenho a felicidade nos braços, a mãe-preta-de-santo tinha razão, Iemanjá me preservará por todos os caminhos, perdôo os pecados do mundo, mostro e dou ao povo a cabeça do Tirano, o Déspota bafeja ainda seu hálito mas a rainha que trago nos braços é da plebe, a rainha gera o príncipe da plebe, a rainha gera a nova plebe, o menino será reconhecido entre a plebe de onde veio, venham venham todos conhecer o menino, eu trago ele nos braços, é Natal, admirem a graça do menino novo, o encanto revivido, a Natureza resgatada, entrem na folia porque é Carnaval, Natal, o menino novo vai nascer e eu trago ele nos braços dentro desta mulher, aproximem-se, não mostrem certidões, não falem, cantem!, hosanas ao filho da plebe, não escondam o júbilo, regozijem-se à solta, é Festa, Carnaval, Afrodite é sensata: canta o Hino Nacional porque qualquer outra marchinha é pequena para a hora, os bêbados em volta se perfilam, a mão no coração, surge entre eles a Bandeira do Brasil, um deles se enrola na Bandeira, acompanham Afrodite no Hino, à pátria amada idolatrada salve, salve, brisa aragem vento sul se transtornam, a silhueta de Afrodite desce dos meus braços e é levada pelos ombros dos bêbados, a Bandeira ao vento, eis a mulher levada pelo cortejo dos bêbados, eis a redentora dos povos, eis a mulher de todos nós. Eis o Carnaval.

O banquete é servido. A mesa posta. Afrodite deitada sobre um banco do calçadão da Atlântica: as mãos dos bêbados terminam de rasgar o vestido amarelo vivo, avançam e se lambuzam sobre a carne fresca, de uma pequena fresta da ceia vejo a nudez lustrosa de suor, mais não vejo nem nada me perguntam as pessoas que passam pouco preocupadas com o ajuntamento dos bêbados em volta do banco, é Carnaval, imagino as suaves narinas de Afrodite dilatadas, a salvadora dos povos realizando o anseio de todos os seus anos, ouço o arfar o gemido de todos os desejos, os bêbados ensandecem sobre o corpo de Afrodite, ajoelham-se, debruçam-se, pingam pelos poros a insaciedade, alguns choram convulsos, outros gritam aleluias, a Bandeira tremula na mão de um deles, os bêbados levantam em cruz o corpo nu de Afrodite, jogam o corpo para o espaço da Atlântica, a Bandeira estendida no ar pelas mãos dos bêbados ampara o corpo nu na queda, gritam vivas, a Bandeira é rasgada, retalhada, pisoteada, Afrodite corre nua para meus braços, e chora. Chora e pede que eu a leve pra beber alguma coisa, um chope, um gim, uma cicuta. Eu digo é Carnaval, sossega, tenta entender que a vida corre em excesso nesses dias, tenta entender que a festa continua.

Conseguimos mesa a custo na calçada de um bar qualquer da Atlântica, Afrodite enrolada nos trapos do vestido amarelo vivo, naqueles panos não há mais o que vestir, Afrodite sentada quase deita, cabeça jogada pra trás, pernas estendidas e abertas, ah Afrodite, ah destino meu, ah essa linguagem que não sei mais se é minha ou tua, ah nossas dores e delírios, ah nossos colírios que algumas vezes descansam outras alucinam, ah nosso bendito amor, ah nosso ódio guardado à espreita, toma esse gim vagabundo Afrodite, toma esse gim embora preferisses a cicuta, mas não deixarei te matares destruíres falsificares numa estupidez fatal, não deixarei que partas e me abandones, quero ainda muita vida contigo, o filho vai nascer, o filho do Homem, a criança da Vida, há Esperança Afrodite, o Carnaval está ainda na penúltima noite, se não vimos a segunda-feira de Carnaval entrando e passando é porque vivíamos e não porque dormíamos, há Esperança, Natal, bebe esse gim vagabundo assim nessa ganância de encher a cara, enche a alma de toda essa afoiteza, cai de cara na calçada podre de bêbada, esquece, renuncia, te avilta, entra em coma, mas retorna na manhã ao nosso destino comum, saiba que contigo quero casar, encher tua barriga e a casa de filhos, mexer contigo na terra, plantar, lavrar, comer o pão fabricado por nós, escrever memórias, envelhecer na paz de quem viveu, sumir contigo pela morte natural, de mãos dadas nos instalar na memória dos filhos, a Casa virá e com ela o Reino, o pouso está próximo, por enquanto ainda o campo de batalha —

pego a mão de Afrodite, lhe digo é Carnaval, somos mais que
amantes, irmãos vindos do mesmo plasma, o Universo uma
grande placenta de onde saem todos, não há diferença alguma entre eu e tu, apenas diferenças na forma, um pau uma
buceta coisas assim, comunhão dos santos diziam os pa-
drecos do catecismo, eu digo comunhão dos seres porque
somos muito putos desgraçados violados em nossa honra
para sermos santos, no entanto somos, perseguimos a santidade como o bem supremo, somos santos sim Afrodite,
por isso te embebedas com esse gim vagabundo, por isso te
consomes, por isso te recusas à barbárie, por isso essa lama
na garganta que queres apagar com gim vagabundo, pede
mais limão ao garçom, mais gelo, uma dose mais Afrodite,
eu te acaricio as pernas, subo a mão até a xota, te protejo, te
quero, sou fiel como o cavaleiro medieval, em breve trepa-
remos novamente, atingiremos novamente o gozo único o
verdadeiro e tudo se resolverá, olha a batucada, os travestis,
os mascarados, os barbudos vestidos de mulher, os sujos,
aquela baiana toda de branco ali, na esquina aquela vedete
que nunca subiu num palco, tem pernas bonitas a vedete,
bem torneadas, seios durinhos, ainda poderia ser a estrela
do espetáculo, no entanto se contenta com a esquina, se
martiriza num esgar que imita o riso porque carrega a culpa
de todos os fracassados, vê se olha o Carnaval em volta
Afrodite, ainda há tempo, ainda é a penúltima noite, te soli-
dariza com a precariedade humana, recebe o que os sentidos mostram, não seja tola de sofrer na penúltima noite do
Carnaval, te embebeda, te machuca, te desorganiza porque
um filho vai nascer, vai arrebentar uma criança no seio da
vida, ela precisa de uma mãe, um pai, mas ela precisa vivos
iguais a nós dois, ela não vai contar as cicatrizes, o teor alcoó-
lico de cada um nada disso, pensa que todos aqui vieram

também de cicatrizes e não de príncipes, a criança precisa apenas de vivos, te prepara Afrodite, te refaz, ilumina o corpo para receber e libertar, ama essa mão que entra pela tua xota, pelo teu organismo, pela tua matéria viva adentro, ama novamente Afrodite. Afrodite já completamente bêbada, a cabeça atirada pra trás, faminta de sono, de esquecimento, os membros sem movimento, e eu me sinto só, terrivelmente, e então jogo o resto do gim na cara de Afrodite, esbofeteio a cara dela, os foliões turistas e curiosos param em volta xingando a violência, mando todos pra puta que pariu, digo se a violência fosse chamar alguém à vida, se a violência fosse esbofetear alguém por amor então não precisaríamos temer o vômito nuclear porque ele não seria nem uma hipótese, então beijo a boca dormida de Afrodite e a assistência antes enfurecida se dispersa em furtivas gargalhadas, apaziguada pelo beijo numa boca morta e fria.

Afro. Frodi. Dite. Sopro no seu ouvido três porções do nome. Nada: sono profundo, bêbado. Me inquieto. Pego sua mão. Me aproximo mais, recomeço: Afro. Frodi. Dite. São os teus três nomes, continuo sussurrando. Afro para o sexo. Frodi para as horas de peraltice. Dite para teu encanto humano. Os três conheço reunidos em Afrodite. Uma coisa só. Só uma reúne todas. Volta amor. Me vejo sozinho em meio ao Carnaval, com medo da quarta-feira, com medo que o mundo me coma quando a folia acabar, não tenho outra alternativa senão buscar teu nome, reparti-lo em parcelas, juntá-las novamente, ver teu nome imprimido no dia, me dando a força, regenerando células perdidas, me tomando inteiro no clamor, eu clamo Afrodite em meio ao Carnaval, a claridade me invade, sou todo luz, aparição, irrompo do meu próprio corpo e venha te buscar Afrodite, vem senta nas minhas pernas, te capturo do teu sono, te desperto, te

183 · *a fúria do corpo*

acolho, te cubro, te apaixono, te cego, te distraio, te assomo, te olho, te beijo, te chupo, te engulo, te sugiro em tudo, te canto, te sirvo, te declaro, te sarro, te amarro, te solto, te reponho, te componho, te disponho, te abraço, te relaxo, te abomino, te rumino, te afago, te ofego, te encanto, te parto, te rasgo, te retalho, te sacrifico, te martirizo, te crucifico, te acompanho, ressuscito; nua entre meus braços cubro Afrodite com os restos do vestido amarelo vivo: o que fazer? praonde ir? com que palhaços chorar rir? Ainda há vestígios da festa entre as mesas. Não queremos pensar em nos recolher porque é a penúltima noite e a última é amanhã e na última a essas horas ou estaremos enlouquecidos ou brutalmente tristes com o fim; não queremos brincar agora, temos ainda o que brincar, juntar todos os mascarados, brindar o que ainda existe, notamos sentadinho no meio-fio um ser todo enigma, Afrodite desconfia ser um hermafrodita sentadinho ali no meio-fio, não chora, não bebe, não se alegra e é magro, absurdamente magro, ossudo, longilíneo, cabelos negros azulados longos até a cintura, quase a se quebrar, quase um polichinelo de estimação, pinóquio moderno em sua lassidão escaveirada, quase um ser sem espécie, não se alegra, não bebe, não chora, calça e blusa pretas, a mão caindo longa da perna dobrada, anêmica, de perto como agora percebemos trazer um buço também azulado, pequenos volumes de seios que não chegam a ser, vemos que entre as pernas há alguma sugestão imprecisa, é um ser diz Afrodite, tão-só um ser, nada mais que um ser, pobre ser diz Afrodite, pobrezinho do ser tão isolado, tão transparente que eu diria até ser miragem de ser, chegamos mais perto, recebo uma cuspida no olho, Afrodite um tapa no ombro, o ser se indispõe contra os dois curiosos, o ser é um farsante carnavalesco de ser eu grito esmurrando o ar com medo de minha mão

pegar no ser e quebrá-lo, dissolvê-lo, apagá-lo; Afrodite insiste ser um hermafrodita esquálido que de tanta dor está
virando um réptil da sarjeta, falamos que queremos ajudá-
lo a se divertir é Carnaval, tarará-tatá Afrodite estala com a
língua lembrando a ele que há percussão por aí, há festa
vem, ele responde com a voz ainda mais imprecisa do que o
que traz no meio das pernas, mas o certo é que a voz troveja
em sua ira maior que o corpo, a voz diz que não quer saber do
Carnaval, da festa, de nada, quer saber apenas do seu nojo,
tanto que não come de nojo, vomita tudo que põe na boca
porque a comida o enoja, como comer num mundo tão nojento, olhem e vejam como as pessoas são feias, sujas, mal-
tratadas, imundas, feridas que não cicatrizam, nem que eu
me tranque numa clausura e ponha um prato dos mais finos
manjares não consigo, me vem à boca o gosto imundo do
mundo e nem a refeição mais saborosa pode matar essa
plasta nojenta que envolve todas as coisas pessoas crenças,
entrem num desses botecos por aí, entrem e comam olhando os que comem e o que é comido que depois a gente conversa, mas antes não esqueçam de entrar num restaurante
de luxo que vão sentir a mesma gosma repelente, cheirem o
cheiro disso tudo, sintam o fedor que vem das bocas des-
dentadas e também das esmaltadas, nem alfazema consegue
tapear o miasma da mão que tocou nesses sexos que se pro-
curam por aí, tá tudo podre tudo, e não me venham com prato de comida pelo amor de deus, não me venham nem com
soro que eu não quero sobreviver a esse fedor que vem de
tudo, a náusea é a única coisa viva que ainda quero sentir
dentro de mim, tenho um amigo, por sinal meu único, que me
aconselha a morar em Estocolmo que lá o clima ainda consegue ser um frigorífico e não há miséria pelo menos a tórrida
que temos por aqui e que alimenta ainda mais a podridão do

a fúria do corpo · 186

mundo, o Rio esse país que chamam Brasil é um convite perene às moscas e é só; dizendo isso o ser caiu de cabeça no asfalto e vomitou um amarelo ralo.

Sugiro a Afrodite que voltemos ao Carnaval. Deve haver ainda muito Carnaval por aí eu digo, os foliões não vão abandonar a festa no início da madrugada, os foliões não vão abandonar o inferno você quer dizer, lembra Afrodite um pouco ríspida e sai a correr pela Atlântica envolta nos trapos do vestido amarelo vivo, corro atrás eu corro, Afrodite não me escapa se ela tá pensando, pego essa cadela no canto em que ela se meter, tenho um caralho em crise mas ainda vivo se ela quer saber, finco esse caralho na xota dela e aí ela vai querer ficar eternamente ao meu lado, deixa ela correr fingindo estar à procura de uma privacidade avulsa, deixa ela correr que eu estou correndo atrás e quando pegar seu corpo ela vai ver o que é bom, tenho unhas pra lanhar, dentes pra morder, mãos pra esbofetear, pica pra meter, boca pra chupar, raios me partam se eu não alcançar Afrodite nessa corrida louca pela Atlântica na madrugada do Carnaval e ofegar minha respiração dentro da sua pois o ponto de chegada é Afrodite essa rainha decaída esse poço incandescente essa razão desatada dos meus dias essa ilusão de paz numa casinha pequenina onde o nosso amor nascerá a cada manhã com coqueiro do lado que nunca morrerá e com todos os paraísos naturais da Terra, e quando menos espero tenho Afrodite novamente nos braços na praia do Leme e o sol surgindo cor de maravilha do fundo do mar e anunciando a Terça-Feira-Gorda último dia da Festa quando o Carnaval expira e tudo volta à insanidade normal; eu e Afrodite caímos abraçados nas areias do Leme e sussurro que o sono do mundo deve nos absorver ali sem que a gente tenha tempo sequer de um golpe de misericórdia, adormecer num relance quase suspendendo as funções vitais, circulação baixa quase deixando de irrigar os terminais do cérebro, o olho abandonando o pensamento e se colando a imagens destituídas de qualquer sentido na tela quase invisível do Sonho: depomos as armas sobre as areias do Leme, o sentido nos abandona, nada mais importa além da eliminação da consciência, a única atração é a do sono comum entre eu e ela: o mundo se sujeita à nossa fuga, e espera estagnado. Logo mais a roda da fortuna nos despertará, e em sua voragem nos acomodaremos sem qualquer cinto de segurança, sem prever as cinzas da quarta, sem nada.

O céu da Terça-Feira-Gorda agora inchado de nuvens cinzas. Vai chover? Não vai? Afrodite atrapalha meu sono sobre a areia com perguntas absolutamente cretinas para quem se despede de uma festa. Não tenho em mim respostas diante dos caprichos do céu, respondo, não sou olfativo para a chuva respondo cansado, me deixa dormir mais um pouco Afrodite, prefiro sonhar a ter de me ver enredado às variantes do tempo que nos suplicia com adventos de chuva quando o que desejamos é brincar sob um sol rasgado de Carnaval; porque o nosso fim está chegando Afrodite, e esse fim poderá significar a vitória, o embaraço decisivo, o fim propriamente dito; esse fim poderá significar tudo o que desejarmos enquanto criaturas que ainda sabem de si, esse fim poderá significar qualquer coisa mas esse fim está próximo: acredita. Afrodite chora, diz que detesta mistérios e que se esse fim está próximo que se desvele logo do contrário dá cabo à vida afogando-se naquele minuto no mar; perdôo Afrodite pela sua crueldade, porque da sua crueldade ainda pode germinar amor tenho certeza, porque a sua crueldade é o avesso que intumesce o amor, é a ferida do amor que não fecha e a cada dia é mais exposta. Então salto do meu

187 · *a fúria do corpo*

a fúria do corpo · 188

sono e mordo o lábio inferior de Afrodite pra ela deixar de ser besta, ela enterra uma unha na minha pálpebra esquerda e quase me concede a turvação total — onde estou com quem sou eu? em que armadilha caí com essa bandida fedorenta? as trevas me eliminarão do convívio? sou cego-mudo-surdo? sou homem? já tive passado além desse instante que apaga qualquer possibilidade de futuro? indago ou reconheço pela primeira vez a morte? estou vivo? sofro ou viver é isso? isso que pensa é álibi pra continuar no faz-de-conta da vida? estou morto? sobrou o que sempre chamei de Afrodite ou ela não está mais aí? Afrodite respira ou é ar supurado? vou continuar? desistir? e se desistir há como? e se continuar me perdoarei? o tato me retém? Pego um punhado de areia, pego uma bosta fétida de cachorro, o ar retenho na concha da mão suplico que se materialize em massa volume coisa o ar resiste nem cócega nada o ar na concha da mão mas nada nem roçar na palma nada suplico a presença vento, vento coagulado, nem brisa nada suplico pelo nome de Afrodite, um nome, mero nome, um nome pela boca escoa e repito o nome de Afrodite e escoa pela boca de novo e novamente clamo o nome e mais uma vez pela boca escoa e nada pelos ouvidos entra e nos olhos reflete e na língua entre os dentes já não pulsa o som. Então é isso?

Então chegou a minha hora? Olho o céu prestes a descarregar a chuva e penso se devo aceitar a minha hora, ou do contrário me fazer de desentendido e fingir que nada aconteceu? Neste minuto já não existe nada para mim além do repouso de todas as funções: nem Afrodite, o Carnaval, nem o que eu era antes deste deserto coagulado, sim, coagulado de toda a vida do mundo sim, vida mas onde nem a respiração se ouve e onde a cor (se ela houvesse) puxaria para um tom desatualizado da memória, onde realmente todos os gatos são pardos e todo espaço poderá passar pelo canal da agulha: se abro os olhos, se os fecho, já não é mais a questão, a questão é: há como sair dessa? Sou eu o único, o completo, aquele que vive nas imediações de todas as paixões do mundo, que as suscita e não é visto, não, não sou ninguém, não há nem deus que me receba neste transe, ninguém deposita em mim mais confiança, sou eu que agora morro como todos: na mais completa deserção, nem me lembro mais se algum dia houve antes ou se algum dia presumi, não sei se já tocaram em mim, se já me transladaram ou se permaneço nas areias do Leme. Isso é com eles, os vivos. Posso já estar inclusive enterrado. Vivo? É que ainda não me acostumei com esta falta onde nada carece das técnicas de preencher as horas, porque aqui ninguém sofre o impasse do que fazer, tudo é uma grande máquina sem que se precise pensar em engrenagens, porque tudo é tudo em toda a autonomia. E aqui, assim, em mim só reconheço o corpo que um dia denunciou a privação da carne entre os vivos, e faz mister agora cicatrizarem todos os desenganos porque tudo o que vivi faz sentido neste momento em que a morte me concentra no esplendor do anonimato, e se faz sentido valeu a pena porque se penei também tive dois ou três momentos em que adivinhei a concórdia inexpressável com o eterno, e já não me faço por onde ser entendido porque as idéias aqui não são feitas para a expressão mas existem em seu estado sólido e são tão assimiladas como o alimento pelo organismo — nem esta falta de lembrança dos fatos que vivi me aflige porque a memória aqui não é habitada por acidentes mas é morada de frações que se bastam como o todo, e se aqui não tenho que lidar mais com fragmentos é porque mereço já que tive a força de revelar em uma só vida que a vida tem fome de si própria e que nenhuma porção nem mesmo a esfinge da morte

pode paralisar a fome da vida e que a vida há de mamar nas
pedras se o leite lhe for cortado e há de incendiar a alma se as
trevas propagarem palavras desfiguradas do sentido natural, e nesta paz me reconcilio com meu nascimento e morte
porque no meu nascimento a minha morte estava inscrita
sabedora que é de que a sua hora chegaria, dando-me assim a
chance de perseguir a função da vida sem rodeios: amei com
brutalidade, sofri mastigando o ouro do paraíso, ressurgi a
cada esquina como um Lázaro disfarçado em minhas pequenas ruínas, sem o furor do escândalo, porque sabia que mais
cedo mais tarde ela — a temida das gentes — se anunciaria
mais fulminante que qualquer escândalo, só não sabia que
em meio à Festa, o Carnaval traído no raiar da Terça-Feira-
Gorda eu não sabia que seria assim, assim repentino tomado pelo Esquecimento em meio à Festa, assim, meu corpo
me deixou e quem sabe se desfaz agora lentamente, me
abandono sem memória sob a face fria e gozo já sem o
estertor do vivo, gozo pacientemente sob a face fria e amo
com o mais primário amor a humanidade que sou — e se fujo
do reconhecimento da raça porque me extingo me recomponho em células invisíveis de uma dádiva gratuita, mesmo
que não haja cor, forma, volume, som, mesmo que tudo seja
ausência a dádiva se cria e se insurge contra a extinção, e é
assim que eu permaneço em mim (em tudo), intacto, mesmo que um réptil deslize do interior da minha boca entreaberta eu permaneço em mim (em tudo), intacto. Os meus
despojos portanto já não aguardam o que esperar: jazem no
triunfo da derrota: em cada pedaço destruído do meu corpo
eu permaneço em mim (em tudo), intacto. E reverencio a
minha exatidão em ser: despojado de todos os sentidos ingresso no domínio escuro do Silêncio, a escassez aqui a
abundância. Então bato três vezes no peito: três vezes no

peito bato santo santo santo que sou sem débito ou devedor, como sempre esteve nas minhas Escrituras eu digo santo santo santo e a exaltação do Esquecido sob a face da morte é maior do que o Vivo porque já não sou eu, sem anjos ou clarins, sem qualquer adorno conheço a glória mansa que pertenceu um dia a Deus. E se morto reconheço a exatidão de tudo, não é preciso pranto sobre a desintegração da carne. Sou morto sim. Mas vivo ainda, como a fruta que se transforma num viveiro de bichinhos e vai expelindo aí o derradeiro furor da vida na sua carne mortuária.

É talvez nesse furor — quem sabe sou um bichinho de mim? — nesse furor que desperto e levanto colocando no terrível esforço todo esmero, Lázaro caminho à cata de alguém que me confirme vivo caminho, caminho me apoiando em paredes, postes, alguém de um carro me vitupera de sonâmbulo, caminho, tento o apoio num ombro avulso que se afasta em pânico e me proporciona a primeira queda, mais duas quedas ganho até que vejo Afrodite, ela está sentada no meio-fio e chora dizendo que são tantos os desgostos, que toda e qualquer festa é perecível, Afrodite chora sentada no fio da calçada de pernas abertas, esfrego os olhos ainda tão apagados e só agora noto que Afrodite jamais usou calcinha, Afrodite chora sentada no fio da calçada de pernas abertas e por momentos entrevejo sua buceta túrgida como se inflamada, rogai por nós pra não cairmos na tentação do mau uso das nossas partes eu digo sem que ela ouça, a buceta túrgida de Afrodite parece uma ferida eterna, eu dou três suspiros de resignação, três suaves cambalhotas no ar, renovado beijo o chão, poderosa é a minha sabedoria de vivo eu digo a Afrodite e ela estanca o choro como se pronta para receber a verdade, então me ajoelho na esquina da Constante Ramos com Nossa Senhora de Copacabana, me ajoelho na

191 · *a fúria do corpo*

esquina da Constante Ramos com Nossa Senhora de Copacabana na frente de Afrodite e lhe digo: nascemos para amar — mas enfurecida ela grita que bancar São Francisco de Assis no estertor do Carnaval é coisa de rala imaginação, eu sou pobre rebato pra Afrodite, só tenho duas mãos e esta fome que me gangrena o estômago, Afrodite oferece seu indicador direito pra que eu o chupe, mordo, até tirar quase um naco do dedo que sangra e Afrodite grita minha condenação que por sua voz possessa será mais apodrecida que a morte natural, os miasmas do teu tutano putrefato ficarão eternamente no ar do que você mais amou nessa vida miserável, quem colher da tua lembrança colherá pus e será acometido de uma peste feroz, eu ficarei aqui reinando, rindo às gargalhadas do desgraçado que mais desgraçou a desgraçada humanidade, e eu reinarei sozinha imune ao cadáver abjeto, e não serei mais tua nem de ninguém, reinarei sozinha sobre a cabeça dessa raça suja e serei a única herdeira inviolável dos deuses; choro como um cachorrinho doído, peço misericórdia, aliso as coxas de Afrodite, ela esbofeteia e rasga com agudas unhas meu rosto como uma gata do apocalipse, ruge, sangra, esperneia, termina por rasgar-se a si própria em todos seus andrajos, mostra a bunda e abre o cu para os apalermados passantes que param, caga duas fezes pestilentas no meio da calçada, cospe uma partitura que não é deste mundo e corre e se desmancha sobre o asfalto. Deixo Afrodite caída no meio da rua, o tráfego engarrafa, buzina enfurecido, algumas pessoas arrastam o corpo nu pra calçada, duas velhas me olham e cercam indignadas, como deixar o corpo desvalido de uma mulher jogado no meio da rua, ameaço as duas velhas mostrando a língua toda queimada de fome e sede, mostro a língua pra chacrinha que se avoluma em volta, chama a polícia grita um homem barrigudo com um anelão de bacharel no dedo, confesso como um cordeiro manso que eu vim para anunciar, oferecerei a face esquerda a quem me esbofetear a direita eu digo como se estivesse me dirigindo ao fim do meu tempo, é caso de hospício grita uma mulher que tapa os olhos, não, é de polícia mesmo responde altivo e tonitruante o barrigudo com o anelão de bacharel, é caso de morte respondo como um cordeiro manso, morte matada e não morrida eu continuo com a voz de cordeiro manso quando noto que não há vestígios do Carnaval no que vejo, nenhum folião, fantasia, nada, a Festa acabou e eu e Afrodite nem percebemos, a mulher tá morta escuto de um vendedor da Kibon, das lojas televisores berram a partida, correm manadas de búfalos, rinocerontes em tropel, girafas, os animais correm em direção contrária à que eu caminho, dobram sinos de catedrais imersas na memória, sou o defensor dos povos, Afrodite ficaria feliz se me visse nesse meu derradeiro papel, hastearia velas, bandeiras vermelhas, negras, o corcel mais fogoso e veloz a levaria para as grutas imemoriais, a moça tá morta o vendedor da Kibon insiste me sacudindo pelos ombros, eu me cego na vertigem, evacuo papas fumegantes das minhas mais entranhadas fezes, me entrego à voragem de vozes e calor, me entrego, me ajoelho, canto Queremos Deus, Com Minha Mãe Estarei, por minha língua Salomão cria seus cânticos, sou rei primeiro e único, atiram no meu corpo pedras, areia, latas, cascas cítricas, imundícies, e reconheço então em mim a vitória e desfaleço. Luz...

Mas ainda há qualquer aroma, talvez porque lá em criança me vi rodeado de olivas, temperos agrestes, fragrâncias puro jasmim, minha mãe trocava assiduamente de seios pra que no tédio da casa soprasse a brisa de uma miragem sempre renovada. Um dia da janela olhei a tarde e vi que o sujeito que eu era começava a se esvair: meu pau machucado por bélicas punhetas no calor da pressa, com esse incômodo gotejei a minha simples solidão: não havia mais as olivas, os temperos, o jasmim e o seio — apenas um verão no meu rosto e esta falta. Saí para brincar mas qual! As crianças que comigo compunham até ali já não se deixavam brincar e espremiam espinhas, ejaculavam purulências diante de espelhos escondidos. Chorei amargas lágrimas debaixo de uma sombra. Fecundo eu já não era. A primeira excreção do esperma, e só cabia agora esperar as santas regras. Dormir, sonhar, sorrir no alheamento do meu sono era o que sobrara. E eu estou aqui, ó Deus, assim: dormindo novamente na carência: os ossos já não estalam, a língua falha, meu coração desperta para o olvido. Ouço vozes. Que espanto! Não esperava mais ninguém, nem mesmo ela. No entanto as vozes coaxam palavras de puro desentendimento — como sempre, como sempre foi; esqueço as vozes porque procuro restabelecer contato com meu corpo: pontas de ruínas espetam meus dedos, estou todo cariado, abomino a desintegração num corpo sem culpa formada, mas já nem esbravejar eu posso. Apenas luz...

Na meia-luz os rapazinhos olhavam a luz do fim da tarde sem saber que a estavam olhando e tanto mais a olhariam se não fosse um deles admitir que todos boquiabertos estavam olhando a luz do fim da tarde, porque para um grupo de rapazinhos era qualquer coisa deslavadamente inútil e feminóide olhar a luz do fim da tarde assim daquela maneira um tanto hirta, embevecida e demorada enquanto no pátio do internato os esperavam barras de ginástica, cestas de basquete, duas bolas. Quem fez a observação rápida mas um tanto maliciosa e provocativa de que todos nós ali contemplávamos boquiabertos a luz do fim da tarde fui eu, colegial que detestava a matemática e recitava poesias na frente da cruz, interno, vivia sem saber ainda o que pouquinho mais tarde senti nas primeiras páginas de um livro, quando o autor fala da mão colorida de vermelho, azul e amarelo, e dos olhos como violetas encharcadas. Naquele tempo no entanto nada disso era tomado por mim como uma paisagem de nevrálgicos matizes conscientemente fruídos, não: era virgem de qualquer esteticismo, era, isso sim, dois olhos que iniciavam, lentamente, a destilar alguns suplícios sobre aquela vida colegial árida e repetitiva, suplícios que saíam a pousar provocadores sobre a pequena embora pesada realidade com a intenção compensatória de transformá-la numa matéria mais fina, incomensuravelmente mais suportável. Desde esses tempos começou a tomar contorno em mim um desejo: o de ser artista: espiei pela fresta da janela do dormitório e vi, entre os sóbrios e rosados tons do meu mais insinuante crepúsculo, um instrumento dourado que julguei alfaia jogado num canto do pátio. Alfaia. Estaria eu vivendo dentro das páginas do livro que começava a ler? Alfaia. Era todo eu de prontidão diante da espessura de um universo de seres que só pela incisão da lâmina dos meus olhos revelavam sua resplandecente fisionomia. Serei capaz? — me indagava e me indagando sem resposta ia reconhecendo a face informe da aventura chamada interior. Ao espiar pela fresta da janela e surpreender a alfaia em seu espetáculo secreto ouvi meu coração que nem a algaravia dos colegas no dormitório abafou, e prometi nesse momento a mim mesmo ser para sempre o portador do olhar que resgata o encanto até da mais íntima esperança. Voltei a cabeça para o interior do dormitório, deitei-me na cama sem o mais leve ruído que chamasse a atenção sobre mim e disse sem alçar a voz: sou inteiro de vós, ó presenças inescrutáveis e arredias aos olhos sem lume, sou inteiro da vida. E assim adormeci até o Padre Lídio chamar-me para a janta:

— Está se sentindo doente?

— Não, Padre Lídio, estava apenas descansando.

Mal toquei na insípida comida do colégio, recitei as orações olhando o relógio na parede, corri para o dormitório, abri a gaveta do criado-mudo e ali estava um livro marcado na página 97: Granato ajoelhado diante da noiva de longa grinalda e cauda, pedindo que não casasse, que tivesse dó de sua errância pelo mundo sem amor — ele pegava as brancas mãos da noiva, beijava-as — que o noivo que escolhera por marido era um imberbe mal-acostumado nas saias da mãe, que esse não saberia dar-lhe o amor que ela-só-ela merecia, que ele ali lhe rogava que desativasse as bodas que ainda era tempo pois ele, Granato, era o homem, o único e verdadeiro, aquele a quem poderia recorrer nas horas de aflição, que lhe daria um amor multiplicado pelos anos, que suas mãos saberiam acariciá-la mesmo depois de mortas.

Achei a cena nada mais que bufa de cima de minha pretensiosa adolescência e corri as mãos e os olhos para outro livro — este sim, começando perturbadoramente a me inspirar paixão. E li nele esta breve história, assim:

A mulher não desce à sepultura à-toa: de negro quase aranha inexistente (tal a maciez sem par dos tecidos), ela desce à sepultura não por culpa sua mas porque um homem que a amou envelhece no ninho dos netos e conta para os rebentos atônitos a história da mulher que desce à sepultura quase aranha levada por asas de organza negra volatilizando-se para o abismo e a mulher é como não existe mais por causa da imagem embalsamada pelo tempo e some nos desvãos da cova funda mais funda pelas trevas que a engolem. Ó mulher exala o velho, ó mulher, e os netos boquiabertos nem respiram: sofrem pelo avô irreal no claro dia a navegar na noite, os netos que gorjeavam ao pé do avô já não gorjeiam, cegam-se na escuridão da sepultura e pedem então alívio quando pedem outra história, a da bailarina polonesa que se enamorou de um bicho.

O velho reclama da espinha. Os netos riem. A vida não é mais pressurosa com os que findam. O velho quer mamar a luz que invade pela janela mas já não consegue. Lambe o beiço ardido de fissuras e pergunta se a febre não o levaria enfim ao encontro da mulher que desce à sepultura e a salvaria rainha dessa morte ignóbil que assola a vida. Mas os netos já não escutam, tagarelam que a história da bailarina polonesa que se enamorou de um bicho é a mais longa, a que nunca acaba, cada dia mais capítulos. Queremos cada dia uma lenda a mais, a bailarina polonesa se enamorando do bicho cada noite de um jeito, amando primeiro as orelhas, depois o rabo, numa manhã sem querer os olhos, de repente a língua — e todos então riem fogosas gargalhadas mostrando a língua. O velho está agora a pasmar diante de tantos relâmpagos de idéias, queria os netos sossegados no ninho, escutando o que só ele pode contar, o que ninguém mais sabe porque só ele é o velho — o que lembra. Ele lembra: tanto que de sua testa um óleo se fabrica, lá dentro tudo aflição calada: diria ele que amou, mas não, os netos querem aventuras inacabáveis como se o fio da vida não cessasse. E ele não: o velho tem a mulher que desce à sepultura, e assim já não resta o ser amado e nada mais a ser contado. É só ele agora com os netos, sem o sonho da mulher, a louca amante que desce à sepultura do esquecimento perpétuo. Resta pois esquecer, esquecer tão completamente... mesmo que precise desferir um tiro na memória, sem o esteio até da desilusão.

Mas contar que tudo acaba é muito pouco: o velho preferia agora não mais falar da mulher que desce à sepultura, os netos não sabem mas ele hoje à tarde caminhava pela Nossa Senhora de Copacabana e viu uma gueixa e essa gueixa sussurrou nos seus ouvidos sim senhor — o velho quase exala um suspiro — e uma gueixa real não pensem não; sou velho, futuco nas unhas de desesperança, vejo o calor do dia se amainar na noite, mas o certo é que a gueixa de verdade se aproximou e veio a mim como só a vida pode vir e não o sonho, pegou-me pela mão, olhei a Casa Garson, subimos no mesmo prédio, o elevador tão lento, a sala ampla e vazia de qualquer adereço que não o colchão acetinado, me massageou as espáduas, receitou-me aromas, cheirei a vulva milenar de gueixa, senti meu pênis balançar no ar, reter o seu balanço, se intumescer, inchar, relampejar encarnado, assim, no ar sim mas ai dó da minha vida: nada: a gueixa escapara da minha alçada e eu jazia ali no meu último sonho lúbrico. Exterminado: o gozo não passara de um único suspiro de evasão mais vã; e agora o velho está ali no ninho dos netos com a memória toda ainda posta na mulher que desce à sepultura...

Li este livro que precisava esconder debaixo do colchão. E o velho me segue até hoje: o espelho quase bíblico da miséria do nosso limite: velho, abandonado, sem nenhuma companhia ou alento que não seus fantasmas; e, coroando essa desolação, a mais inexpugnável dor de saber que a morte tão já tocando suas fímbrias — última e única saída —, que a morte ainda irá julgá-lo aqui ou além: nenhuma complacência pelo ser que sai da vida ganhada a ferro e fezes, porque a morte exerce seu estigma: julgar, armar além de qualquer possibilidade humana um tribunal que nem Júpiter sonhou; quando penso na atrocidade deste quadro, penso que a nossa morte assim foi relegada ao mais insidioso estado: não suportamos mais nem a Esperança: os mitos nos abandonaram, uma cruz atravanca o caminho, perdidos esquecemos o valor humano e aguardamos mesquinhos tão-só o julgamento do pequeno gesto sórdido que nem chegou a afetar — cegos —, esperando pelo pior a cada passo, já derrocados pelo escândalo sem saber de quê. Eu amo o velho desta história. Naquele tempo prometi vingá-lo e resgatar-lhe a fé.

Novo arrimo inesperado me levanta da prostração que me mantinha jogado na calçada, levanto e ando resoluto como um inválido que encontrou a cura milagrosa de um choque, passo pelas esquinas, me disperso de Afrodite e saio a caminhar pelas esquinas absolutamente só como gosto quando me despeço de alguma coisa como agora do Rio, sei que não verei mais a Cidade ou pelo menos não tão cedo, e por isso caminho absolutamente só para que seja minha-só-minha a despedida, peço água num boteco, o rapaz me olha indagando além da água, tenho vontade de pedir mais-bem-mais que água, o rapaz pergunta se ouvi o jogo, respondo que as nuvens continuam pesadas, o rapaz não se mostra contrafeito com a especulação sobre as nuvens e fala que na terra dele as águas do rio inundaram a cidade.

— Não é terra de seca? — eu arrisco.

— É de seca braba, mas agora pintou cheia, e água, água, água que não acaba mais.

— Você volta pra lá?

— Volto não sei. Mas sei que vejo tudinho o que se passa por lá, como se eu tivesse ainda com o olho em cima de cada coisa que deixei.

— Qual é tua idade?

— Dezenove.

— Filhos?

— Três.

— Quantos?

— Três.

— Idade de cada?

— Quatro, dois, dez meses.

— Vem mais?

— Já tá na barriga.

— Pra quando?

— Agosto.

— Tua mulher, que idade?

— Dezessete.

— Tem saúde?

— Muita.

— Muita?

— Muita saúde.

— E os pais de cada?

— Mortos.

— Mortos?

— Enterrados os quatro lá.

— Lá?

— Perto da ribanceira.

— O que é ribanceira?

A mão do rapaz desliza por um declive imaginário.

— Ah sim — eu digo —, fazia idéia sem certeza.

Deslizo também minha mão imitando a linha da ribanceira, agora sei com certeza de uma ribanceira. O rapaz repete o gesto e agora são duas mãos a minha e a dele esvoaçando pelo ar em busca da linha da ribanceira, duas mãos descrevem íngremes linhas pelo espaço, os gestos se repetem cada vez mais velozes e mais livres da imitação de qualquer ribanceira, duas mãos esvoaçam pelo espaço apertado do boteco, as moscas se espantam e se desviam de suas rotas, a minha mão fina e clara voa com sua parceira azeitonada e rude, duas mãos adejam num bailado cada vez mais veloz pelo exíguo espaço do boteco, duas mãos, duas amigas, dois pedaços em vôo cego na miserável liberdade daquele espaço.

Duas mãos, só duas: duas amigas.

Paramos as mãos no ar, o dono do boteco e os fregueses olham sem entender as duas mãos no ar, todos com os olhos espetados nas duas mãos no ar, fixas, eu e o rapaz olhamos as nossas mãos no ar magnetizados pela suspensão do vôo, as mãos únicas duas mãos do mundo no balé coagulado no ar, o boteco é um museu de cera, bonecos de cera celebram as duas mãos, estagnados, uma fina e clara outra azeitonada e rude. Mãos.

Uma voz vinda da rua e que entra pelo boteco adentro rompe o silêncio daquele museu de cera, uma voz inescrupulosa que diz tá todo mundo pirado aqui dentro, todo mundo morreu vivo de pé, e esses dois aí desmunhecando com a mão no ar que que é isso — era a voz de um porteiro das imediações que conseguiu que todos retomassem a cega respiração da tarde e se fundissem novamente ao escrípiti de seus papéis, e ninguém notou que alguma coisa tinha acontecido, mesmo o porteiro com sua voz inescrupulosa se enfurnou por outro assunto e ninguém percebeu que o tempo ali tinha se coagulado por segundos em volta das duas mãos, salvo nós dois, eu e o rapaz da ribanceira, eu e ele ficamos nos fitando por um segundo maior que a vida:

— Qual é tua idade?

— Dezenove.

— Filhos?

— Três.

— Quantos?

— Três.

— Idade de cada?

— Quatro, dois, dez meses.
— Vem mais?
— Já tá na barriga.
— Pra quando?
— Agosto.
— Tua mulher, que idade?
— Dezessete.
— Tem saúde?
— Muita.
— Muita?
— Muita saúde.
— E os pais de cada?
— Mortos.
— Mortos?
— Enterrados os quatro lá.
— Lá?
— Perto da ribanceira.

A mão do rapaz desliza por um declive imaginário. Pego a mão do rapaz, corto o vôo da mão, engaiolo ela dentro da minha, aperto ela, as duas mãos suadas, uma fina e clara a outra azeitonada e rude, duas mãos presas uma à outra, aperto aperto aperto, não a devolvo tão rapidamente para sua miserável liberdade, um pobre pássaro preso na minha gaiola um pobre pássaro, solto a mão o pássaro o vôo, solto, digo adeus. Ao rapaz. À Cidade. Digo adeus. Por cima do rapaz a pintura na parede mostra a Baía de Guanabara em tons de maravilha, verde, azul, rosa. Eu digo adeus. Vejo o rapaz e ele parece admirar a imensidão que se aproxima. Eu digo adeus e vejo o rapaz. Só isso. Adeus. Mais um: ADEUS. Os olhos do rapaz admiram uma grande paisagem. Imensa. Olhos no Céu, na Terra e no Calor que exala de tudo. Repito: ADEUS. ADEUS. ADEUS.

Saio e miro a rua: uma pessoa se abandona ao meu olhar, digo a mim mesmo que devo segui-la, apropriar-me do seu destino, não deixar que me fuja sua beleza única de pessoa, ela passa adiante e retoma sua máquina de existir como se eu não tivesse acontecido. Clamo:

— Ó pessoa, deixa eu ir contigo, deixa eu te servir como se fosses todas as potestades, deixa pessoa deixa!

A pessoa caminha rápida sem mais me perceber e vai-se entre um e outro passante, passa diante da Confeitaria Colombo, a Nossa Senhora de Copacabana nas quatro da tarde de um verão suscita deliciosas recordações de estadas perdidas, ó pessoa eu repito, pessoa que persigo na minha última hora do Rio, vem, me olha que te darei perfeitas doses de silêncio, vem, não me abandona assim no meu papel de irmão, vem pessoa, sempre quis a santidade sempre quis, me ajuda me recupera me silencia ao teu encanto vem —, a pessoa já se exilou da minha graça e lá sabe deus onde se esconde, que dramas a consome, que precário frenesi a alivia, ó pessoa, te negaste ao meu apelo, te ausentaste ó pessoa do meu itinerário, choro duas lágrimas doloridas sentado já numa mesa da Colombo, bebo o chá, o biscoito estala entre os dentes, dinheiro me falta até pra beber este chá e estalar este biscoito entre os dentes, serei preso, maltratado, olharei uma nuvem entre as grades da cela, olho o espelho da Colombo, cai a tarde, vejo no espelho não a mim mas o anjo perverso que eu fui, iludido por meia dúzia de perseguições, alguns colegas e padres me sabotavam em alguns escassos instantes através de ouvidos pouco atilados para as minhas palavras, o que me fazia engolir o fim da frase na mais deprimente frustração, um ou outro termo brusco vinha como um dardo me espetar, sentia o que no fundo eram quase imperceptíveis gestos como uma avalanche de desprezo por ser entre todos — eu — o que mais ignorava os esportes, o que menos sustentava conversas ociosas. Eu, um anjo de remissão. Triste engano: sei hoje, e como sei, que eu apenas exacerbava os sentidos, que precisava dos grandes sentimentos como o ódio para me manter de pé e não morrer de inanição. Foi, talvez, por essa época que, num passeio solitário pelos confins do imenso jardim do internato, eu descobri Afrodite. Estremunhado pela dor de pertencer ao internato divisei entre árvores o velho poço que desconhecera até ali, e uma menina de vestidinho branco encostada no poço me chamava com o dedinho, a menininha sorrindo como a imagem de um oásis. O encontro foi cândido: baixei a cabeça, vi meu corpo que se arregimentava dos atributos masculinos — sutil proeminência na virilha, nas pernas emergindo penugem castanha — e pedi que ela girasse pra que eu pudesse admirá-la em conjunto.

— Roda, roda feito pião! — pedi.

Afrodite apenas me fitava. Beijei seus lábios suavemente salgados. Senti seu cheiro no limiar da fêmea. Ouvi sua voz de gata mimosa, e quando por fim ouvi sua voz descobri que era tarde demais para eu ser mulher: não havia mais escolha, meu plexo era irremediavelmente o avesso da gata mimosa, meu semblante de traços menos sublimados, tudo isso me levava a crer: sou homem, ela mulher —, e nos encontramos. Lembro ter perdido abruptamente a memória, o passado em brumas, não recordava ao menos meu nome, nada, a cabeça transportando em torvelinho a imagem dela, talo ardente na medula, eu disse Afrodite, assim eu te batizo — Afrodite — assim eu te nomeio pra toda a existência, assim eu te escolho. E anoiteceu no mais rápido crepúsculo da minha vida, e depois disso não me perguntem porque responderei não sei. E assim se deu. Eis minha história que atravesso até aqui sentado agora numa mesa da Colombo enquanto lá fora cai a noite e eu aqui me sinto nostálgico olhando-me ao espelho num tom solene: quase transfigurado numa cadência que não sou, sentindo a fragrância de absintos e sorvendo o brando chá sonhando com outros tempos onde uma dama irreal se apossa do meu corpo e me reflete esguia, loura e bela qual ninfa de outras eras. Um cavalheiro vivendo na ardência toda aflita dos seus sessenta anos me olha, recuo o olhar para o excelso lustre da Colombo, tocam-me nas costas, entorno a xícara, banho meu belo colo de chá, volto a cabeça para quem me tocou: é o cavalheiro solicitando-me companhia, fico corada, adejo a mão e levo o lenço à têmpora esquerda, palavras não me socorrem, sou alva e trêmula, sou dama, peço a intercessão do Divino Espírito Santo, sinto três gotas de suor na intimidade, o distinto cavalheiro acompanha meus movimentos quem sabe já há quase meia hora, não senta, não se move, sinto pegar fogo nas faces, a espinha gélida, ergo delicadamente a mão para que o cavalheiro a beije, ouço o estalido de lábios sobre a pele marmórea, labaredas me alcançam, o espartilho me confrange, distendo as pálpebras numa menção à cadeira disponível, o cavalheiro senta-se, pergunta-me o nome, disponho de uma noite inteira para adivinhar meu nome, portanto calome, aprecio as costeletas cinzas do distinto, digo-lhe que nada é tão real quanto a possibilidade de se criar uma outra realidade.

— Ilustre é o reino — ele me diz.

— Ilustre — eu realço.

— Sabemos de antemão as aves do caminho.

— Morri, não sei, estou morta mas ainda ardem-me desejos.

— Levo-a até a liteira?

205 · *a fúria do corpo*

— Meus sais — respondo com rarefeita imaginação.

— Sois só?

— Sou uma réstia de sol embalsamada.

— Quereis um convite?

— O mundo precisa é de orações.

— E o meu convite?

— Ficará pairando pelos ares até que eu me decida.

O cavalheiro pega-me a mão gelada e convida-me a partir, à minha passagem pelo espelho miro-me velha, abismais rugas de septuagenária, inspeciono o cavalheiro e noto que ele também envelheceu assustadoramente, os dois em trôpegos passos pela Nossa Senhora de Copacabana, o cavalheiro diz possuir uma réplica do Castelo Vaux-le-Vicomte em pleno Alto da Boa Vista, o chofer nos conduz num Landau prateado, no imenso quarto do cavalheiro nos fitamos em meio a nenúfares, na lareira troncos de nogueira crepitam com certa veemência, o cavalheiro mal esconde a protuberância entre as pernas, damo-nos as mãos, um lacaio bate à porta, o cavalheiro não responde e cicia ao meu ouvido frases loucas, choro enlutada pelos meus treze filhos e marido, toco a protuberância do distinto, a lua álgida é um convite, o cavalheiro me rasga as treze saias, trêmulos e esgotados pela vida nos jogamos sobre a cama roxa acetinada, ele mostra a ainda grossa vara, enfia-a em minhas partes com toda a violência, sinto-me arrombada, grito, o cavalheiro se satisfaz em dois segundos, baba purulências pelo tubo inferior, nos aprumamos, o distinto leva-me pela mão por degraus que descem infindáveis, entra por um gigantesco sepulcro onde jazem seis esquifes exalando miasmas da mais fétida estirpe, seis gerações, toda a dinastia o cavalheiro me relata, relata que nesse porão ele viverá a eternidade, pede-me que deposite seu esquife ao lado da mãe, o cadáver mais fresco —

respondo gentil que assim farei, ele me chama de idosa, embraveço e mostro os seios murchos, passo as duas pelancas que me sobram pelo rosto, deitamo-nos enlaçados sobre uma fria lápide, um morcego voa sobre nossos corpos, o cavalheiro morre num frêmito que expulsa sua derradeira cota de esperma, começo a lamber o esperma que se esparrama até a região glútea do cavalheiro, o esperma ainda quente, alimento-me do gosto acre, sinto-me fortalecida, renovada, airosa, corro pelo gigantesco sepulcro até encontrar a luz exterior, é cálida essa luz, é boa, caminho pelas ruas toda esfarrapada, cumprimento os carros, entro pela Floresta da Tijuca adentro e desapareço.

Ousada avanço pela floresta ignorando fronteiras, lá vou eu velha figura isabelina, carcomida pelos anos mas com uma têmpera que desafia os séculos lá vou eu entre esquilos saltitantes, arbustos, ramos, galhos e trevas medonhas da madrugada lá vou eu, mas não temo nada aquém do ponto de chegada, pois nesse caminho vejo tudo à perfeição como pleno dia minhas treze saias se esfarrapam e ficam aos pedaços pelos arbustos, ramos e galhos, desbravo a madrugada da floresta e pela primeira vez esqueço totalmente Afrodite, Afrodite não existe, não respira, não sonha, foi apenas um delírio da minha dolorosa menopausa, eu nem sequer poderia amar uma mulher pois sou uma velha dama que acabou de se banquetear com o esperma de um cadáver, ouço vozes, risadas frágeis, adivinho estar próxima, vejo um clarão entre árvores a dez passos, arremesso-me com mais ganância até a luz, lanternas chinesas vejo agora, paro, crianças, são crianças em fogosa algazarra, rolam pela relva da clareira aos cuidados de uma doce berceuse, acrobatas umas, bailarinas outras, outras apenas comilonas de guloseimas de uma farta mesa, bato palmas, admoesto-as que a Rainha as quer dormindo nessa hora, todas trazem sorriso antigo, alvorotadas se postam em fileiras, beijo cada bochecha, dou uma palmada em cada bundinha, peço antes que me ouçam e lhes falo das belezas do sono e lhes recito o poema preferido de Dom Manuel o Venturoso (escondo com a mão a boca para que não ouçam o furtivo riso):

A noite com seu espinho
Sugere um mar de lama
Mijo entre os lençóis do ninho
O Rei é morto na cama

As crianças me ovacionam, gritam bravo, jogam estrelinhas sobre a neve dos meus cabelos, cantam e dançam endiabradas a meu redor, rodopiam, elevam as mãos e se alçam em revoada.

Fico só na clareira, as lanternas chinesas se apagam, fico só como uma boa velha nojenta, sou tão velha que meus pés se enraízam pela terra e de meus braços nascem ramos com folhas secas, faz frio, engulo uma gota já azeda da minha própria seiva, ocupo-me com a noite e só com ela, rumino minha morte.

.... com fazendas negras fiz-me velha dama, agora estou aqui sentada ouvindo os rouxinóis, fito-me ao espelho enquanto o gracioso infante desliza pela balaustrada e exprime galhardas gargalhadas. Não sei quem sou, que fiz, por que mundos me entranhei. Tangem sinos. Ausência de pistas que me pudessem levar até mim. Assoma à porta a aia com a bacia, a jarra, a alva toalha de linho sobre o braço. Lava-me os pés. Não tenho intenção de saber quem sou. Não emito palavra, das cordas vocais apenas um trinado; persigno-me, vou à janela, respiro a luz dourada do crepúsculo, dou graças ao Senhor Nosso Deus. Uma alameda por entre o bosque: talvez por ali surja o velho príncipe encantado. Não tenho a mais íntima memória de quem fui. Hora do Ângelus. Ave Maria. Fico indecisa se canto a de Gounod ou Schubert. Canto nenhuma. Farfalham minhas treze saias pelos corredores do castelo. Passo por uma câmara escura onde Dom Diniz canta seus versos. Ponho-me à mesa. Só, à luz dos candelabros. Cristalino silêncio. Pego a coxa de um tenro frango. Meus pés formigam. Ouço lamentos. Fico de guarda. Não sei quem sou. Minha alma é transparente. Meu corpo é prega sobre prega. A aia me acompanha de volta pelos soturnos e longos corredores. Não sei quem sou. Talvez precisasse impingir-me um espelho e diante dele ficar por toda a madrugada. Tangem sinos. Se tudo isso for verdade me mato, eu enlouqueço. Vivo o que desconheço. No entanto percorro escorreita essa sina. Ouço o galo. Rompe a aurora. Visto-me apressada. A carruagem me aguarda. Atravesso um deserto. Uma parelha de cavalos brancos com penachos negros conduz a carruagem com elegante destreza. Confunde-me os olhos a areia branquíssima. Neve? Expectante, aguardo a chegada. Nervosa, porque a vida me prega trapaças. Ouço o rugir de uma fera. Temo minhas investidas sempre às cegas. Vou, apenas vou. Disfarço o cansaço vindo de todo o segredo que é a vida, passo carmim pelas faces e vou, vou nessa carruagem pelo deserto porque sempre foi assim, eu poderia ter sido jogada no Tahiti com Gauguin à minha frente querendo me captar em cores mais que fortes, sempre foi assim porque eu poderia ter sido jogada toda negra e sem história numa tribo imemorial no seio da África, ou quem sabe num corpo de homem rijo em músculos eu poderia ter sido jogada na Roma dos Césares como patrício ou escravo, tudo poderia ter sido, ainda poderá

209 · *a fúria do corpo*

a fúria do corpo · 210

talvez, e eu percorro numa carruagem esse deserto que em certos momentos penso ser campos de neve, como dizem que o sol em seu máximo esplendor amolece os espíritos tudo pode não passar de alucinação não sei, vejo sim por entre o acortinado da carruagem o sol em seu zênite como que coroando o Universo e sua História, o mais não vejo porque Deus me abandonou à sorte de todos os mortais: recebo apenas gratuitas golfadas de vida e de roldão sou levada por essa carruagem em meio ao deserto; arrio o vidro para ventilar, mas o que sinto no rosto é o áspero ar do deserto a me espetar, subo o vidro, duas gotas vítreas, minerais, despencam dos meus olhos, temo estar seca lá por dentro, cristalizada, mas já não tenho sede, remôo minha existência sem ao menos conhecê-la, não sei nada de mim mas evoco a mim mesma como uma rocha orgulhosa, tento penetrar nesse instante da carruagem atravessando o deserto: uma mulher velha, uma anciã ocupa um espaço preciso dentro dessa carruagem conduzida por cavalos brancos com penachos negros em meio ao deserto, vejo agora: trago um rubi no anular, é este rubi quem sabe que me consagra, ou pelo menos me distingue, define, quem sabe; roço o rubi pela face, comprimo-o contra a pele fronteiriça aos lábios até talvez deixar a marca: sim, sei agora que o rubi existe e que minha pele é viva: sangra — mas não muito, apenas o suficiente para deixar uma pequenina nódoa no lenço branco; então canso-me de tentar saber quem sou, pois o razoável sei: eu sou.

Pouco ou nada se passou e eis-me aqui na borda do penhasco, a mesma dama velha carcomida pelos anos mas por outro lado tesa como a corda potencialmente vibrátil de um violino, eis-me aqui diria até que pronta para o precipitar contra o espetacular abismo que leva ao vastíssimo deserto descortinado a meus pés, heroína dos séculos que contemplo aqui dessas alturas magnânimas, lá embaixo o deserto, sou dona disso tudo, reino absoluta nessa vastidão árida e sem fim, a abóbada arroxeada de sol sucumbe nos terminais do horizonte à minha frente, reino absoluta mas fria de solidão, as dobras rígidas, fluxos reumáticos, de que adianta reinar sobre a mais consumada devastação?, só, completamente só, vergastada pelo meu próprio jugo, olho o ocaso dilatando-se do roxo ao violeta no infinito, cometo dois passos à frente, quase alcanço a margem que me separa do abismo, ouço o negro farfalhar das saias, cabeça envolta num negro véu de tule que ameaça esvoaçar ao movimento dos dois passos, inclino a cabeça para o abismo, perquiro sua imensidão, ergo a voz contra o mistério, sai-me o apelo:

— Irmão!

Os ecos vão se alargando centrífugos, o último eco soa num tão longínquo que é quase irreal, repito "Irmão" e logo mais uma vez "Irmão" e os ecos vão se intercalando cada vez mais longe, cada vez mais perto de qualquer coisa que me foge tal a infinita distância para onde então me precipito e rolo-rolo-rolo-rolo pelo abismo por onde nada-se-vê-se-sente-se-conhece.

Então sou esta coisa inútil aqui em decomposição? O Tempo me consome e é só isso? Órfã de qualquer sentimento de mim, tento ainda reagir mas nenhum gesto é possível e nem sequer idealizar o ato eu posso: sim, sou deteriorada e pretérita, sou passada, resta-me assim o me encravar à terra na mais fatal ignomínia.

Meu cheiro mais sujo que o das fezes evola-se pelo ar e ao ganhar altura se propaga em sais da terra, e aqui descubro que cumpro enfim o trecho terminal de todo destino: na fétida imundície que me fez tantas vezes apertar narinas em vida encontra-se o paraíso da transformação: o mísero e soberbo dote de cada um para a espécie: do podre fiz-me sal e entre sais eu reino para vós

IRMÃOS DO REINO

e assim evola-se elemento por elemento da matéria que em mim definha numa derradeira química, e subjugada à força viva procrio vermes que se alimentam do meu fim e alçam pouco a pouco à liberdade em fogosas libélulas do deserto.

Aqui, sentado à mesa da Colombo, aliviado pela experiência do meu mais solene, patético e enfadonho fim nevrálgico, quem sabe espetaculoso, mas que me confere a marca do drama que os homens hoje dessublimam em ligeiras agilidades maquiadas de vida, aqui, olho-me ao espelho e minha imagem resplandece de pura luz. Escondo o rosto nas mãos, temeroso que alguém roube meu mistério e faça dele escândalo. Se afastar as mãos do rosto, agora, tudo terá passado? Porque é preciso que eu retorne ao que sempre fui, pois tenho uma viagem marcada com Afrodite, deixaremos o Rio justamente para voltarmos à normalidade de um dia atrás do outro. Então retiro as mãos do rosto e vejo no espelho que posso me acalmar, nada há a temer. Vejo também que estou mais velho, algumas sombras no rosto, olhos mais oblíquos, mas tudo previsível, enfim. Olho o antigo relógio na parede, constato que tenho poucas horas. Chamo o garçom, peço a nota. Ele traz uma soma absolutamente absurda para meus bolsos. Resta-me chorar, mas não me comovo. Pergunto ao garçom seu nome. Pedro. Procuro conversar com Pedro, quem sabe ele esquece a conta.

— Pedro, sabe quantas vezes morri dentro de mim?

— Como?

— Quantas vezes morri dentro de mim.

— Ah...

— Sabe?

— ....

— Sabe, Pedro?

— ....

— Pois não queira saber, estou em desordem interna pra qualquer balanço...

— Está incluído...

— O quê, Pedro?

— Os dez por cento...

— ....

— ....

— O senhor é casado, tem filhos?

— Não....................

— Nem casado nem filhos?

— Não, não....

— E mulher, Pedro?

— Nada...

— Homem?

— Só a revista...

— Que revista?

— Homem...

— Ah...

Pego as mãos de Pedro. Digo se ele colocar algum problema em eu sair dali sem pagar a conta gritarei pela Colombo inteira que ele tentou me vender heroína. Pedro fica branco, consegue pronunciar alguma coisa que lembra um "tá bem". Saio da Colombo olhando o espelho, nenhuma atitude suspeita da parte de Pedro, ele apenas limpa a mesa com os olhos pregados na toalha.

213 · *a fúria do corpo*

Atravesso a rua como se atravessasse meus aposentos, um Landau prateado quase me elimina, o chofer berra impropérios contra minha genealogia, olhares me condenam, bêbado nem bem a noite começou, uma mendiga preta fala mal dos governantes, um cachorro esmagado fede no meio-fio, um pau-de-arara escreve uma carta lenta lentamente no escuro contra o muro, consigo pegar uns garranchos pontiagudos mas não paro pra ler porque temo constatar mais uma vez a mensagem impossibilitada, não sei por que recordo que fui coroinha e que rezei, misericórdia aos meus antepassados e aos que virão, que nada, tento botar na cabeça que Afrodite me espera para uma viagem-não-sei-onde mas o que tenho na cabeça é apenas uma dor-que-não-dói, sento num banco da Atlântica, acompanho o farol ao longe, lembro de todos que me deram motivo de ódio e amor, deponho as mãos sobre as pernas, olho-as esmaecidas-quase-brancas, noto somente na beirada das unhas a cor escura dos restos da minha vida, deito sobre o banco, espeto os olhos numa estrela-que-faísca, solfejo a palavra glória, como ninguém responde fico transido de frio, como ninguém responde penso que a hora da morte está próxima, como ninguém responde apago os olhos e vejo a mesma estrela-que-faísca, como ninguém responde sonho que Afrodite me espera pra viagem e o que sinto é a mão de Afrodite alisar meu cabelo e dizer:

— Precisamos ir...

Pego essa mão-que-se-move, beijo essa mão-que-se-move, aninho essa mão-que-se-move entre minha mão e o peito, e compreendo que tudo vai recomeçar:

— Continuar, meu amor. A gente vai prosseguir viagem, vamos pra casa da minha tia, no Sul, numa pequenininha cidade próxima de nada, tia viúva que nos receberá com os dois braços estendidos pois nunca teve filho, a tua Afrodite aqui vai te levar pra casinha onde a tia mora sozinha, viúva sem filhos, plantando legumes numa pequerrucha horta que lhe dá os tostões, ah, pomar também, e lá a gente vai plantar, vai ter o sustento que a gente merece, vamos dormir meu bem nem bem o sol caiu, acordar com o primeiro canto do galo pois lá tem um pequeno galinheiro sim, a gente vai entrar de manhã e chamar as galinhas, examinar quantos ovos nasceram durante a madrugada, é uma granja amor, produziremos produtos hortigranjeiros não é isso?, ovos, verduras, legumes não vão faltar quem sabe mel, o leite grosso e quentinho recém-saído. E frutas...

— Ainda te direi baixinho palavras de amor? —pergunto ansioso.

Afrodite me acaricia, diz palavras que voltam a lavrar meu campo já tão minado, acho mesmo que tudo vai voltar...

— Voltar não, nada volta, é sempre outra coisa cada vez mais perto da gente, às vezes dá a impressão que já deu até pra tocar na alma de tão perto, é sempre outra coisa mas com aquele gostinho não sei que a gente já conhece de um tempo velho, a gente fuça fuça contra essa trama, passa a navalha contra essa conspiração toda, e de repente se vê diante de uma casinha rodeada de horta, quase chegando na alma, e a gente se inspira de novo, ganha tempo pra ruminar mais sobre as coisas de tão dentro das coisas que a gente nem presta atenção, a gente suspira de gratidão, solta uns afetos, suspiros doces, fica tudo querendo sair do pouco-caso, fica tudo exposto com a beleza inata — queria um bocado de coisas pra nós dois mas o que eu queria mesmo era só isso, esse gostinho de tempo ido com tempo vindo, só isso, ficava quietinha sentada no degrau da porta se isso viesse, botava um vestido fresquinho, formosa, olhava tudo bem de mansinho se isso viesse, se isso viesse calculava sem número a trajetória da Terra em volta do Sol e nem me importava se não ficasse sabendo do meu cálculo — também pra que saber de tudo se o bom é isso assim devagarinho que a gente nem nota e só depois se dá conta que se alegrou?

Assinalo com o dedo o Cruzeiro do Sul. Afrodite entende. E passa adiante na conversa:

— Sabe, amor: sonhar sonhei, amar amei, agora quero sentar no degrau da porta e poder só olhar o repolho que plantei rechonchudando, não é o jeito de ficar boquiaberta de natureza não, é só eliminar dos olhos o excesso, não me deixar ir pela correnteza das palavras mas pela diligência do trabalho, admirar o brotar, o crescer do que plantei, não ser sábia nem omissa, só atenta ao que gerado por mim tem vida própria, bendizer o ato sem sôfregas aleluias, derramar os olhos sobre os rebentos que concebi sem inibi-los, com todo o respeito que lhes devo, cautela sem temer — nisso quero tua companhia e nada mais me inflama tanto quanto esse dar tempo ao Tempo, religiosamente me suprir de toda a atenção eu peço e me concederei.

Afrodite cresce:

— Quando criança me vi uma noite chorando, e compreendi então que a vida me emocionava, e muito. Era a primeira vez que ficava completamente sozinha em casa, ia de peça em peça e não havia, me olhava demoradamente no espelho do guarda-roupa da mãe, me surpreendi com minhas já largas cadeiras — na mulher são mais largas porque são a casa de um futuro ser, dizia a mãe —, as coisas estalavam, ia em direção ao ruído, nada, passos no porão, estalos, espaços de silêncio onde me afogava, quietinha quietinha sem mexer um dedo, o portão rangeu, criei trêmula uma fresta na janela, ninguém, o gato me olhava do último degrau da escada, o gato olhava expectante com os olhos em brasa verde, no fundo dos olhos a raça felina pronta pro salto, ia subindo os degraus com o peito esmagado de opressão, subindo os degraus enquanto o gato-todo-impasse experimentava uns quase recuos, pêlo de pé, olhos nos olhos sem piedade da fera que poderia irromper, ou ela ou eu, quase no topo da escada o recuo definitivo é o meu, finjo restabelecer meu convívio diário com o gato, chamo pelo seu nome amaneirada de uma sanha pueril, toco (suada de estremecimento) seu pêlo, amoleço o por-dentro do gato, simulo um afeto que me dá nojo, ludibrio em definitivo o bicho, ele acomoda-se entre meus braços, sem malícia mia receptivo, eu o solto e ele, executando o que eu traçara, vai procurar seu canto, mas eu é que não estou domesticada, o medo quase brutal me move, dispo peça por peça, a torneira escorre grosso e fumegante, entro na imersão quase transbordante do banho, solidão e abandono são palavras que pela primeira vez se esclarecem na minha cabeça, pela primeira vez admito que sou sem, que solidão e abandono não são atributos só meus, mas íntima estou de mim dentro da água quente, me espanto então porque noto que a coloração da água vai se tornando vermelha-cada-vez-mais-vermelha atônita levanto-me pra examinar onde a ferida, o fluxo derrama-se impressionantemente cálido e cheio entre minhas pernas juntas, ponho mecanicamente a mão sobre os mamilos lisos, com a outra tapo a nascente do sangue insaciável, lembro-me de minha mãe explicando-me o que é ser moça-todo-mês-ser-moça, pego a toalha branca e a toalha me assusta com o borrão vermelho, passo a mão pelos ladrilhos, mão de sangue na parede, ando sem saber o que fazer pelo banheiro, olho e vejo o sangue serenando, sento na privada e choro, curvo-me com a cabeça entre as pernas, sinto o cheiro de mim, não resisto e cheiro o cheiro lá de dentro, forte como o

217 · *a fúria do corpo*

guardado que se abre e exala o odor exasperado da presença oclusa até ali, deito a cabeça nos joelhos e assim espero que o pai e a mãe cheguem da rua e me expliquem o que nunca conseguiram.

Afrodite então acende um fósforo muito perto de mim. Pergunto se quer me queimar. Vejo Afrodite no clarão: bela Afrodite! — meu coração confessa — mais uma vida e Afrodite seria ainda o motivo, mais uma vida e Afrodite seria ainda a graça de ser, e a sua ruína sim, ruína... ruína e esplendor: dela as flores mais silvestres brotam como por encanto, por encanto eu viro amor, por encanto aceito a vida em toda a sua miséria, ajoelho em plena Atlântica diante de Afrodite, ofereço as mãos mais uma vez, Afrodite as toma, sinto o orgulho da pele de Afrodite, nos encontramos em meio à jornada, cercados somos de todo o respeito da Terra, e eu digo eu amo.

Afrodite explode uma gargalhada.

— Me espezinhas por eu arder por ti? — pergunto todo mendigando. Eu avanço:

— Teremos um filho nosso, Afrodite?

— Esqueci meu útero: não sei mais se ele pode transportar alguma coisa dentro, me parece improvável...

— Por que te transformas em corrosão tão rapidamente?

— Mudam-se os anos, mudam-se as vontades, esperanças, todo mundo é composto de mudanças — nessa altura já fala como sonâmbula.

— Será impossível? — murmuro, o coração à espera da resposta, como quem espera a decisão entre vida e morte.

Ela sabe tenho certeza o quanto preciso. Mas me recomponho, reflito num instante banal sobre dores piores que a minha, resolvo como pausa olhar para os edifícios da Atlântica e penso no exílio.

Não será melhor continuar me insuflando esperança? — indago de Afrodite silencioso como o mais indefeso dos meninos.

Não será melhor me injetar alento pra que eu continue um representante do Homem?

Não será melhor me creditar amor a me extraviar no isolamento?

Se cantares tenho certeza os pássaros coagulam o vôo e toda a Natureza entra em êxtase.

Se cantares Jesus sai da hóstia e vem nos comungar a todos.

Se cantares os Mitos encarnarão no dia e os recusados entranharão no Reino.

Se tu cantares eu, Lázaro, regresso ao convívio
        e derramo sal da terra na comida
        e sou herói da minha jornada
        porque já me pertenço
        e em ti me reconheço
        e confirmo

Afrodite olha o sol que, durante, aconteceu. Esfrego os olhos diante do súbito de luz, Afrodite caminha entre urzes e só eu vejo. Já estamos na horta da tia? Pergunto a Afrodite envergonhado de tamanho esquecimento. Ela parece uma potranca, não ouve minha pergunta tão entretida na flor. Lembro, sim, que éramos pobres. Será que aqui temos comida? Será que tudo sem necessidades? Abomino essa hipótese de paraíso se bem que adoraria saber-nos comendo da terra. Penso em abordar Afrodite. Vejo-a tão absorta, distante... Parece bem alimentada, ancas fortes, leite grosso capaz de alimentar a cria. Será que já existe o filho? Fizemos a criança e não lembro? Procuro a cada canto a criança, daria meu dedo pra ela segurá-lo com a mãozinha, e chupá-lo talvez, sentir meu gosto.

— Filho! — eu clamo.

— Filho! — renovo o apelo.

— Filho! — grito e o procuro entre ervas.

O sol do meio-dia me alucina, e vou em meio a arbustos e me arranho.

— Filho!

E vou pelo mato perdido de mim, a força do filho me precipita em meio a espinhos e cheiro de terra, um índio caça o filho é o que penso imbuído de um amor transparente, eu pego essa criança digo me recuando de um galho mais abrupto, eu abraço esse filho grito quase num soluço, e o mato chega ao fim e lá embaixo vejo o mar imenso e o êxito do sol.

— Criatura! — grito contra o panorama.

É belo esse país que contemplo. Atlântida? Ou serei o espectro de um sonho? Recuso o que-se-me-dá ou decido enfim por isso? Sei sim que sou todo suor e que existo. Resolvo então olhar o espetáculo e tudo me é concedido: a luz entra em combustão na pele, queima meu toque atravessando o corpo já talvez em chamas, só a massa marinha não expulsa labaredas e talvez me apague e me devolva à serenidade, desço em fogo todo me ferindo pelas pedras do penhasco, meus pés alcançam o mar, me jogo e me mergulho, me abandono no interior das águas claras como o ar, peixe na rota natural, náufrago que de repente ressuscita e vem à tona, grita, salta, vem à prata, deita na areia e adormece. Sei que meu corpo é belo, é nu, e eu já nem sonho. Salvo um sonho, e este quase me consome: debruço-me sobre mim, mordo meu lábio inferior, sorvo a saliva, a língua quase no sino da garganta, meu membro é túmido, quente como o sal, meus dedos arregaçam o prepúcio, tocam o vermelho da glande, abrem os pequeníssimos lábios da glande segregando a umidade que um dedo vai levando pela glande toda, arreganho mais e mais os pequeníssimos lábios — boca de um peixe —, deslizo dedos pelo membro inteiro, sinto a veia saliente, o latejar do sangue, dedos descem, apalpam ovos, descem pelo suor do entrecoxas, descem mais ainda e encontram a bunda, dedo mais ousado penetra pelo rego das nádegas, vai até o fundo da película, encosta no orifício que leva ao lá-dentro, as nádegas o comprimem — este é o meu corpo muito amado em quem pus toda complacência — vejo, repentinas, as golfadas brancas na areia, me espanto ao ver que tudo se extinguiu assim sem que eu percebesse, então o amor aqui é isso?, foi tão-só esse vômito na areia? — é só isso?

Quero confessar, embora o medo dessa confissão me tome quase por inteiro, quero confessar que nada disso se deu, que eu minto. Todo esse auto-erotismo pode ter acontecido há anos, na espinhosa puberdade ou quem sabe até na sibilina infância, mas aqui, agora, à procura do filho que nem sei se tenho, sofrendo a beleza zênite do sol, não tenho ordem para alcançar meu próprio corpo que agora se distende espreguiçando-se na areia. Menti por quê? É que alguma coisa se retarda; preciso então preencher essa espera com histórias, se possíveis insinuantes, pois temo um desenlace que me revele todo pobre, sem o filho, sem essa beleza panorâmica que celebro, sem as ancas fortes de Afrodite, sem ao menos Afrodite — medo enfim que seja outro esse cenário, e que eu esteja só, desamparado, ainda num conjugado de Copacabana, me confrontando com a dura verdade que faz de mim um homem que só sonha

vejo que uma onda chega à praia, e outra, e mais outra, e outras seguem o destino último do mar acabando-se na areia — eu me pergunto: o que faz de mim este sinal perdido e deteriorado do que um dia fui? Vejo que o panorama já não me reconhece, sinto já ser um extravio sem volta, mas se eu mesmo reconheço em mim apenas algumas pegadas do que fui, reconheço todo, eu reconheço sim o panorama: a amurada dos prédios da Atlântica é a mesma, a mesma areia cheia de palitos da Kibon com quem já convivi e muito, e digo sem qualquer beatificação, digo que ainda há Esperança enquanto a coisa aqui existe.

— Queres retornar? — pergunta-me um velho de longas barbas, todo de branco, escrevendo com seu bordão uns versos sobre a areia.

— Quem és? — pergunto estremunhado com a repentina aparição.

— Sou este que os teus olhos miram.

— Por favor! — peço indefeso.

— Que mais queres saber de um pobre velho?

— Quero saber se este encontro é fortuito ou se já estava escrito?

— Nada está escrito antes que aconteça.

— Mas eu lembro — quase grito com a voz súplice.

— Do quê? — pergunta o velho com a expressão bondosa.

— Eu lembro um encontro como este, um diálogo assim, bem assim, este bordão escrevia os mesmos versos, a roupa branca, a barba, o ar suave de velho, essa aflição, essa agonia eu lembro! — grito e as lágrimas aí já estão rolando — eu lembro até o ponto em que deixo de lembrar, e isto me aflige, me dilacera, me apunhala, me extermina!

O velho senta na areia, pega minha mão, abre um botão de sua camisa, vejo muitos colares no peito, ele tira um colar de contas brancas e o põe no meu pescoço e diz, pausado, quase solene, embora gentil: estou contigo... E acrescenta:

— Sim, agora vejo que queres retornar, e o que te posso dizer é: a casa é tua, entra e te apossa novamente do que é teu, respira fundo e aprecia...

— Tem jeito, pai? — indago excitado como um menino que pressente a alegria.

— É tua a casa, vem — e o velho beija minha mão provando que o reino não emana só dele mas de tudo.

E o velho num sorriso insiste:

— A casa é tua...

Uns minutos de adoração.

— Olha meu sorriso, pai! — murmuro pálido de júbilo.

— Vejo que estás suando frio, emocionado.

O velho tira um lenço branco do bolso, passa o aromado pelo meu rosto, me alivia.

— Vieste de longe? — ele pergunta.

— Não me abandona! — peço inflamado.

— Tens febre — fala o velho passando a mão azeitonada e doce pela minha fronte.

— Pai, não me abandona! — repito quase em pânico súbito, surpreendo no velho um ar cansado, de quem já cumpriu a sua parte, sua voz adquire aí um tom mais duro:

— Não te deixa levar pelas sombras, filho; procura entender que o abandono — essa ameaça — é o que prepara muita vez o solitário para a luta. Agora, afia tua lança para a insurreição, ela não tarda, com ela buscarás a eterna aliança: sim, fomos gerados para a paixão do eterno no convívio — é para isto que estamos aqui; mas por enquanto aceita esse abandono como uma preparação, não esquece nunca que pelos ziguezagues, recuos e avanços a eterna aliança se fará pelos vivos, pois os mortos estão perdidos desde sempre — e somos, nós dois, vivos...

— Ó pai, me ama! — ainda suplico.

O velho beija meu peito, o coração.

— Meu pai! — eu clamo.

O velho levanta-se apoiado no bordão, ouço os carros da Atlântica, uma sirene, nada ouço porque é da boca do velho barbudo que espero ouvir, o velho abre os braços, numa das

223 · *a fúria do corpo*

mãos o majestático bordão, me ajoelho com as mãos no peito, num soluço ergo as mãos e rogo-lhe que me guie, me conduza à minha eternidade, meu pastor, misericórdia!, e sua mão pousa mansa sobre meus cabelos, e ele se vira para o mar, e em direção ao mar se encaminha e pelo mar se adentra e vai e vai até eu ver apenas a ponta do bordão sumindo sumindo além da arrebentação além.

Acordo sobre a areia. Noite. Copacabana se eriça no que certamente é um sábado. Levanto-me com alguma dificuldade, de pé observo as luzes da Atlântica, e sorrio pra Cidade porque agora tenho o Pai, roço a pele contra a aragem, decido: ninguém me afastará dessa procura, é este o meu caminho.

No calçadão da Atlântica um distinto cavalheiro joga o toco de cigarro ainda aceso. Sôfrego me agacho, pego o toco — percebo as unhas encardidas — e fumo em inúmeras tragadas, sorvo toda a fumaça até sobrar somente o filtro, um moleque passa e me chama de ô alma penada. Vejo por quê: estou suntuosamente sujo, trapos enxovalhados, exalando miasmas talvez, fedor. Preciso de um espelho. Que a minha imagem me fulmine e não me dê tempo nem pra autopiedade.

O espelho pregado à entrada de uma lanchonete confirma a momentânea certeza — sou um mendigo —, salvo um imprevisto: a barba já grisalha; no mais, igual ao que esperava: mendigo. Logo constato que há outro imprevisível: na imagem do espelho, atrás de mim, Afrodite parece ter chorado noites a fio, mas está bem vestida, seda roxa, a alma do pé escalando a linha até agudos saltos, penso que ardiloso caminho fez da porca a dama, ela não me dá tempo, é noite, puxa minha mão até uma encruzilhada escondida de Copacabana, pega a galinha do despacho, olho as velas vermelhas definhando; Afrodite segura a galinha pelas duas pernas, abre bruscamente os braços esgarçando o bicho, rasga a galinha, as vísceras da ave cuspidas contra meu peito, cara, fico puro sangue e gosmas viscerais, a galinha dividida em duas volta à vida, grita, as partes se convulsionando em cada mão de Afrodite, são três as bocas que agora gritam, eu Afrodite e a galinha cacarejamos como se na derradeira hipótese, eu todo sujo de sangue e tripas, Afrodite ergue as mãos com os pedaços arrebentados da galinha que expulsa e expulsa sangue enlameando também a cara de Afrodite, o roxo da seda, os dois pedaços entram em espasmos, penas se soltam e flutuam, as partes da galinha penduradas das mãos no alto entram em coma já resignadas, murcham pouco a pouco, cessam: o coração do bicho se despetala em dois e cai entre nossos pés, partido.

É quando vejo que a alma de Afrodite arde em labaredas roxas, baba lavas, ruge lascas de uma língua dura feito pedra, silva um canto caudaloso, enxurra mais que vogais e consoantes, ergue as mãos livres, crispa as unhas na lua, menstrua cólicas abismais, vomita fogo, se enrijece a ponto de os pés cravarem os nervos no asfalto — raios, trovões, relâmpagos revolvem o que me resta de consciência, é minha mão que se move em direção ao despacho, puxa a ponta da fita vermelha, desata o laço, depois afunda na gorda farofa, depois pega a garrafa de cachaça, entorna-a pela goela abaixo, pela goela também de Afrodite, nos banqueteamos, agora uma coxa de galinha sendo devorada entre as bocas, agora os dois pedaços do coração como uma hóstia esquartejada que se dissolve lentamente em cada língua até sobrar nada mais que o suco ainda quente de uma vida, lentamente nos apaziguamos, lentamente o hirto se desmancha, lentamente, lentamente nos confessamos no mais puro dos silêncios, nos dizemos, lentamente: somos pobres, pobre é o ar dos hálitos confundidos, da pobreza extrema vem o arrimo

deste encontro, eu-e-tu-amor-perdido, tu-e-eu-único-
coração-apaixonado nós-terminais, quem sabe nós-nova-
mente-zero — zero sopra a inesperada brisa marinha na
concha dos ouvidos, três vezes zero nos batemos no peito,
zero zero zero é o Senhor de todo o Início, zero pulsam os
fósseis soterrados sob Copacabana, zero eles repetem e
mais uma vez clamam zero e sob nossos pés o asfalto se
cresta em progressivas rachaduras, nos trepida, e no tremor
nos envolvemos de braços-suores-línguas e pela fenda
abaixo que se rasga nos abandonamos ao primeiro cio depois de tormentoso inverno: Afrodite recobra os sentidos:
as paredes da vagina são agora mais contundentes que a mão
no látex na noite da floresta, assopro o ar por esse buraco
mais fundo do que meus olhos podem calcular, mas não
assopro pra apagar o fogo intestino que me deixa bolhas na
mente, assopro sim pra que o ar atice ainda mais a fome de
todos os abismos, porque se o meu destino é a morte que eu
deixe encravada na face oculta da matéria, nos pélagos mais
abscônditos que eu deixe encravada a minha revelação — e
eu me revelo na mais aguda plenitude quando o meu pau se
entranha pelas vastidões encobertas de Afrodite, varando
noites a fio meu pau penetra depois da longa ausência pela
cavidade infinita de Afrodite, e se retém o leite é pra adiar as
cinzas desse fogo, retenho o leite como o último agonizante
da Terra reteria o suspiro derradeiro, porque a síncope do
gozo embora a sensação mais nítida do Amor promete um desenlace e eu quero permanecer aqui agora assim com este pau
em riste contra o amplexo de Afrodite, porque o desejo nunca
penetrou tão fundo nos seus próprios terminais, sussurro no
seio de Afrodite que o leite talvez não tarde mas que ainda sou
senhor do meu tempo e que portanto trago nas mãos ainda as
rédeas dos animais-em-tropel-na-correnteza, assim que

não agüentarmos mais soltarei as rédeas e me precipitarei ao encontro cego de Afrodite, ela goza em incontáveis súbitos, me beija suga minha saliva, puxa e puxa embriagada o meu grito até que eu gozo e me extermino.

....

Sou agora este homem da raça, meu contorno civil é novamente parte da massa humana, não tenho os rigores das ambições, sou saciado como quem retorna à Casa e se amolece com o gole dágua, o dedo no cabelo, e vira pro lado, e dorme. Mas não durmo: talvez porque precise ainda muito da vigília pra restituir completamente os sinais que me retornem à Casa, e a Casa ainda me pareça a solução última — alívio irremediável — talvez por tudo isso não durma e penetre na vigília, a corda um pouco tesa ainda, viva.

Mas não me peçam conselhos. Portanto, ao entrar neste boteco onde agora entro pra pedir um copo d'água tal a sede causada pelo fogo em que eu e Afrodite acabamos de nos consumir, ao entrar neste boteco não tenho conselhos a dar à mulher que me pergunta o que fazer do filho que se meteu na vida e raro em raro quando chega no barraco responde com silêncios às suas perguntas agoniadas, esta mulher que está na minha frente enruga-se a ponto de não se poder divisar mais feições quando descobre que de mim também não obterá resposta diante do drama do filho que se remói todo eivado de silêncios, tenho a presença de espírito de lhe falar alguma coisa, lhe falo que o mundo é sem respostas mesmo, que eu mesmo fui e sou torturado sem saber por quê, que escavei até a nascente do desejo e nada encontrei além deste estado murcho a pedir um copo d'água de favor, de favor o rapaz atrás do balcão me oferece o copo d'água infestado que tomo em goles maiores dos que posso conter, e estou aqui me babando todo de água infestada, a mulher se

227 · *a fúria do corpo*

desenrugou um pouco — vejo que tem nariz achatado e nenhum dente na boca atônita — se a deixar de boca aberta e dura de espanto diante das minhas palavras eu digo aos borbotões, se a deixar assim me dou por satisfeito, porque seu filho deve estar matando por aí, roubando de quem tem, seu filho não deve ter coragem de lhe confessar daí seus silêncios, seu filho deve estar perdido minha senhora, redondamente perdido como eu, como a senhora, como todos nós estamos, não tenha a menor esperança minha senhora, nada conseguirá salvar, fique assim dura de boca aberta até onde resistir porque assim a senhora não pensa em nada a não ser na mosca que pousou na sua língua e agora voa batendo nas suas gengivas inchadas... A mulher me olha e eu saio do boteco falando que ela pode sempre contar com minha santa crueldade.

Afrodite me espera na calçada. Digo que o ódio que me sobra doarei aos mais infelizes. São eles os que mais necessitam. Afrodite finge não entender. Me beija no pescoço, pede abraço. Quando é doce me derreto: esqueço o ódio, viro criança feliz, perco a fome, sorvo do ar mais puro. Ela senta na sarjeta, diz que ganharemos comida logo mais, de quem?, ela se cala com seu ar mais brejeiro, aquiesço sentando ao lado dela. Sabe? ela diz, fui normalista do Instituto de Educação, naquele tempo acreditava que o inferno era vermelho e o céu azul, já viu aquele papel que a gente dobrava em quatro gomos e se abria assim e dava azul era céu e se assim era vermelho e dava inferno? pois é, fomos a classe inteira todas de uniforme ao enterro da Cecília Meireles no prédio do MEC, chuva e novembro olhei a Cecília de preto como se estivesse dormindo de tão bela e acreditei mais uma vez no céu, cada normalista levava um cravo vermelho, depositei o meu sobre as mãos da Cecília, vi bem de perto que ela sorria, não tive mais dúvida de que o céu existia e era azul, cheguei em casa, me tranquei no quarto e rezei, Oração a Santa Cecília — a Padroeira dos Músicos —, li a doce informação no livrinho de cânticos como se estivesse escutando música, lembrei o rosto vivo da Cecília morta e prometi a mim mesma que eu jamais morreria num momento em que não acreditasse no céu e sua cor celeste, espalmei a mão contra a luz do teto e percebi que eu fora feita para as coisas delicadas, a minha mão queria a suavidade, o instante raro em que sem saber afagamos o que normalmente espezinha, havia uma penumbra na minha alma e com ela construiria sortilégios dos mais variados sabores, aliciaria os tiranos com o amor que germinava entre minhas pernas, seria a padroeira do indefeso, a grata presença que anima mais que reconforta. Pergunto se o seu estado atual assim de graça veio do nosso enlace depois da longa ausência, ela me acaricia o peito, diz que sensibilizará meus mamilos, são ainda tão insensíveis pobrezinhos ao meu toque, aprenderão a ficar durinhos de prazer, são pontos tão esquecidos do teu corpo, tão sozinhos — vejo que os bicos dos meus mamilos estão duros já, quase doem de tão esgarçados, as unhas de Afrodite espetam os mamilos provocativas, quase ferem, ela se inclina e chupa meus mamilos, lembro que estamos na rua, ela responde com os olhos na expressão de gula, me entrego aos dentes e à língua e à boca de Afrodite sorvendo meus mamilos, sinto um prazer quase irreal de tão entregue aos caprichos de Afrodite, ela me morde os mamilos como se mamasse na pedra, peço que se controle um pouco senão começa a me incomodar aquela afoiteza toda, ela não ouve, me domina, me dobra, me conquista até quase minha extinção, meus mamilos latejam como se quisessem expulsar a tumescência, sei que vou gozar, sinto o trajeto do

229 · *a fúria do corpo*

a fúria do corpo · 230

fluxo, explode a porra molhando minha calça já tão suja, reconheço em mim o homem que eu quis ser, sou dela, de Afrodite, eu vim para gozar e gozo gozo e gozo à tona de um dia qualquer, de uma rua qualquer que talvez seja no Leme, Afrodite linda na sua pequena glória, Afrodite minha. Ruge vento inesperado. Chuva.

Depois andei dias pelas ruas, sumido de Afrodite, vendo o dia anoitecendo, a lua se apagando pra dar lugar ao sol, o mar inchando na ressaca, vi três homens nos umbrais da miséria sentados na calçada, encostados num muro, um deles me pediu cigarro, falei que não tinha, puxaram conversa sobre uma gostosa que passava, falei que tinha presenciado um acidente naquela esquina ali, um deles apoiava o braço no ombro do outro, estavam ali conversando amenidades nos umbrais da miséria, um falava que de onde veio havia uma cabra que viveu 50 anos, o leite sempre grosso, criança que nascia e a mãe era seca a cabra amamentava, um outro contava da vizinha antiga que com doze anos pariu gêmeos, o terceiro relatava uma história tão veloz que dava apenas pra pegar algumas palavras avulsas como passarinho, vestido vermelho, boca pintada, cafezinho, dente, me sentei ao lado deles, contei que tinha perdido de vista a minha Afrodite, mas que não me importava muito porque sempre reencontrava, contei que não me importava caminhar sozinho pelas ruas, que só queria a certeza de que ela existe, um deles falou que a mulher é boa assim, outro que nenhuma tinha conseguido prender ele, que gostava também de caminhar solto, o terceiro disse de novo palavras em correria, ouvi sair da sua boca soluço que ele nem notou, exclamações escapuliam antes de prontas, ouvi pronunciar mulher e depois não entendi mais nada, só a língua em torvelinho, éramos quatro homens sentados na calçada conversando amenidades, um deles levantou-se depois veio com uma latinha cheia de café quente, dividimos nós quatro o café, cada um uns goles barulhentos porque tava pelando e fumegante até embaçar a vista, meus companheiros de rua estão reclamando do café aguado, eu também reclamo do café aguado, ouço o ruído de uma máquina, olho em volta, pergunto se também estão ouvindo, não, não ouvem o ruído da máquina, pergunto então se é possível estar com algum problema no ouvido, os três espiam por minha orelha adentro, nada, digo que o ruído não cessa, deve haver alguma máquina se aproximando eu digo, porque o ruído é cada vez maior, quem sabe o meu ouvido é mais afiado pro ruído, um dos homens vem com a latinha cheia d'água e me oferece, toma que vai fazer bem, bota a mão na minha nuca e com a outra entorna suavemente a latinha na minha boca, gotas escorrem pelos cantos dos lábios, bebo a água como criança em febre, mas o ruído eu digo, o ruído da máquina não parou, continua aumentando, acho que é assim que se enlouquece eu quase grito, os três homens me pedem calma, ainda tenho tempo de pedir perdão por todas as faltas antes de embarcar definitivamente nessa viagem onde o ruído da máquina será a única presença, infatigável, fiel, extremosamente dedicada, os três me levam a caminhar, me apóio em braços, ombros, os três me amparam como irmãos, caminhamos léguas, léguas devoramos numa lentidão quase absurda, o ruído, o ruído, o ruído da máquina, subimos a escada rangente de uma pensão do Catete, os três me colocam na cama, me cobrem, dizem que estou suando muito frio, um deles me passa um pano úmido na cara e peito, me despem, um dos sapatos custa a sair, a força dos três puxa o sapato, caem os três sentados quando o sapato é enfim extraído do meu pé, peço água, mais, o frio da latinha aparece instantâneo entre meus lábios, peço

231 · *a fúria do corpo*

ar, mais, abrem a janela, mais agudo ainda o ruído da máquina, imploro balbuciando que me matem se o ruído não parar em meia hora, os três prometem me atender, grito por Afrodite, não virá eu sei, jamais me adivinhará nesta pensão do Catete, decido então me abandonar a esses três patetas que me guardam, o ruído, o ruído, o ruído da máquina, talvez nem tão patetas ainda consigo conjeturar, um-por-todos-todos-por-um, sim, os três mosqueteiros concluo, sinto um fluxo quente na espinha, enquanto Afrodite sonha com o céu azul me vejo aqui no inferno nada vermelho mas mais escuro que o breu, tudo poderia ter sido melhor, acabar com esse ruído na cabeça não esperava o menino que fui igual a todos os meninos que sobem em árvores, lambuzam-se de amora, engalfinham-se no lodo, assoviam os acordes mais dissonantes e vão pra casa, mergulham no prato de feijão, olham a laranja descascada, ruminam desejos, a punheta aguardada acontecendo ali dentro da mão, este menino aqui não esperava acabar assim, nem ao menos poderia conceber um fim tão dissoluto, mesmo assim grito por Afrodite, nada, nada além do ruído, eu grito, grito e sei que alguma coisa se rompeu cá dentro, nada, além do ruído nada, eu já não grito submerso que estou, aceito.

Afrodite nesse momento é levada ao céu azul, aos céus, ainda não bem nesse momento, por enquanto ainda passa o pente nos cabelos, nua, desce as escadas da casa que ela reconhece sentindo o cheiro da solidão, é extraordinariamente bela, lábios entreabertos quase num sorriso, se quisesse sorrir poderia, não tem mais a cárie preta no dente frontal, desce as escadas em direção ao céu azul, linda pois tem o céu azul como destino, abre a grande porta, venta, estrelas balançam como pingentes vermelhos, azuis, amarelos, ouro, prata, constelações são brocados pedrarias, o

Universo é luxo, só Afrodite nua e despojada, a palavra imemorial lhe assoma aos lábios túrgidos qual ferida, sobe a montanha que se lhe apresenta, relva atapetada na subida, frescor da noite nas penugens, sobe a montanha porque não quer mais este mundo insano, sobe com o frescor da noite a lhe umedecer a pele prateada, lua, passos, sobe com as retinas transparentes, sobe, caminha sem olhar para os pés, sabe de cor o rumo da última jornada, rainha, flores silvestres respondem imperceptivelmente à aragem do andar, sobe, sobe, no cume mais agudo da montanha pára e não tem tempo de olhar pela última vez a terra ingrata, pés alçando pouco a pouco vôo, lá vai ela na carne luminosa, sem o mais leve esforço sobe em meio ao luxo de todos os vidrilhos, nua, passa através de uma nuvem para nunca mais ser vista por estes olhos aqui tão exauridos, para nunca mais ser vista...

Me restará a memória de Afrodite? Onde ficaram seus trapos, seu único e último sapato? Queria esses pertences perto, levaria seus parcos pertences por onde andasse, próximos, bem próximos, renunciaria a todos os dilemas só pelo prazer de ter os pertences de Afrodite em todos os lugares, seus pertences jamais me deixariam esquecer a mulher que me acompanhou todos esses anos, tanto ela odiou que o amor brotou como porcelana rara, qualquer suspiro mais fundo a porcelana se quebrava, se reconstituía depois com um novo brio amoroso, a cicatriz fechava, desaparecia, lembro como conheci Afrodite no Bar dos Estudantes. brincamos que éramos noivos antigos, peguei a mão branca de Afrodite, havia o amigo que nos apresentara, olhou-me ele em surdina, soube aplicar sua malícia a seco, não disse nada, foi embora, nunca mais o vimos, sensato retirou-se após cumprir sua missão, soubemos que morreu logo depois de qualquer coisa crônica, pobre amigo, uma vez apenas eu e

a fúria do corpo · 234

Afrodite falamos nele e isso há tanto, fomos gratos em esquecê-lo mais completamente que qualquer morte, respeitamos seu desejo até o mais ínfimo ponto, nada sobrou que o pudesse recompor a nossos olhos e mentes, nem um único pormenor de sua figura, a voz, qualquer tique, nem ao menos se era afeito a ser gente ou se nunca pensara em existir nem nada, há um amigo completamente morto entre eu e Afrodite, e nem sabemos sequer se havia nele o que morrer além do ato de apresentar nós dois, eu e Afrodite, nem o nome, nada ficou desse amigo, nada.

E em mim restará alguma memória do que um dia fui? E se não for eu a lembrar-me quem mais? O corpo etéreo de Afrodite quem sabe repousando em alguma nuvem verá sentido em pastar sobre a pobre existência que um dia me manteve? Pobre de mim que sou tão humano que já não me diferencio de nenhum morto e que já nem sou um morto mas habitante da Morte cujo estado não se distingue mesmo estando nele, pobre de mim ainda tenho tempo de dizer mas já não ouço minha voz, apenas sons minerais alheios a qualquer significação, palavras sim, palavras mas já destituídas de qualquer expressão, tão vegetativas quanto uma pedra que sempre existiu no silêncio que não demanda nem permanência. Se este estado é o meu consolo então que eu me penetre nesta ausência sem código nenhum que se decifre, sem nada, nem ao menos o consolo. Mas há uma força eu sei, uma força que renega o desatino do completo esquecimento, e há de se insurgir contra esta extinção, e isso eu compreendo quando percebo que estou absorto de vida na minha própria condenação: mas dói esta insana resistência, pois neste ruminar não há a menor chance de que alguém me ouça e me responda, então melhor seria exterminar com nojo estes reflexos mentais que vivem da sua própria decomposição tão inesperadamente sós se encontram com si mesmos, tão sós e decompostos que já perderam qualquer credibilidade até diante de si mesmos: se não é possível tirar a prova deste estado, então que eu finja estar vivo, que vá ao encontro de minha mãe e de joelhos lhe peça o regaço, que eu mame da sua mama túmida, me apequene entre seus braços, lhe puxe a gola branca e que eu reclame, reclame desta afecção medonha que nos prende à vida e inapelavelmente nos condena à dor da separação, não, não quero a mãe, sou grande, estremunhado de sangue maduro, sou vivo, entre os mortais eu amo e me componho com outras identidades, embora precariamente me componha sim, subo os degraus da escola, entro na sala de aula, vejo a professora na sua saia azul, canto com os colegas o Hino à Bandeira, o meu pendão da esperança eu penso em surdina e malicioso, o meu pendão da esperança é estar aqui cantando com os colegas e a professora de saia azul o Hino à Bandeira, toco na carteira de madeira áspera, toco no meu púbis, toco em silêncio nas formas à mão, não sei se estou tocando em mim ou nas coisas, não há a menor lembrança do que-há-de-vir, toco nesses instantes perecíveis, acompanho o meu mais fluido movimento, celebro cada toque porque nada ficará além do toque, tateio como no escuro tocando massas, volumes, arestas, intervalos, toco no diáfano do ar, pressinto o fogo-que-não-vem, toco na ponta do lápis, o grafite é duro, pontiagudo, fere a presença do meu dedo, crava sua força na minha pele, entra, acho que uma gota de sangue arrebenta, escorre pela concha da mão, inunda a pequena mão, dá o calor que bebo com a mão em concha, bebo transido de calor, inebriado desço os degraus da escola até chegar em casa e me jogar na cama, durmo o que não sei.

Durmo e me refaço em inéditos poderes, rei de vivências abscônditas, ilumino com os olhos coisas inexistentes — a arma de um barão, a foice do servo medieval, a ostra do Índico, o gato que se esqueceu de si, num gesto desprendido ilumino o que-se-nega: a carta que me torna milionário, a vitória sobre o monstro etrusco, a lâmina que me corta a carótida, o beijo da morta; a tudo ilumino como um soberano pródigo, vestígios de todas as misérias se extenuam à minha passagem, passo com o olhar oblíquo mas sereno, vejo a estrela no fim do meu caminho, afeto inquietação diante da fera na curva, não serei um monarca despótico sobre o medo, a tudo atenderei com meu empenho, encarnarei a galhardia da vida em seus primórdios, serei meu próprio pai, abandonarei os enganos da tormenta, me sentarei com os animais, comerei da mesma chaga, o vento me soprará na fronte a inspiração, não abdico, ao contrário perenizo o instante como se consagrasse os séculos, sou rei, não abdico, regem meu corpo belo os mares, as estações, a erupção das lavas, as imagens que emanam das figuras, sim, encontro os homens e com eles me apascento até a noite onde durmo e finjo que esqueço meu reino não para apagar a vida senão para realçá-la no seu avesso e me conjugar ao Sonho: renego portanto o fardo, espáduas sobranceiras inclinam-se sobre o lago azul, miro a disciplina do meu talhe, suas dimensões congênitas embora sempre admiradas de ser, feições minhas como as de um primata em plena era ouro, meu ar evoca a música no que ela tem de melodioso, alaúde e flauta me respiram, menestrel dos primores, canto, voz que se mira nas águas e das águas se evola a alcançar pássaros, sou toda a Natureza, sou artista, realço meu semblante entre as plantas lacustres, o tempo se compraz com minha espreita numa cadência de largo, por um triz quase mergulho, recupero minha ciência e permaneço à tona, toco nos peixes fugidios pensando na sabedoria de não me entranhar na minha própria imagem, inclino-me pouco mais sobre meu rosto, mostro a língua, vejo o extrato invisível da minha alma, a pedra lá no fundo me responde, convoco as potestades, arcanjos incolores adornam minhas margens, sou mais que santo pois não sou ordenança de nenhum deus, sou único, a mão na água, o lago é gelado porque gelado é o confronto, dali pra lá me extingo, dali pra cá sou rei e nada me faltará, augusto, germino meus poderes sem cessar, sou puro como o que dispensa as armas, meu reino é deste mundo e pelo mundo quero permanecer não destruir, reino apenas, apenas preservo o privilégio que é de todos, sou rei e não o déspota que se esconde na cara submersa no lago, eu fito o déspota sem medo, por momentos as nossas imagens rugem ensaiando o duelo, sou sábio e arrefeço a fera, não provoco o anjo decaído, este satã nada pode contra o reino que me aflora, mantenho sem qualquer esforço a guarda que faz refletir minha beleza na cara do Lúcifer, dissolvo sua imagem na minha realeza, sou eu que conta mirado neste lago, o condenado que se dane dissolvido nas águas, narinas dilatadas admiro o júbilo retratado, assoma fragrância da terra, o lago se esmera na fixidez vítrea, cristal, e eu então comungo o corpo místico dos vivos.

Minha mãe me acorda para a janta, diz que estou rosado, pega minhas mãos, diz que estão ardentes, segura minha cabeça, seus olhos relampejam sem querer algum mistério apreendido, sigo suas pernas pelo corredor, sento-me à mesa, meu pai pergunta, respondo que cantamos na escola o Hino à Bandeira, como o feijão, me entulho um pouco de cenouras, vejo que o dia foi bom para os dois, meu pai e minha mãe sempre se casaram por alguns momentos, vejo que o lustre é novo e minha mãe o exibe, meu pai abre o jornal, chego por trás e olho notícias, tudo me parece muito cifrado, o eterno dólar a subir, não assimilo bem o que significa, vou para o rádio, o casal da novela expele palavras exasperadas, bate a porta, venta, troveja, a heroína chama pelo amante em meio à tempestade, suplica perdão, clemência, ele vitupera contra os trovões, ela se rasga, sons lancinantes, enlouquecem em plena tempestade, a voz se transfigura, o herói se compadece, chama-a de amor com a voz ensandecida, puxa com sílabas langorosas o juízo da amada, a amada recupera o senso, ruídos de se jogar nos braços um do outro, indícios sonoros de salivas segregadas, desligo o rádio, subo no telhado, vejo lá longe a árvore espantada, o trem apita, o navio responde no Estuário, sinal de chuva os sons noturnos, não agüento a conspiração das coisas, desço do telhado, uma telha se quebra, resfolegante me desequilibro e caio, me recomponho e entro na cozinha afetando ar de normalidade, nada aconteceu senão esse andar displicente da cozinha ao quintal do quintal à cozinha, mesmo porque o cheiro da cozinha é sempre igual, os dias se repetem, os trocados tilintam no meu bolso a mesada que não acompanha a inflação, ponho o Elvis na vitrola, penso na vida, olho na parede a lânguida Greta Garbo expirando nos braços de Robert Taylor, diabinhos tumultuam minha cabeça, peço silêncio, vou à janela, vejo a namorada irreal esperando na esquina, abro O Cruzeiro, vejo misses, a do Rio Grande do Norte tem a bunda enorme, a do Espírito Santo se faz de simpática e leva o prêmio de consolação, a de Goiás traça meia-lua com a boca e esconde os dentes que poderão nem existir, todos somos muito pobres para avaliar a verdade que se esconde por trás das páginas de O Cruzeiro, olho a cobertura do Congresso Eucarístico, admiro a imponência do altar, atrás a Baía da Guanabara que não conheço, vejo fiéis se confessando à luz do sol, padres com a mão na testa, vejo paralíticos esperando o milagre, cegos adivinhando a luz, sofredores com a língua exposta aguardando o pão, faróis que resplandecem na noite do Congresso Eucarístico, vejo auroras boreais exclusivas de *O Cruzeiro*, repórteres aventurando-se em terras remotas, repórteres brasileiros envoltos em peles no pescoço, um dia me depararei também com o inusitado penso eu suando, um dia cruzarei os mares mais exóticos, alcançarei picos nunca dantes, beijarei ardente a calota polar, apunhalarei o urso pelas costas, terei meu cachecol de neve, o safári solitário na selva, comerei da carne humana no coração selvagem, apostarei em jóqueis sifilíticos, perderei tudo no jogo, terei chofer de luvas em Monte Carlo, morrerei fulminado como Isadora, virarei lenda, na cerimônia fúnebre resplandecerei em flashes, serei todo um símbolo dos carentes.

Há o quarto, há o espelho ainda a me chamar mas não mais como no sonho, este espelho aqui está a me chamar com mais poder para o abismo, me dispo todo, o corpo glabro vai adquirindo aos poucos sinuosidades, se aprimora, sempre esta presença a me chamar ao encontro sem retorno, pego a glande umedecida, me enfureço com tamanha falta, a gata me estima e roça o pêlo pelas minhas pernas, detesto esse contato com outra espécie, chego bem perto da imagem, me aproximo, rosno para este outro que me rosna, somos dois animais tão inimigos, chego à beira de confundir este um com o outro, não perdôo o equívoco, me enfureço, minhas unhas crescem, se afiam, do umbigo brotam víboras, se me apaixonar por esta boca aqui na frente não haverá remissão e os répteis mais horrorosos nascerão de mim como de um amargo ovo, eu me enfureço, bato no espelho, o vidro se estilhaça, me fere a mão, apenas esta ausência aqui na

239 · *a fúria do corpo*

frente do espelho agora caído em cacos pelo chão, irremediável: sou eu agora e ninguém mais, sou eu sozinho o que ninguém jamais poderá transpor, pego este crucifixo, cuspo contra o corpo em cruz, o escarro escorre feito ungüento sobre a chaga, pego o triste madeiro e o cravo contra o peito, vivo a ópera dos deuses trancado no quarto de um bairro esquecido, criar a lancinante cena é o que me resta, a dor apocalíptica é o que me salva aqui neste meu reino subjugado, já não acredito em sonhos de reis em harmonia, é triste já ter traçado diante dos olhos a daninha esperança de coisa nenhuma, o que me restará senão o marasmo doméstico dessa rede de papéis estipulados?: de casa à escola, da escola ao escritório, do escritório à aposentadoria, e desta para a cova sem atinar que outro poderia ser meu destino — no entanto enquanto escondo aqui neste quarto minhas vergonhas com a mão ensangüentada pelo estilhaço do espelho, ainda mostro vestígios de uma guerra de delícias, ainda tenho em mim a marca de um Éden, mesmo se expulso ainda exibo o sinal de um sonho onde fui a majestade, porém a mão ensangüentada enlameia meu pênis tão confrangido, tenho um remorso fundo por tudo o que pequei no paraíso e vou, abro o caderno com as linhas dos deveres, abro o livro de geografia e miro o Atlas como um desterrado.

Eis a minha formação: nas raias do abandono me vejo aqui sobre cadernos, livros de uma insipidez na qual bocejo como um inválido, escrevo linhas nas quais se escreve uma comédia, vêm dois colegas. sentam-se a meu lado, me aborrecem, falam que a professora pediu 35 linhas, sei que tudo dependerá de mim, me sinto um fraco, Hora do Ângelus no rádio, Ave Maria de Schubert, os colegas reclamam cada um num meu ouvido, bisbilhotam o que vou ser quando crescer, mas não quero crescer eu quase digo, avançar no tempo não me apetece, perdi qualquer voracidade, mais tarde aprenderia nos livros que Freud insinuou na Morte um instinto, mas de nada adianta aqui este consolo, pois raiz tãosó da minha vida se conformando em tronco e pouco me seria dado no restante, o tronco já ferido por uma sina invisível, e nada vale eu permanecer em tocaia, a sina me comprime e vem de uma conspiração que não alcanço, tenho ganas de cagar o quarto inteiro, jogar merda nas paredes, no teto, me matar em meio à merda, que venham os repórteres, que noticiem o fato, que me coloquem assassinado na merda numa foto de quatro colunas, que me exponham à curiosidade pública, um menino morto num ato criminoso e fétido, o corpo novo profanado por sua própria merda, eis o que verão os doutores da lei a enunciar besteiras jurídicas e pedir calma à população, já sinto o cheiro degradado, meu corpo inerte recebendo os flashes da vergonha, mas a verdade do fato ninguém pega: eis a derradeira insurreição do menino, eis a plebe do seu reino escondido, eis o cativeiro, eis o cão esfaimado já sem a esperança do seu osso, eis a definitiva lassidão de quem um dia retesou seu arco e nau encontrou o alvo, eis a miséria que sustém os poderosos e sua flama de mentiras.

Pois se não acreditam querem ver meu pai? Não fazem idéia do que passou até entrar em coma e sumir três dias e noites até ser encontrado morto num necrotério sem ninguém saber nos dar a informação onde o encontraram, se estava só ou quem sabe à procura, nada, só nos disseram que arteriosclerose é isso — o sujeito já sem canais com a mente vai se esquecendo que existe, e que o estado muitas vezes quando chega à saturação faz com que o indivíduo bata perna atrás do que perdeu, a morte o assalta geralmente quando ele vê que o que perdeu foi a vida e todas as suas possibilidades, e aí então ele expira como a única solução. Vem cá doutor, alguma coisa a fazer? Não, meu filho, seu pai está morto. Espalmo a mão na face e sei que só resta chorar mesmo que não acredite mais nas lágrimas que porventura, por que velar nossos mortos? por que depreciá-los com cerimônias que os deixariam constrangidos quando vivos?, somos todos culpados diante do morto, mesmo que ponderemos que melhor assim, diante de todos os embates melhor assim, não acreditamos um milímetro nessas ponderações porque no fundo constatamos a miséria mas queremos a festa, constatamos a morte mas queremos o eterno, no entanto ficamos a ordenhar nossas lágrimas diante do morto e a esmorecer nossa sede com culpados funerais. Será que amamos o morto? Ou choramos pela brutalidade da nossa condição? Um dia, quando vi o cais de uma pequena cidade, olhei as embarcações e descobri que o homem nascera para partir e checar novas geografias e não ficar aqui remoendo a paz do morto, meu pai por exemplo no começo da vida foi lixeiro e confessava que via-se sobre o lixo de braços abertos regendo uma sinfônica, o lixo era a sua orquestra, os músicos, seu sonho sempre foi o de ser maestro, a batuta deslizando sobre os instrumentos, a cabeleira acompanhando o presto, mas agora ele está morto, enterrado porque não teve a chance de conhecer uma colcheia, morreu, está morto, enterrado, e todos nós choramos sua morte sem considerarmos que tudo poderia ser diferente — destino amargo e antigo meu deus!, gostaria tanto que meu pai tivesse sido o maestro do seu sonho!

Aspiro jasmim, olho meus pés cansados, olho as horas que não encontro, vejo que preciso tomar alguma iniciativa, as providências me aguardam pra que eu possa quem sabe continuar acompanhando Afrodite — ou quem sabe quando eu retornar ao convívio tudo estará mudado e nem reconhecerei mais a superfície que restou? olho pros lados, tento conter meu pobre infinito porque preciso olhar novamente pras coisas, fazer parte das sensações normais, não posso continuar nesse exílio, e se retornar do exílio serei recebido? ou verão em mim um louco que contempla a lucidez e por isso insuportável? Ouço crianças em revoada pela rua, sinto estar perto, ouço carros emplumados, ouço a crise, peço as horas a um passante, meio-dia, o sol a pino no Catete, obras do metrô me atrapalham, preciso reorganizar o tino, instalar-me no tropel dos dias, ter o passo comedido, nem carreira nem leveza de outro mundo, simplesmente anônimo, vejo uma loja de móveis, entro, peço o mictório, o rapaz me atormenta com desculpas como a descarga encrencou, não me querem nem no repouso da micção, não me querem exercendo a vida comum, querem-me destratado, lasso, furibundo, louco pra mijar sem ter onde depositar minha própria urina, saio então como um sonâmbulo pelas ruas, vejo uma espiga na mão de uma dona, vejo a feira infestada de moscas, vejo o dia sem poder me encarnar nele, vejo dejetos pelos cantos, cachorros mergulhados na decrepitude, vejo um pássaro morto na minha mão, apalpo, aperto esse pássaro, tenho a experiência da agonia e o fantasma do Verão ronda a Cidade.

Solto o pássaro morto na calçada, tenho a impressão de que a força ainda se retém cá dentro, temo já ter encarnado no ar, sou difuso e já talvez ninguém me perceba, talvez passem por dentro do meu corpo, talvez fodam no espaço hipotético que ocupo, talvez alguém se apunhale aqui dentro, talvez até erga a taça e brinde, talvez aqui dentro alguém interfira na realidade — o que já não posso empreender tal minha diluição no incolor do ar, talvez já nada seja que não uma idéia se alimentando sozinha neste instante e que no instante seguinte já esteja gangrenada na mais absoluta ausência mas não, vejo alguma coisa sim, o ato de ver constrói as águias metálicas encimando o Palácio do Catete, sim, dizem que é esta a história e por ela todos nós sofremos, um tiro no coração ecoa longe, apedrejam as firmas americanas, o cortejo transporta ao Pampa o corpo inchado de todos os pobres poderes, meu pai meu pobre pai chorando na poltrona predileta, coça minhas costas pai, comicha aqui embaixo da costela, meu pai a história é outra, aquela que não soubemos fazer, mas nessa altura meu pai já está tão mudado para me entender, já tão passado! Então cerro os olhos para mirar a eternidade enquanto meu pai coça minhas costas, me faço de gato espreguiçado olhando o lenço do pai na pálpebra abatida, tenho ânsias de mimá-lo, não consigo, pobrezinho penso eu, tão debilitado chorando pelo Presidente morto, tiro seus sapatos com toda misericórdia, faço-lhe o agrado sem que perceba, os pés suados de um odor quase pudendo, vejo a imensidão que esses pés poderiam ter trilhado, arroto azedo, me repugna, me estremece. O pai já deixou cair a cabeça e dorme, dorme enquanto o rádio acompanha o enterro do Presidente. Chegam visitas, digo que sentem, faço sala com as pernas cruzadas, o pé balançando no infinito, digo que o pai está repousando por extrema necessidade, que por favor não reparem, que a mãe já está chegando, as visitas são um homem e duas mulheres impregnados da velhice, cerimoniosos trajam escuro, dentaduras alvas como porcelana, no homem um dente de ouro reluz entre lábios murchos com sulcos em ferida, as duas mulheres ladeiam o homem como se o protegessem com mecânicas astúcias, tratam o homem com olhares sorrateiros e benevolentes, são boas mulheres, são ordeiras, eventualmente o homem as admoesta por alguma risada mais sonora, o homem diz que o silêncio habita as tumbas e que ele se prepara, uma mulher ordena à outra a mão sobre o braço do homem, o homem conta que conhece meu pai de distantes idos, das priscas eras onde o rouxinol trinava orvalhado pela madrugada, deixo o homem ladeado pelas duas mulheres a falar, ele fala mas eu quero ver o pai, dar um pouco de vigília a seu sono, lamber um pouco seus pés sem que ele perceba, abrir sua camisa, passar um pano umedecido sobre os pêlos grisalhos, mas o que vejo dói no meu franzino coração, e tanto, que o que me assoma é vertigem, o que me mantém de pé é olhar para a cortina filtrando o crepúsculo, porque o que vejo melhor seria não ter vindo até aqui para ver: na poltrona já não existe mais ninguém, a poltrona vazia é a mesma mas insuportavelmente puída, um caramujo incrustado no pé da poltrona é a nota mais inconfundível da umidade que assola no antigo aposento, corro à sala e não vejo mais visita nenhuma, elas se foram há tanto é o que me externa o relógio com os tocos dos ponteiros enferrujados sobre um fundo de pátina já sem algarismos, olho meus braços e os vejo enormes com seus pêlos já tão sofridos, olho minha mão contra a luz mortiça, lembro diziam quem quiser saber o tamanho do pau de um indivíduo é só olhar pra mão dele, me aguça uma curiosidade, abro a braguilha, constato tinham razão, o meu é proporcional à mão, sinto um cheiro purulento, a mão contém o pau na exata medida, mesmo que ele vá inchando como acontece agora a mão acompanha a lenta graduação, a pulsação crescente, a mão desce o prepúcio, a glande vem à tona já completamente vermelha, roliça, a mão esconde novamente a glande, novamente a descobre, entre os dedos as veias latejantes e congestionadas, esticadas, cordas tesas, sou meu pai, meu filho, sou o espírito que governa o pai e o filho, domino a matéria e suas transcendências, sou este pau duro

245 · *a fúria do corpo*

que já não se contém e lança o seu projétil contra o tapete todo esgarçado pelos pés de outrora — pobre projétil lançado contra o pó de todos esses anos.

Saio da casa arruinada, saio sim, saio pelas ruas de uma cidade que foi minha e não darei o nome porque ela me pertenceu naquele tempo em que eu ainda não sofrera a queda de todas as ilusões, mas saio pelas ruas de uma cidade ao Sul, isto arrisco revelar, depois de ter me insurgido contra o tempo em vão caminho por ruas onde o frio de agosto me gela os ossos embora eu já não tenha nenhum fantasma a conservar na geladeira, tem uma praça que procuro quem sabe para chorar as perdas mas não a encontro, quem sabe a destruíram, quem sabe prédios se ergueram sobre ela, não sei, entro num boteco sórdido no centro da cidade, minhas mãos tremem arroxeadas, uma mulher dos seus cinqüenta anos senta à minha mesa, me observa sem palavra, pede as horas, não as tenho há tanto, pousa sua mão sobre a minha, mão fria de cadáver ela berra, é que perdi o jeito do frio ainda consigo falar com a voz dura como o gelo, ela responde o meu quarto lá em cima é quentinho, tem uma estufa que comprei em vinte e quatro suaves prestações, subimos os gastos degraus, ela passa a chave na porta, pede que eu não tenha medo, é opulenta de formas mas não morde, fui cantora quando moça, Lupicínio sempre me dizia que eu faria carreira no Rio se quisesse, mas fui levando, levando por esses anos todos o que sabia fazer com mais graça que cantar, desabotoa o vestido, conto vinte botões de cima a baixo, este vestido não é nada prático ela reclama, o moço tá triste? eu consolo o coração dos moços, sou atleta da noite, sou a estrela da manhã, a última que empalidece, olho as varizes que suportam a xota extraordinária, olho o peitarrão derramado, ela se atira sobre mim, me esmaga, abre aos solavancos meu cinto, a braguilha, solta uma risada de deboche, descomunal, e diz arfante ah! esse moço acabou de foder, com quem seu moço? com uma putinha novinha apertadinha hein? com quem? ou quem sabe esse moço acabou de bater uma punhetinha toda esporreadinha hein?, tava a perigo tava seu moço? pois agora não tá mais, olha aqui esta xota que esse caralhão vai comer, mete, mete comigo por cima mesmo, eu tenho fogo aqui dentro mocinho, eu tenho sangue que nenhuma putinha novinha apertadinha tem, nenhuma punheta vai dar ao mocinho esse fogo aqui dentro que levo o dia inteiro pra acalmar os mocinhos nervosos como tu, vem cá, isso, aperta esse caralhão na minha coxa, isso, tá ficando durinho como gosto, vem, mete, assim ai, que caceta caralhuda, mete, isso, me rasga toda, pode me matar com essa caceta pode tudo, assim, isso, mete mais, me enche mocinho de porra quente, ai Virgem dos infernos quanta glória!, a mulher levanta-se abrupta como se eu tivesse injetado nela cocaína, grita e se debate pelo quarto fedorento, dança um tango imaginário, abre o armário engordurado, mostra uma série de vidrinhos, grita eis aqui a coleção de todos os meus fetos, quero ser enterrada com eles, eles me acompanharão na cova, tenho dezessete filhinhos, este é o Rodriguinho, aquele Arturzinho, esta aqui Afroditinha, o quê? pergunto me levantando rápido, pego o vidro com o feto de Afroditinha e o jogo pela janela, ouço o vidro se quebrar lá embaixo, a mulher por trás me escoiceia o saco, esbofeteio a mulher, ela cai encenando um ataque, golfada de vômito me sai e suja a cara da mulher que se retorce e baba espuma volumosa, dou pontapés na porta do quarto, arrombo a porta, desço nu as escadas vomitando toda uma vida, estou nu no frio gélido da rua, algumas putas passam a mão em mim, me puxam o pau, beliscam a bunda, arranham, e eu em vômitos corro pelas ruas

247 · *a fúria do corpo*

a fúria do corpo · 248

nu, alguém corre atrás de mim, será a polícia? será o quê?, não olho pra trás, só corro, corro nu pelas ruas até entrar na minha antiga casa, deitar na cama embalsamada dos meus pais e chorar, afogo meus soluços misturados às bagas de vômito contra o travesseiro amarelado e odoroso e sei que mais cedo mais tarde vou morrer de tanta dor.

Travesseiro contra o rosto entro numa escuridão que tudo acelera, vou, homens cruéis conjuram à minha passagem, o corredor é interminável, por vezes tortuoso, homens e mulheres riem furtivas gargalhadas enquanto eu passo, sei que preparam o bote, o golpe se desatará no momento mais oportuno sei, homens e mulheres cochicham vermes enquanto passo, o corredor tem léguas e é tão sufocante e apertado por corpos descabidos que chego a pensar que é isto o inferno, tomo o elevador, sozinho aperto o último andar, no botão escrito 45, o terraço imenso revela a Cidade monstruosa, Cidade Maravilhosa grita o homem que me recebe em loucas gargalhadas, o homem todo de preto aos borbotões de sua risada faz reverência à minha pessoa, beija-me a mão, com suas unhas pontiagudas desliza solenemente a mão sobre a Cidade, eis a Cidade na qual teus olhos resplandecem ele exclama com a voz aguda e sincopada pelo horrendo riso, eis o teu reino excelso, eis teu poder e glória, te investe do teu reino, é todo teu, te inclina sobre a Cidade com teus olhares soberanos, aprecia tua sorte, naquele gigantesco edifício habita a Amada que te cobrirá de todas as cobiças, repara aquele prédio todo adamascado, não é em vão lembrar as mil e uma noites, vê como entram e saem homens belos com expressões ardentes, hás de entender que ali vivem os mais fustigantes prazeres, uma radiosa odalisca ali perpetrou vida em três homens desenganados, dois meninos conheceram ali a magnificência dos corpos, ali quatro velhos se rebelaram contra o Tempo e resgataram a sabedoria do Instinto, mortos germinaram novos Lázaros, o corpo ali repercute no Infinito, mas tudo ali agora é teu, só teu, e não agradece a ninguém porque recebes a Coroa mediante a mais pura legitimidade, vai e te consagra imperador sobre todas as misérias!

E eu vou, vou sim, desço pelas escadas os 45 andares porque não tenho tempo a perder à espera do elevador por mais supersônico que seja, não há mais o desafio de nenhum tempo e seus limites, enquanto desça a galope os 45 andares tenho tempo de pensar que eu nunca pensara em me dobrar à licença absoluta do Poder, mas desço e desço as escadas como uma manada de ursos contra o favo de mel, vou sim porque sofri e agora quero o gozo de todas as maravilhas, atravesso ruas congestionadas de todas as máquinas e corpos sucumbidos, entro no Edifício das Maravilhas, subo as escadas como o condenado ganha a imprevista causa, corro por corredores e não entendo à primeira vista o que vejo nas salas por onde passo, portas escancaradas mostram mulheres flagelando postas de carne, vejo meninas sendo açoitadas por velhos, crianças sendo esfaqueadas por policiais, vejo uma mulher sendo penetrada pela uretra mijar pelo cu e cagar pela boca, câmaras de horrores, entro por uma porta à procura da saída, encontro sentado à minha espera o aliciador do terraço do edifício, me ajoelho diante dele, imploro que me deixe, suplico que me esqueça, que tenha piedade deste homem aqui que já tanto sofreu, ele já não solta suas risadas, tão sério que me passa um calafrio, tão sério que sua boca parece a ruga de um umbigo, tão sério que suas mãos apresentam consistência metálica, tão sério que suscita dó de todos os penados — no gesto mais vil, então no último recurso beijo seus pés que se derretem ao contato dos meus lábios, estou na Missa do Galo onde um menino mastiga a hóstia com ar de adoração e escárnio, me encolho por trás de uma coluna da igreja para olhar com segurança este menino que fui eu, e isso sei porque o menino traz a pinta no pescoço que até hoje trago, olho o menino rebelado com a cara de anjo, não contenho o desejo e puxo a manga de sua camisa, o menino me olha perturbado, cora as faces e sei, sei que ele está vendo o diabo a chamá-lo, o menino esgazeia o olhar e vem, e me segue por ruas escuras e tortuosas, labirintos, até entrar comigo por uma casa penumbrosa em que eu o cerro num quarto e avanço sobre ele, dou bordoadas, bofetões, cravo meu punhal no seu púbis e não satisfeito o esquartejo em seis pedaços, cabeça, braços, tronco e pernas.

Encontro a mala dentro de um armário, meto as partes do menino na mala, encontro um caminhão na estrada, faço gesto de carona, digo que vou com toda minha bagagem para a terra onde pretendo viver, subo na carga, sei lá quantas horas ainda de poeira, vou sobre imensa carga pesada encoberta de lona, abraço a mala contendo os despojos partidos do menino, ninguém me tomará este tesouro, pára o caminhão num restaurante de beira de estrada, desço atrelado à mala, sento numa mesa, peço um conhaque pro frio, à mesa senta-se um padre, pede licença, faz sinal-da-cruz, reza pelo bauru exposto no prato, ataca o bauru como um troglodita esfaimado, tomo meu conhaque sem olhar pra cena deprimente, o padre termina seu mísero repasto e me pergunta praonde vou, desconfio do padre, quem sabe um emissário, um espião, tento ser gentil pra não acender suspeitas, a mala entre as pernas, um gole de conhaque?, o padre responde que não, não bebe desde a adolescência, desconfio deste ardil, digo que também não bebo, só em meio a viagens quando não sei como me receberá o próximo destino, ele fala que quer bem aos pecadores, foi isso que Jesus ensinou não foi?, ele me olha como se quisesse urdir mais uma investida, digo que temo ele e Jesus não me amarem pois há muito deixei o pecado pra me dedicar em tempo integral à santidade, o padre toma um ar de cura de uma aldeia dos Alpes, percebo a tática, pergunto pra ganhar tempo o que Deus faz com os penados, ele pergunta se me refiro aos penados vivos ou mortos, respondo aos mortos, ah, para esses não há remissão, Deus dá chances infinitas aos vivos, os penados mortos já se entrevaram de tal modo no Mal que a única coisa que os justifica é a pena e nada mais, o padre me dá a explicação chamuscando saliva incandescente no meu olhar, pergunto então como saber se estamos vivos ou mortos, ele responde com a língua vermelha entre os dentes manchados de nicotina, responde ah, só Deus poderá responder à pergunta, só Deus tem o poder para isto.

Termino o conhaque, deixo o padre falando dos poderes de Deus e saio à procura do caminhão que já não está mais na frente do restaurante, fico na beira da estrada abraçado à mala com o polegar trabalhando por uma carona mas nada, nenhum motorista pára, saio a andar, entro pelo mato, me enfurno em quilômetros pelo mato só pra continuar o caminho, percebo de repente algumas folhas balançando, temo um animal selvagem, mas o que salta entre as folhas é um moço com uma metralhadora na mão, logo vejo que não é preciso temer porque o moço se aquiesce com minha imagem molambenta, depõe a arma e pergunta praonde me dirijo, respondo se soubesse a direção do caminho eu estaria salvo, pergunta se não tenho curiosidade de saber o que faz ele ali com a metralhadora, pergunto se o que faz ele estar ali é chacina ou redenção, responde que a chacina há de vir mas não pelos belos olhos da chacina, pede-me que eu olhe além

251 · *a fúria do corpo*

da sua arma, respondo que já esqueci o vislumbrar além do gesto, diz que o dia chegará e que depende de nós extrairmos o dia da urna dos déspotas, a penúria o moço diz, a penúria deixará de ser uma fatalidade, e o moço desaparece correndo no meio do mato cerrado afastando galhos e folhas com a metralhadora e eu permaneço aqui no meio do mato, sem saber se o que vi foi a graça ou o desatino.

Então me corre o medo pela espinha, se há uma arma aqui é porque há outra adversa, é porque há dois fogos cruzados e eu poderei estar no meio deles, ah não, assim não morrerei, se tiver que morrer agora que eu morra pelo meu próprio corpo e não por uma luta que talvez me desconheça ou veja em mim o inofensivo, ah, morrer aqui como o inocente inútil tendo eu tanto que suportar não, que eu morra então de uma febre fulminante e que não deixe nem o mais ínfimo vestígio ou que eu saiba dos adversários e abrace a justa causa não temendo que o triunfo se faça com meu sangue, mas haverá chance de eu saber da guerra?, haverá alguém que me conduza a este real tão conflagrado e de mim faça uma ponte para a vitória que talvez virá e represente a salvação que sonho?, ah não, não tenho escolha senão escavar com as mãos a terra úmida da floresta e enterrar esta mala com os pedaços do menino que a terra há de comer e devolver no verde dessas folhas, enterro os restos do menino escondendo o terreno com plantas mais diversas, vejo uma flor, deposito-a sobre as plantas, tenho um minuto de fervor, adoro a minha vítima na sombra da floresta, as entranhas da selva se escurecem, nenhum bulício interfere, suplanto minha culpa e rezo para que nenhum menino mais seja esquartejado porque se alguns homens ainda lutam com armas justiceiras é porque o menino ainda é a possibilidade de vingar acima do extermínio, mas não carrego a culpa de ter poupado o menino da derrota que é também possível, não carrego a culpa de ter surpreendido o menino na Missa do Galo sonhando com o Dilúvio Universal porque este menino traria nele até aqui apenas este enfermo de hoje a desdobrar sua enfermidade perseguindo um pródigo intento cada vez mais rechaçado pelo mundo mas não, este menino viverá das entranhas dessa terra não para fugir dos seus algozes mas fermentar alguma coisa que escapa ao atual entendimento mas que marcará a ferro e fogo o rumo desta história: não, não caminho a esmo, desta apagada e mísera existência ficará nem se um breve traço para os homens, em uma vida se esconde a função de todos os homens, sem ela, por mais ignorada, os homens não teriam vindo até aqui mesmo que cheguem com todas as dores e desamparos, mesmo que ignorem esta pequena vida os homens no fundo de si trazem a certeza de que vivem para ela, para que ela possa um dia viver na plenitude e arrancar os cabelos da ignorância, e se faça luz para todos.

Não sei quanto tempo foi passado, sei que quando dei por mim estava a andar num vasto campo acompanhado de duas cabras, uma a balir afetuosa, outra inteiramente muda talvez porque tivesse espaço suficiente para ruminar todo seu silêncio, a paisagem evoca o Pampa com pequenas coxilhas despontando aqui e ali, bois não há, nem vacas, ou cavalos, caminho com uma paz jamais experimentada antes, não é bem uma paz, mais, bem mais, é como verificar que o encanto nos pertence porque tudo tem o seu encanto, a nuvem matinal, o botão perdido ali à esquerda, o declive manso à minha frente, a falta de outro ser, tudo, até que avisto lá no fundo uma choupana, vou me aproximando em passos amenos com certo temor de que ela se dissolva ao contato, toda em palhoça, parece construída ao natural, da terra veio se formando sem que a terra mesma se desse conta, vou me aproximando, me aproximando em passos amenos e sim, é a choupana que me espera desde sempre, entro por uma pequena abertura, lá dentro claridade rarefeita, curvo-me, ajoelho-me, deito-me sobre o forro natural da relva e adormeço como o primeiro menino do mundo que chegasse com a doce fadiga da sua própria criação.

Acordo sentindo cheiro de fogo, pela pequena abertura da choupana vejo medonhas labaredas exterminando macegas, algumas plantações, não sei o que fazer, por onde andar, mais anoitece pelo pretume da fumaça que se espalha em todas as direções do que pelo abandono do sol, começo a correr não porque propriamente sinta medo mas porque pressinto que correr é um ato de prudência que um dia reconhecerei e ao qual agradecerei pelo resto da vida, porque correr é efetivamente o melhor diante dessa hecatombe em que chamas escuras lambem e desfiguram pedaços do cenário antes tão lindo, mas se me mantiver parado não terei por que me arrepender amarga e irremediavelmente, pois o que diviso entre a relva de um trecho ainda intacto, o que diviso me permite sentir uma tão absoluta solidariedade que não recusarei morrer junto com o morto que está ali, o moço da metralhadora jaz com a arma ainda na mão, os olhos abertos com feição dolorosa de insuportável mas eleita resistência, fecho seus olhos, ajoelho-me, procuro em todos os seus bolsos, num deles encontro um pedaço de papel que abro e vejo ser uma carta, mas a vertigem me toma quando leio o nome do destino: Afrodite. Trago a carta ao peito, o calor do papel me perturba ainda mais, adio a leitura com a carta contra o peito, vítima esperando a tortura, por fim recuo a mão a dois palmos, o papel treme, as letras embaralham, num doido esforço firmo os olhos como se os fixasse sobre a minha própria lápide e leio a derradeira mensagem de alguém para Afrodite:

AFRODITE

Hoje quando o sol apareceu detrás da coxilha do nascente adivinhei que eu iria morrer nesse mesmo dia; por isso, se receberes esta carta talvez eu já não mais exista. Então que fique esclarecido isto: não sou herói, lembra de mim como um sujeito doce, que sempre odiou pegar em armas e que, se pegou em uma, foi por absoluta falta de outra ocupação. É que quando a alma está em ferida e se desconfia enlouquecer na próxima esquina, ou se enlouquece na próxima esquina ou se tenta puxar a raiz da dor. Numa manhã chuvosa a raiz não me pareceu muito menos que evidente, vi que uma parte da dor não tem como sarar fora do amor que me liga a ti, mesmo que por ínfimos resíduos de tempo só nesse amor a ferida cicatriza, pode o mundo pegar fogo e os famintos se estriparem mutuamente para terem o que comer que o amor entre eu e tu permanecerá intacto num tabernáculo singelo como um ninho mas inviolável — e este amor nos devolve à estirpe genuína da raça, mesmo que nós dois nos estripemos reciprocamente para termos o que comer comeremos não outra coisa senão a chaga deste amor; mas vi também que a outra parte da dor não poderá ser sanada nem com nosso amor enquanto não metermos as mãos sujas e conjugadas no focinho do inimigo, porque sabemos muito bem quem são os autores de tanta dor, sabemos muito bem quem impele nosso coração para as vias da morte, sabemos muito bem quem nos ultraja com formidáveis calúnias.

255 · *a fúria do corpo*

Olha, Afrodite, meu coração é pequeno, muito pequeno para suportar a dor do mundo, mas mais que um gesto desesperado, quando peguei a arma senti que estava bolinando a chave do Reino, mesmo que tenha ficado só na bolina de um sonho remoto percebi que não poderia mais viver sem essa extrema possibilidade, mesmo que seja massacrado como serei hoje não mais terei de carregar o fardo da submissão que nos humilha, degrada, e nos joga numa morte abastardada dentro dessa vida cachorramente cruel, não, não pedirei perdão diante do nosso amor pela minha morte, pois essa morte é a única forma de preservá-lo vivo, intocável.

Não, não chora, minha querida, põe um creme restaurador sobre tuas estrias, suaviza as olheiras e me ama desse amor que brota de todos os meus nervos, e que continua a brotar por todos os poros da vida. Sempre.

O mais extremoso beijo,

Eu

Eu? A vertigem me toma agora com mais ímpeto, sinto no entanto que essa vertigem tem o sabor da vitória mais definitiva, caminho a esmo, enormes labaredas quase me alcançam mas me sinto imune, tonto vago por um mato mais encorpado, troncos estalam, estertoram suas excelências, e de repente me vejo diante de um tronco ainda intocado, olho minhas unhas fortes, vou cravando minhas unhas na casca espessa do tronco, os dedos sangram, vou cravando minhas unhas na espessa casca do tronco e perfurando num movimento quase sobre-humano uma letra e, depois, achando que não agüento até o fim, os dedos sangram, perfuro mais uma letra — eternamente unidas as duas letras — ajoelho-me com toda a devoção diante delas e leio a palavra, a pronuncio: EU

Aí compreendo estremunhado que eu resisti até aqui, que sobrevivi à minha própria morte, observo minha mão tocando o EU como se ressuscitasse exangue do campo de batalha e se apercebesse viva, inaugurando mais uma vez a sua identidade, a nossa identidade, Afrodite, a nossa, minha e tua, pois no EU se conjugam duas letras, dois vasos para o mundo, nenhum incêndio apagará o EU no tronco desta frondosa árvore, o EU cravado permanecerá aqui eternizando este instante, mesmo que o fogo com suas propriedades corrosivas vença o desenho deste EU, o EU há de ficar cravado na eternidade deste instante — e, antes que uma língua monstruosa do fogo alcance o tronco deste meu supremo rito, eu beijo o EU, acaricio seus sulcos mais penetrantes que qualquer intempérie, e sinto que sou o Senhor desta paixão.

Então, com a carta para Afrodite na mão corri, corri pelos campos deixando pra trás o fogo medonho devorando ervas, corpos (um corpo pelo menos), copas inteiras, devorando troncos e um tronco com a inscrição imperecível, corro como quem corre para a Amada, a verdadeira Afrodite existe, vive sim, deve estar me esperando numa rua do mundo, numa rua do Rio, sim Afrodite, é na Cidade que você se encontra, tão logo nos reencontremos rumaremos para a viagem, para a casa da tia ao Sul, pêssegos, horta orvalhada, pomares aveludados com desvelo, galinhas parindo ovos para o filho, granja e aragem do infinito, a abelha derramando mel no leite em que o touro suaviza o paladar, como quem sabe que a redenção está próxima corro por noites, dias, tempestades, a Serra do Mar me desafia sobranceira, me agarro a escarpas, o eco dos meus pés selvagens se expande

257 · *a fúria do corpo*

até o mar, eu corro, corro sem ter tempo de notar os ecos das buzinas, me desviando veloz dos carros, ônibus ferozes, transeuntes apalermados, corro porque Afrodite existe e ela me espera para me conter nos braços, fulvo será o tom dos seus cabelos, ou negro, ou castanho, ou louríssimo sobre a pele azeitonada, chispa pelos meus olhos a Ducal, sim, sei que estou passando por uma esquina de Copacabana, meus olhos ardem, lacrimejam, súbito já estou em outro estado, nada de mim se movimenta além da mão que puxa a manga de Afrodite numa calçada de Copacabana, sim, é ela, está aqui com as mãos a me passar pelos cabelos, beija-me o peito, o coração extenuado, olha meu sorriso de adoração, diz que meus dentes estão dizimados mas que pra tudo há remédio, que minha digestão está faminta de trabalho, que meu desamparo quase sobrepuja meu desejo mas que pra tudo há remédio, que nem os mortos poderão se sentir perdidos enquanto restar uma falange ou um cabelo — minhas pernas vacilam, hesito em tocar o seio de Afrodite, vejo o bico castanho sob a blusa branca transparente, queria tanto mas hesito, sei que é necessário cautela nessa volta, despojar completamente a respiração do seu ritmo ofegante, deixar o coração retornar ao compasso natural, a circulação fluir novamente escorreita como uma vertente no leito familiar, sei que é preciso então aguardar pacientemente a hora sem aturdir-me voluptuoso sobre essa mulher que há tanto me espera e me confia seu corpo sob o tecido branco e transparente do vestido que vejo agora estar sujo, andrajoso, mas excitado com a promessa de ser dilacerado pelas minhas mãos para que eu possa mais uma vez desbravar o corpo de Afrodite, mas por enquanto apenas assedio o cheiro de bicho, vou apaziguando os miolos, ruminando o cheiro ardente da mulher que um dia chamei de Afrodite porque seu nome civil precisei enterrar junto do meu pobre nome para sempre contra essa espreita a cada esquina, não temos nome, idade, feições definidas, somos apenas este momento anônimo em que ajoelhado adoro Afrodite como quem volta do desterro e reencontra a dignidade da Casa pronta para receber sua exaustão — que atitude tomar diante de Afrodite? choro? rio? há como esvaziar a dor e abrir os punhos para o júbilo? É que encenar a vida com a pujança dos que já não têm nada a perder penetra num ponto em que a expressão adquire uma voragem tal que exprimir por exemplo o amor é como exprimir a dúvida ou o abandono ou a alegria, tudo: temo que Afrodite já não reconheça meus sinais tão longe fui na rota do desterro, tão longe estou do homem que me foi porque esse homem se emancipa agora de si próprio, aqui, de joelhos, diante de Afrodite, não como quem canoniza o que não alcança, mas como quem reverencia o estar possuído de uma inédita força que o restitui a si mesmo como nunca, mais uma vez ofereço a Afrodite as mãos vazias, tão estranhas estão daquelas que saíram para a vida quase imateriais, mãos que ainda não tocavam como tocam estas além da lisa superfície, estas que quando surpreendem camadas mais profundas de ásperas mazelas encontram o contacto pioneiro da transformação: agora já não quero o escoamento do meu gozo fácil, quero gozar com a matéria bruta e a sua transcendência e me fazer matéria bruta e transcendência, não quero mais o encontro onde olhamos de um lado e vemos no outro a compulsória imagem de um desejo, não, o meu desejo beija o desejo de Afrodite não para encontrar o que procura vicioso mas para negar o compulsório, encontrar o que não adivinha e no entanto resplandece, mesmo na carne retalhada surpreender o seu frescor, assim e só assim encarno no corpo vivo que

259 · *a fúria do corpo*

me ama — não quero mais os miasmas mentais da mulher que me impuseram num sonho ilusório, quero de suas entranhas retirar também a gosma menstruada de suas cólicas, quero retirar também o pássaro que se esqueceu de cantar, entranhas da mulher que amo são jazidas imprevisíveis, aventura, e jamais consolo para minha pobre expectativa, o reino é deste mundo eu digo para o homem que passa sem pernas num carrinho, o homem sem pernas sorri como se estivesse admirando o presente, eu digo para o homem sem pernas que os feridos e mutilados podem se olhar nos olhos com o brilho da insurreição, os infelizes são os que ainda podem eu digo para o homem sem pernas, o homem sem pernas abre mais o sorriso como se desbravasse o limiar do orgulho, o encontro nos olhos entre dois feridos pode ser uma decisão de cegos mas ilumina um raio de ação coagulada que um dia pode arrebentar com um sangue mais feroz que as águas de um rio engaiolado eu digo para o homem sem pernas, eu digo muito mais para o homem sem pernas, eu digo o que a bonomia do homem sem pernas represava em poucos palmos de corpo, eu digo aquilo que o faz sorrir sem pudor com a boca arruinada, eu digo o que o seu hálito fermenta em quase atordoante odor, eu digo o que o faz cuspir contra meu pé e sair cantando no carrinho, eu digo a boa nova em frente a Afrodite, juntam-se ao redor os bichos desgarrados, um cão, dois gatos, um passarinho, irmãos vão se chegando, se enlaçando, eu e Afrodite nos beijamos, nossas mãos se aventuram loucas em plena rua, vivemos nosso amor, só isso, parecemos dizer à Cidade desdenhosa feito amante caída que é só isso, que amor não é ostentação para o que não recebe amor nem para o que se furta a ele, amor é pobreza vivida de prodígios, a cada peça despojada o amor chega mais perto do seu fausto, e este

esplendor não tem um fundo, escavação interminável em
direção ao resgate de si mesmo, e este esplendor é pobre
como o homem sem pernas, mas como o homem sem pernas este esplendor escarra opulência sem qualquer avareza
como o homem sem pernas, como o homem sem pernas
este esplendor canta sua majestosa miséria e sai andando
entre os humilhados como à entrada de um banquete, a glória deste esplendor há de salvar como um grito de guerra e
não há sexo trucidado que não se tornará sumarento ao sopro imperceptível do homem sem pernas — eu e Afrodite
caminhamos pela Nossa Senhora de Copacabana seguidos
pelos bichos desgarrados, só uma menina nos olha e se dá
conta de que eu e Afrodite estamos celebrando, a menina se
solta da mão da mãe que olha uma vitrina e nos olha sem
futucar com curiosidade incômoda, apenas nos olha guardando o ar sonso da criança como se ela se lembrasse aquém
do seu entendimento, como se uma agulha fininha espetas-
se no cérebro a recordação de um paraíso não-vivido, como
se nada mais tivesse importância dali pra frente e o melhor
fosse se desgarrar da mão da mãe e acompanhar nós dois
que na certa levaríamos nos bolsos guloseimas incompará-
veis e brinquedos que criavam a verdade, a menina nos olha
parada e nós dois diante dela fazemos o convite sem palavra,
a menina ensaia um passo, balança o pequeno corpo para a
frente e estremece a expressão, um ríctus profundo emerge
do rosto, a criança enruga-se como se estivesse com 100
anos, sente o peso do corpo, parece invalidada por um fulminante cansaço e então volta-se para a presença da mãe,
puxa a mão sofrida da mulher e tapa os olhos naquela mão
que nem percebe o que acabou de acontecer, mas eu e
Afrodite continuamos a marcha pela Nossa Senhora de
Copacabana não nos concedendo qualquer lástima, somos

seguidos pelos bichos desgarrados, um cachorro, dois gatos, o passarinho na certa nos segue no vôo, Afrodite entra
na Princesa Isabel, pressinto ela pegar o túnel, se adentrar
por Botafogo, será que estamos partindo do Rio para talvez
nunca mais?, será que a viagem para o Sul se inicia aqui?,
por isso olho quem sabe a última vez para a boca da Princesa
Isabel onde avisto ainda o pedaço do mar posterior às ondas, na barra do horizonte as águas mais densas, imagino os
banhistas desta manhã calorenta, moscas sobrevoando
queimaduras do asfalto, o verão enlouquece esta manhã diz
a voz de dentro de um boteco, pessoas indo em direção ao
mar expondo corpos derrotados, mas se dirigem à praia
com uma certa esperança nos olhos que já foram vivos, apenas uma ou outra criança com o caminhar mais resoluto al-
meja o mar certa de encontrá-lo todo disponível de delícias,
pelo túnel preto ingressamos em meio a bichos ruidosos
que passam lenços encharcados por suores de corpos pri-
sioneiros, enquanto atravessamos o desespero deste túnel
digo a Afrodite que estou minado de adjetivos e se eu não
souber o que fazer deles eles me devorarão como adereços
de tortura, Afrodite responde que ela já desaprendeu o que
seja adjetivo, que para uma palavra ser palavra é preciso que
ela tenha submergido na merda e destilado finos licores,
que não tem essa de ficar chamando a palavra de adjetivo ou
de verbo, que a palavra é como a gente, gente má gente boa,
gente loura ou morena, nada disso importa porque existem
apenas duas categorias, os mortos-vivos e os que renascem,
que para a palavra renascer tem que se reencarnar no seio que
a gerou e o resto é palavra morta, dita em bocas deterioradas
para a verdadeira fala, aquela que não diz apenas mas proclama, que proclama não o sentido seviciado por mentiras mas
proclama a experiência genuína; olha, se eu não encontrar

esta fala vou membora, fico muda, não falo mais, me comunico pelas mãos feito muda, talvez nem me comunique, boto o silêncio na escuta de cada revelação externa — o som do vento, das águas, do trovão, do estalo do objeto, da fruta mais que madura caindo do galho —, boto o silêncio na escuta e bai-bai conversa-vai-conversa-vem, o que vou querer mesmo é ficar quieta no meu canto ouvindo a chuva pingando da goteira, aí quero ver neguinho vir falar comigo que sou muda, pode pensar o que bem entender, só sei que não vou ficar aí gastando saliva à toa não, não sou otária pra infestar o ar de letras, pode vir polícia, padre, exorcista, o que for para recuperar minha fala, desse silêncio não saio ninguém me tira, pode vir exército ultrajado pela minha recusa que vou continuar em silêncio muda no meu canto, ninguém me tira uma palavra sequer da boca, muda estou muda ficarei, nem mesmo adianta vir você, homem que fala pelos cotovelos mesmo calado, que vive tirando palavras da boca ou da idéia como um viciado em tirar meleca do nariz ah não, não tenho mais saco pra ficar falando e falando e falando, quero é me comunicar com as pedras que respeitam o verbo vivo que eu sou, não quero mais tentar seduzir a vida com palavras ah não, quero permanecer muda no meu canto num gesto sem volta, se a minha presença se faz entender tudo bem, se não me cheira, me toca, me fere num contato imediato, nada de precárias pontes feitas de palavras que não agüentam o peso do meu ato, é que transito entre eu e o mundo sem a canalização da fala que quando se ouve já não é mais a intenção original de quem a formulou eu não, eu dou o meu pensamento em bruto porque quando a palavra chega ela só consegue anunciar o que já se revestiu de alguma coisa posterior mais submissa aos ouvidos calejados de tantas mentiras, não, não quero essa fala que parece solta mas

263 · *a fúria do corpo*

quando vem se apresenta em escamas que escondem o sentido original, esse pobre sentido que se perverteu no ato de alfabetização, por isso sou analfabeta, analfabeta e muda, ah, tão falando comigo ah tão? então que falem, falem, digam tudo o que quiserem, se esparramem nessa puta feira de letrinhas, digam que a noite vem depois do dia porque o dia chegou primeiro, digam que vão almoçar daqui a pouco, digam que a Terra tremeu na Rodésia mas no Brasil não, que acordar cedo faz bem à saúde, que ano que vem vão conhecer a Europa, digam tudo, desembuchem essa rala ração enfeitada com o mais suntuoso vocabulário, vomitem suas tripas silábicas, digam, falem, mas não me peçam uma resposta que estou verificando aqui pela primeira vez que aquela vaca ali é feliz, mesmo estando sob a chuva torrencial que cai sobre a minha idéia e deixa nela sensação boa de banho, vou toda refrescada e formosa pelo campo apanhar um ovo que nasceu, e quem bebe um ovo que acabou de nascer sente na garganta o calor da vida, me arrebato toda com o calor da vida, o sangue começa a manchar o fundo da minha calcinha, rasgo a calcinha pra me roçar melhor na relva, me acocoro como se fosse cagar mas eu tou só roçando minhas coxas na relva, um touro começa a espumar na minha frente mas eu não tenho nenhum medo, que venha contra o vermelho do meu sangue, que venga el toro pode vir, me levanto mostrando a xota ensangüentada pro touro, o touro se esturra todo tão perturbado que parece vai arrebentar com todas as vísceras, arreganho a buceta com bagas de sangue saindo dos meus trópicos, o touro não agüenta a covardia diante da minha vida aqui e sai em louca escapada pra outros quadrantes mais parados me deixando sozinha com meu sangue grosso aos borbotões, acabo por rasgar meu vestido, corro nua pelos campos, me jogo inteira no rio, me morro em suas águas,

sou muda e analfabeta, não sou mais que este corpo ensan-
güentando as águas do rio, se sou demente como um dia me
cuspiram nas ventas enfurecidas então tá bom sou demente, não preciso de nenhum trato, sujo as águas do rio com a
minha natureza e não peço nada além dessa voragem.

Afrodite vai falando na minha frente a dez passos de mim,
penso que preciso me orientar, saber praonde estamos
indo, em que trecho da Cidade estamos no momento, me
surpreendo ao notar que já estamos no começo da Praia de
Botafogo, Afrodite caminha falando e falando e falando,
agora percebo que as pessoas olham pra Afrodite como
quem olha um louco na rua falando sozinho, algumas pessoas
param, outras riem furtivas, outras escancaradas, algumas fazem cara de dó, outras fingem não notar nada de anormal mas
talvez sejam as que mais notam, sei que Afrodite está no gozo
pleno da saúde, é isto que a faz sair pelas ruas falando com
toda a fartura sem parar mesmo que não tenha um interlocutor endereçado, eu pego a irradiação de Afrodite
porque estou aqui sempre por perto e jamais a abandonarei,
mas Afrodite fala sem parar feito sozinha como se só pudesse
viver falando, o que a mantém viva é essa fala interminável, se
essa fala estancasse Afrodite não teria mais razão-de-ser já
que se investiu como transmissora do Sagrado Silêncio, da
mais brutal concórdia, ninguém há de profanar o corpo
onde corre o fluxo da humana fala, ninguém profana a fala
canalizada na pequena vida de Afrodite, genuína, pura, fala-
fala-fala como se já não falasse tal o instantâneo entre a intenção e a mensagem, e essa fala ameaça porque pode-se
entrar nela como num barco e se perder a paisagem, mas se
essas pessoas que escarnecem de Afrodite chegassem perto,
bem perto, e ouvissem sua palavra seguiriam Afrodite pelo

265 · *a fúria do corpo*

resto dos dias, pois o que Afrodite diz não são palavras, são sons que fundem sua existência à existência de tudo, as núpcias de Afrodite com o mundo conduzem à eterna celebração, o passarinho que nos acompanha dá um vôo rasante sobre nossas cabeças, o cachorro e os dois gatos vêm atrás, fiéis, as pessoas olham Afrodite como ela estivesse ofertando o espetáculo, como não tenho boné nem pires abro a mão e a vou passando entre expressões agora mais ardentes que atônitas, nem mais um ferino riso, alguns me dão moedas, uma velha põe na minha mão um lenço branco com a marca de lábios cor de maravilha, Afrodite fala e fala e fala sobre o que já não sei tal o número de pessoas que vão chegando para o espetáculo e o vozerio dos que recém chegaram, os espectadores mais antigos em cavo silêncio, vou passando a mão entre esses rostos perdidos pela fala de Afrodite, esmolo porque precisamos partir para quem sabe o mato sem volta, precisamos das moedas de vocês meus caros espectadores, até dessa cédula machucada quase inútil precisamos, vou passando a mão entre os espectadores da fala de Afrodite com um nó no coração, sei que os olhos querem despejar mas não devo como agenciador do espetáculo, quero chorar porque é amarga essa partida como amarga é toda a verdadeira partida, o homem não foi feito para partir, o homem deseja estar na Cidade que um dia, mesmo que a Cidade o tenha despedaçado, aliás a Cidade geralmente confere aos seus prediletos o nervo mais exposto, mesmo que os engula feita fera eles serão o mapa arqueológico em que Ela lerá a sua salvação, me compadeço da Cidade hoje tão desfigurada como uma ocupação, peço silêncio e atenção à palavra de Afrodite, digo que ela foi enviada por Deus para matar a sede de vocês meus caros irmãos, notem sua voz iluminada, me pedem silêncio, apupos, que eu deixe a santa falar sozinha, ouço novamente as palavras de Afrodite, ela diz que os corpos ressurgirão da terra ao som da trombeta que nascerá de suas entranhas, que renascer sem corpo não adianta nada, é o corpo a casa do homem e os querubins invejam mortalmente esse corpo, não queiram saber o que vi na presença de Deus, Deus urrava suas perdas, Deus tem muitas baixas, me contou que houve uma segunda rebelião de anjos, alguns não suportaram mais a excelência do homem, disseram que amar na miséria é um destino muito mais nobre que o deles que não passam de monstros castos de qualquer dor e que por isso iriam se insurgir, Deus me contou que os mandou como da outra vez para as profundas do inferno como castigo eterno, portanto muito desvelo meus irmãos em Amor!, porque o mundo agora está ameaçado por mais demônios ainda, é que esses anjos nunca tiveram o que fazer, ficaram sempre paparicando o Princípio Único e nós homens não, a gente aqui fica batalhando entrevados em séculos, anos de pragas, deserções, guerras, epidemias, desterros, imundícies, e assim mesmo sonhamos com a salvação e olhamos os olhos de alguém com ternura e cuidamos dos nossos enfermos e construímos a Graça à porrada e passamos ao largo do paraíso refrigerado daquele edifício ali porque sabemos que fomos feitos para amar, é este amor nosso onde tudo conspira contra o amor que os anjos não perdoam e acabam com o brutal ressentimento que precipita a queda essa sim terrível porque sem remédio, enquanto nós, nós aqui podemos dizer que alguma coisa não tem remédio antes da rigidez cadavérica podemos? não, a gente aqui tá levando essa vida porque tem gana, nunca ninguém dá esmola de graça pra esse bichinho aqui chamado homem, a gente leva porrada e vai levando porque sabe que o mundo é nosso, anjo que é bom a gente nunca viu fora da idéia, a gente sim, a gente vê a

gente, toca na gente, odeia, fere, ama a gente, a gente não é
uma palavra, tem corpo, tem matéria, tem tripa, fezes, uni-
dos na alma a gente goza pelo corpo, somos ungidos pela
guerra que se trava pelas ruas da Cidade mas acreditamos e
como! na paz, ainda nos emocionamos nos instantes de
harmonia viva, em nós habita a Esperança cursada pelas nossas mãos cansadas sim, mas abertas totalmente abertas mãos
a esse óbolo puro sem a trituração da soberba, mais que humildes sabemos compactuar com a solidariedade meus irmãos!, a afronta do tirano não prevalecerá então amém,
amém respondem em uníssono os fiéis do espetáculo.

Conto as moedas.

O povo se dispersa. Resta eu e Afrodite na frente da Sears
um diante do outro, entre ela e eu algumas moedas que
mostro com a mão espalmada, Afrodite pára de falar, temo
que já esteja definitivamente muda e analfabeta como ela
mesma anunciou, seca, vazia, eu não falo nada, fico calado
diante de Afrodite na ansiosa expectativa de desvendar o
que-há-de-vir dessa mulher vinda até aqui comigo e que
talvez agora já esteja irremediavelmente muda e analfabeta
e dura nessa calçada, que talvez nunca mais queira sair dessa
calçada dura como está com os braços levemente distantes
do corpo, olhos não piscam, vidros que penetram além da
Baía da Guanabara para onde parecem olhar, fico ofegante
de inquietude para saber até quando teremos de permanecer nessa calçada aqui na frente da Sears com Afrodite dura,
muda, analfabeta, quem sabe em êxtase perpétuo, quem
sabe transpassada de uma força que lhe foge ao controle, tenho a lembrança de olhar para os pés de Afrodite, quem sabe
levitam mas não, ao contrário parecem fundidos à calçada
tal a fixidez que mantém Afrodite erecta, se esse estado não
tiver mais fim o que será dela, de nós dois?, me aproximo

lentamente de Afrodite como um mortal se aproximaria do eterno e lhe digo do meu amor, que eu serei o guardião do seu êxtase como um cão de guarda celeste, que ela não precisa temer, a levarei comigo até os confins do destino, tecerei em volta dela uma teia invisível contra a profana discórdia, o meu cantinho será o dela, a minha estrada o trajeto humano para o seu infinito, o meu pouso fará cafuné na sua vigília, no meu sexo ela conceberá a permanência do seu sangue, e nada mais me fará um homem tão feliz quanto guardar a sua luz para que ela não se extinga jamais no meio de tamanha desordem — nesse momento Afrodite deixa de olhar longe e mira meus olhos com seus olhos abrasados do mais infinito amor, eu não agüento tão extraordinária doação e o que me resta é chorar, convulso entranho a cabeça no peito de Afrodite e imploro que ela jamais me abandone, eu só sei viver com ela e por ela, o calvário termina aqui, Lázaros transmissores de um novo convívio, sabemos de agora em diante que somos perdedores sim, mas exploraremos a devastação dessa derrota coma quem garimpa na miséria riquezas indizíveis, não temos outro tesouro senão nossa pobreza, tocamos a miséria da Cidade não para chafurdarmos prazerosamente no lodo da impotência mas para chegarmos até aqui, alçando nossa penúria, a nossa escassez, a nossa privação a inéditas rotas, vamos sim, vamos partir para o Sul lá no meio do mata, uma horta nos espera, pomares, já vejo unhas pretas da terra, Afrodite inclina a cabeça e me olha toda compadecida, me confessa quase em sussurros que a tia no Sul nunca existiu, nem muito menos um mato pra onde ir, nada, estamos ilhados na Cidade, nem horta nem pomares, nenhum cais onde aportar o nosso idílio, Afrodite se confessa com uma doçura tão imensa que não tenho como ficar atônito nem por um segundo, abraço

269 · *a fúria do corpo*

isso sim Afrodite com as mãos nos seus cabelos já com alguns fios brancos, não nos privo de nenhum afago, abraço Afrodite como se abraçasse o mundo com todas as suas hortas e pomares e silvos, pobres, mãos vazias, continuamos a caminhar com inusitado alento, uma velha nos cumprimenta afável, um menino-cabra-cega se joga numa corrida louca contra nossas pernas, amparamos o seu tombo, retiramos a quatro mãos dos seus olhos o pano suado, ele sorri indefeso mas com toda sua graça, eu e Afrodite atravessamos a rua, no lago artificial vários mendigos tomam seu banho, Afrodite se adianta e entra suavemente no lago, no centro o chafariz espalha enorme chuveiro comum, entro no lago atrás de Afrodite, a água escura dá nos joelhos, os mendigos saltam alegres, correm molhando uns aos outros, um deles afeta temer a temperatura absolutamente morna da água e salta em disparada até a borda, os mendigos gargalham o banho que os une na festa privativa, Afrodite corre, salta, joga-se nas águas do lago, os mendigos pasmam com a exuberância de Afrodite, entro na festa endiabrado, todos fazemos batalhas d'água, mãos retesadas raspando a superfície, estamos todos ensopados, puro regalo em cada olho, gotas peroladas, vou caminhando em direção à mulher que eu amo no meio das águas que já pegam até as coxas, entre a algaravia e corpos mendigos em farta farra admiro Afrodite que me admira toda molhada sob o chafariz reluzente de sol, admiro Afrodite e me achego como se da primeira vez...

Este livro foi composto na tipologia
Filosofia Regular, em corpo 12/15, e impresso
em papel off-white 80g/m², no Sistema Cameron
da Divisão Gráfica da Distribuidora Record.

Seja um Leitor Preferencial Record
e receba informações sobre nossos lançamentos.
Escreva para
RP Record
Caixa Postal 23.052
Rio de Janeiro, RJ – CEP 20922-970
dando seu nome e endereço
e tenha acesso a nossas ofertas especiais.

Válido somente no Brasil.

Ou visite a nossa *home page*:
http://www.record.com.br